Scherz Krimi
Spannung mit Niveau

Lady-Krimis

Paula Gosling

Mord in Concert

Roman

SCHERZ

Einmalige Ausgabe 1996
Einzig berechtigte Übertragung aus dem Englischen
von Ute Tanner
Alle Rechte an der Übertragung ins Deutsche bei
Rowohlt Taschenbuch GmbH, Reinbek bei Hamburg.
Die Originalausgabe erschien bei Macmillan London Limited
unter dem Titel »Loser's Blues«
Copyright © 1980 by Paula Gosling
Umschlaggestaltung: Barbara Hanke

1

Er war nicht klein, aber er ging mit kleinen Schritten. Mit gesenktem Kopf und hochgeschlagenem Mantelkragen blieb er unter einer Straßenlaterne stehen, um sich eine Zigarette anzuzünden, beugte sich zu dem Streichholz hinunter und warf es dann weg. Der Regen hatte um halb zwei aufgehört, aber die Feuchtigkeit hing noch in der Luft. Im Lichtkreis der Laterne sah er einen irisierenden Schmierstreifen im Rinnstein, stieg darüber hinweg und überquerte an der sinnlos vor sich hin blinkenden Ampel die Straße. Seine Schritte hallten kurz in einem Durchgang wider, dann hörte man nur noch – kontrapunktisch zu der Stille der Nacht – Kies knirschen und einmal das hohle Scheppern einer Blechbüchse.

Laufen ist gesund, und die Taxifahrer wollen sich sowieso immer nur mit einem unterhalten, wenn es dunkel ist. Nach dem stundenlangen Spielen war auch die Stille eine Art von Musik, die den Ohren wohltat.

Aus der geöffneten Tür der Hähnchenbraterei kam noch Licht, aber es waren keine Gäste mehr da. In der Durchreiche zur Tür erschien ein Gesicht, das sich wieder zurückzog, als er weiterging. Ein paar Papierservietten, die sich unter der festgestellten Glastür verfangen hatten, flatterten im Wind, und das Neonschild summte leise. Er blieb einen Augenblick stehen, registrierte den Laut. Vielleicht hatte er mal Verwendung dafür.

Die Treppe zu seiner Wohnung war unbeleuchtet, aber er kannte die Zahl der Stufen auswendig. Er roch sie, noch ehe er sie sah. Parfümschwaden hingen in der Luft wie unsichtbare Worte und verrieten ihm, daß sie auf ihn wartete. Am liebsten hätte er kehrtgemacht und wäre doch noch in die Hähnchenbraterei gegangen, aber dann steckte er resignierend den Schlüssel ins Schloß. Er hätte sich beim letztenmal ihren Schlüssel zurückgeben lassen sollen, aber er hatte geschlafen.

Sie hatte kein Licht gemacht, und er brauchte keins. Im Schein der Straßenlaternen, der von draußen hereinfiel, sah er genug, um zu erkennen, daß sie sich in dem tiefen Ledersessel vor dem Flügel zusammengerollt hatte. Und er hörte das leise Klimpern ihres Bettelarmbands, als sie sich das lange blonde Haar aus dem Gesicht strich.

»Du bist heute spät dran, Johnny«, sagte sie leise.

Er seufzte. »Manchmal wollen sie immer noch mehr.«

»Wie ich?«

»Wie du.« Er legte den Schlüsselbund in die japanische Keramikschale auf dem Tisch an der Tür und ging in die Küche, um sich eine Cola aus dem Kühlschrank zu holen. Die Innenbeleuchtung war mal wieder kaputt, und er stieß beim Tasten nach dem Ringverschluß der Dose eine halbe Büchse Bohnen um. Schweigend wischte er mit ein paar Küchentüchern die Schweinerei auf und warf das Zeug in den Mülleimer. Es zischte, als er die Coladose aufriß. Er trank die Hälfte, dann ging er zurück ins Wohnzimmer. »Laß diesmal deinen Schlüssel hier, Lisa. Du weißt, daß ich nach der Arbeit nicht gern rede.«

»Sehr gastfreundlich bist du nicht gerade. Außerdem bin ich nicht zum Reden gekommen.«

»Das ist egal. Laß ihn hier. Oder das Schloß wird geändert. So oder so – einmal muß Schluß sein.« Er zog die Jacke aus und warf sie über die Couch, dann lockerte er den Schlips. »Du machst es dir zu leicht, wenn du immer wieder zurückkommst. Ich bin schließlich kein Wasserhahn.«

»Soll das heißen, daß du dich nicht von mir aufdrehen läßt?«

»Gar nichts soll das heißen. Du wolltest weg. Okay, du bist weggegangen. Aber jedesmal, wenn du Lust auf eine Reprise hast, kommst du wieder angerannt, und das stinkt mir allmählich. Ist er verreist?«

»Birmingham.« Ihr Kleid raschelte, als sie die Beine vom Sessel nahm, und das Bettelarmband klimperte wieder.

»Warum bist du nicht mitgefahren?« Er ging zum Fenster und trank seine Cola aus. Wie schwarz und naß das Pflaster glänzte. Schön sah das aus. Zwei Straßenlaternen brannten da unten in der dunklen Schlucht, dann kam eine dunkle, die nächsten drei brannten wieder. Synkopen.

»Weil es um eine Hausauktion ging, und Hausauktionen sind wahnsinnig langweilig.« Sie streifte die Schuhe ab und öffnete den Reißverschluß; das Bettelarmband lieferte eine klimpernde Begleitung.

»Mit Auktionen verdient er das viele Geld, das du so liebst.« Er schob das Fenster hoch. Ihr Parfüm erschlug den frischen Geruch des Regens, der jetzt wieder Löcher in die Pfützen schlug.

»Ich liebe auch anderes – Dinge, die er mir nicht bieten kann, im Gegensatz zu dir, Johnny.«

Er stellte die leere Coladose aufs Fensterbrett. »Quatsch. Ich bin nicht besser und nicht schlechter als viele andere. Ich mache es so, wie es dir gefällt, das ist alles.«

»Eben.« Ihre Hände schoben sich unter seinen Gürtel. Er drehte sich um. Wohin jetzt? So groß war die Wohnung nun auch wieder nicht.

»Bitte, Johnny«, sagte sie mit diesem kleinen Stocken in der Stimme, von dem sie sich einbildete, es kitzele sein Selbstbewußtsein. Aber das war vorbei. Die Masche machte ihn jetzt nur noch wütend. Zugegeben, auch die Wut zeigte Wirkung. Zwei Wochen war es jetzt schon her. Schalt ab, sie tut's für heute. Jede hätte es getan. Und man schläft besser danach. Vielleicht.

»Danach will ich dich hier nie wieder sehen.«

»Okay.« Sie kam langsam auf ihn zu, erwartete wohl, daß er sich umdrehte und die Schau genoß. Aber Hören kam bei ihm vor Sehen. Nicht nur hier. Er rührte sich nicht.

»Und laß den Schlüssel da.«

»Schon gut.« Na also, jetzt hatte sie es endlich kapiert, und er würde nicht mehr reden müssen. Morgen früh würde sie begreifen, daß es ihm ernst war. Diesmal war endgültig die Klappe gefallen. Und sie wußte genau, daß er das schwere, aufdringliche Parfüm nicht ausstehen konnte. Er würde länger damit zu tun haben, den Geruch loszuwerden als das Schloß ändern zu lassen.

Eigentlich hatte er vorgehabt, ihr den Spaß zu verderben, aber er vergaß es dann doch. Als er später aufwachte, war er allein. Ob sie wohl den Schlüssel in die Schale gelegt hatte? Es mußte die zuklappende Tür gewesen sein, die ihn geweckt hatte; vielleicht hatte sie ihm aber auch auf Wiedersehen gesagt.

Er war drauf und dran, wieder einzuschlafen, als unten ein Motor aufröhrte. Höllische Phonstärken sind das, die ein verschmähtes Weib in seinem Zorn produzieren kann.

Einen Augenblick blieb er still in dem verhedderten Bettzeug liegen, dann fluchte er laut und herzhaft. Nicht ihr, sondern sich selbst hatte er den Spaß verdorben, und zwar ausgiebig. Sein ganzer Körper stank nach ihrem Parfüm. Er stand auf und duschte. Leg dich nie schmutzig ins Bett, hatte seine Mutter gesagt. Wie recht sie hatte. Wenn man so stank, konnte man unmöglich einschlafen.

2

Als John Owen Cosatelli hatte er sich hingelegt und als John Owen Cosatelli wachte er wieder auf. Manchmal konnte er den ganzen Tag dabei bleiben, aber das war purer Luxus.

Manchmal war er J. Owen, Begleiter.

Oder Owen Johns am Rhodes Electric Piano, am Moog Micro-Mog und am Oberheim Polyphonic Synthesizer.

Wenn das Jacey-Trio ein bißchen Sendezeit ergattert hatte, konnte er im Bett liegen und sich in Radio Two Cocktailmusik klimpern anhören, bis er einschlief oder ihm das Kotzen kam.

Und manchmal, wenn die Johnny Cosy Four einen Live-Auftritt hatten, saß er oben auf dem Podium, ließ sich den Rauch fremder Leute ins Gesicht wehen, lächelte irgendwelchen Mädchen zu, die von ihren Begleitern angeödet waren, und fragte sich, wer zum Teufel er eigentlich war.

Und dann mußte er zwischen den Nummern schnell mal in seinem Terminkalender nachsehen.

Angefangen hatte die berufliche Schizophrenie vor vierzehn Jahren, als er von einer Konzerttournee kam und erfuhr, daß Wendy schwanger war und die Finanzen bis zum Herbst mehr als mies standen. Der Unterschied zur klinischen Schizophrenie bestand darin, daß diese hier einträglich und konstant war und daß man nicht eingewiesen, sondern unter Vertrag genommen wurde. Ansonsten war es das gleiche Erscheinungsbild.

Als die Scheidung ausgesprochen wurde, war die Kleine drei, er war für eineinhalb Jahre im voraus ausgebucht, und es war nicht einzusehen, weshalb er die laufenden Verträge nicht abwickeln und neue schließen sollte. Daß mit der E-Musik Schluß war und es bei der einen Aufnahme des G-Dur-Konzerts von Ravel bleiben würde – damit hatte er sich abgefunden. Die Stunden bei Liebensohn – einmal in der Woche – behielt er bei, um nicht ganz zu vergessen, was das Schicksal eigentlich mit ihm vorgehabt hatte.

Bei seiner Bank war er ein angesehener Kunde, aber seine Agentin konnte es nicht verwinden, daß sie den »großen Fehler«, wie sie es auszudrücken pflegte, nicht rechtzeitig bemerkt hatte. Nach gängiger Lesart hatte ›der große Fehler‹ den Erfolg gebracht. Für sie war er ein Fiasko. Manchmal, in dunklen Stunden, neigte er eher ihrer Ansicht zu, aber es war nicht zu leugnen, daß es ein großer Genuß war, einen Scheck zu schreiben, von dem man wußte, daß er nicht platzen würde.

Eigentlich war es nur ein Jux gewesen. Er und drei Freunde vom London Symphony Orchestra setzten sich immer wieder mal nach den Konzerten in dem einen oder anderen Club mit den Profis zu einer Session zusammen. Und dann hatte es eines Tages geregnet, sie hatten sich ein Tonstudio gemietet und ein paar Aufnahmen gemacht – ›nur damit wir mal hören, was wir so drauf haben‹, wie Baz es ausgedrückt hatte. Aber im Studio hatte ein Schallplattenmensch gesessen, der hatte sie gehört, sich die Bänder geschnappt und die Gruppe für seine Firma unter Vertrag genommen. Vier Monate später verdrängte unglaubliche zwei Wochen lang ihre Aufnahme *Samba Break 6* – eine Mischung aus Jazz und lateinamerikanischen Rhythmen – die Rolling Stones von Platz 1 der Charts. Das war ›der große Fehler‹.

Als Orchestermusiker hatten sie das Tonstudio betreten, als sie herauskamen, waren sie die Johnny Cosy Four und reiche Leute. Jedenfalls vorübergehend.

Auch die Platte nach *Samba Break 6* schaffte es in die Charts, rutschte ab auf Platz 47 und verschwand dann von der Bildfläche. Desgleichen die Johnny Cosy Four. Aber da war das Unglück schon geschehen. Sie hatten Blut – sprich Geld – geleckt, die anderen drei hatten sich hübsche Häuser gekauft, und die Abzahlungsraten hatten die unangenehme Eigenschaft, monatlich wiederzukehren. Sie schoben Verträge zwischen die Proben und Konzerte beim LSO, und einer nach dem anderen stieg aus und begann, hauptberuflich Jazz zu machen. Sie brauchten das Geld.

Nach einer Weile hatten sie ihr festes Publikum, und die LP's verkauften sich ordentlich, wenn auch nicht sensationell. Der Erfolg von *Samba Break 6* wiederholte sich nie.

Johnnys Agentin, Laynie Black, kassierte sachlich-professionell ihre zehn Prozent, ohne sich in ihrer persönlichen Ansicht dadurch beirren zu lassen. Ihr einziger Trost war, daß er nicht unter seinem eigenen guten Namen spielte. Unverdrossen setzte sie ihm zu, wieder ›zurückzugehen‹, weil ihr an Johnny Cosatelli mehr gelegen war als an ihren zehn Prozent – eine Einstellung, die er als schlichtweg sentimental bezeichnete.

Diese Art zu leben, stellte Johnny Cosy fest, ließ sich durchaus ertragen, solange man in Schwung blieb. Man gewöhnte sich sogar daran. Nur war es leider so, daß zwar der finanzielle Erfolg den Alltag angenehmer machte, daß es aber plötzlich Bereiche gab, in denen der Erfolg ausblieb. Daß eine Beziehung höchstens ein Jahr durchzuhalten war, ehe sie kaputtging. Daß man sich im Gespräch gelegentlich bei einem arroganten Ton ertappte. Oder daß man urplötzlich Depressionen bekam. Und so weiter.

An solchen Sachen lag es, daß Baz Bennett nicht von der Flasche loskam und daß sie in zehn Jahren fünf Drummer verbraucht hatten. Über solche Sachen half Moosh Bailey sich mit Fressen hinweg. Und um über solche Sachen nicht nachdenken zu müssen, hielt Johnny Cosatelli sich lieber ans große Geld.

Das Licht, das durch den Vorhangspalt kroch, war matt und noch von der orangeroten Straßenbeleuchtung angefärbt, als das Telefon läutete. Johnny hieb ein paarmal auf den Wecker ein, bis er begriff, daß nicht er der Schuldige war, dann stolperte er fröstelnd und vor sich hin brummelnd ins Wohnzimmer.

»Hä?«

»Geben Sir mir mal Miss Lisa«, verlangte eine barsche, gehetzte Stimme.

»Wie?«

»Lisa will ich sprechen. Nun machen Sie schon.«

Er blinzelte und rieb sich mit dem Handrücken die Augen. »Tut mir leid, Lisa wohnt nicht mehr hier.«

»Kommen Sie mir bloß nicht mit der Masche.«

»Ich sage Ihnen doch, sie ist nicht hier«, wiederholte Johnny. Trotz seiner Schlaftrunkenheit fing er langsam an, ärgerlich zu werden.

»Jetzt hören Sie mal zu, Sie Rammler. Ich weiß, daß sie bei Ihnen ist. Sagen Sie ihr, sie soll sich sofort auf die Socken machen, sonst passiert war. Er kommt 'nen Tag früher zurück.«

»Wer spricht denn da?«

»Scheißegal. Wenn sie nicht aus dem warmen Nest rausfliegen will, soll sie nach Hause kommen. Und zwar 'n bißchen plötzlich, klar?«

»Ach, lassen Sie mich doch in Ruhe, Mann.« Johnny knallte den Hörer auf die Gabel. Das mußte George sein, der Gorilla, von dem Lisa ihm erzählt hatte, der ›Butler‹ ihres neuen Freundes. Verschwiemelt sah Johnny auf die Uhr. Da hatte sie sich aber wirklich Zeit gelassen. Seit sie seine Wohnung verlassen hatte, waren gute vier Stunden vergangen. So weit war es doch nicht bis nach Berkshire. Vielleicht amüsierte sie sich noch woanders, saß in einem Nachtclub oder kurvte mit dem aufgemotzten Mercedes, den der alte Trottel ihr geschenkt hatte, in der Gegend herum.

Das letztere war am wahrscheinlichsten. Segeln nannte sie das; sie segelte leidenschaftlich gern über die Autobahn, mit geöffnetem Dach, Radio auf volle Lautstärke gedreht, während die Heizung ihr den Rock hochwehte und zwischen die Beine fuhr.

Er stieg wieder ins Bett, rollte sich in die Decke wie in einen Kokon und wartete darauf, daß er als ein Mensch wieder ausschlüpfte, der einmal im Leben genug Schlaf bekommen hat. Geklappt hatte das leider noch nie. Es klappte auch heute nicht.

Drei Stunden später lief er, sich trockenes Fertigmüsli in den Mund stopfend, durch die Wohnung, und fahndete nach seinem zweiten Schuh. Es klopfte.

»Baz? Die Tür steht offen.« Er hatte den Schuh unter dem Flügel entdeckt, ging in die Hocke und fuhr mit dem Fuß hinein.

»Ziehst du dir immer die Schuhe unter dem Flügel an«, erkundigte sich Baz, der in diesem Augenblick die Tür hinter sich zumachte.

»Nur, wenn im Kühlschrank kein Platz mehr ist.«

Baz sah noch elender aus als sonst. Sein kurz geschnittenes, rötliches Haar klebte ihm feucht an der hohen Stirn, die Lippen waren blaß. Er hatte ein schmales, zartes Gesicht mit spitzem Kinn und einen Körper, der nur aus Haut und Knochen zu bestehen schien.

»Haben wir noch Zeit für einen Schluck von deinem miserablen Kaffee?« fragte er nervös.

»Dazu muß es noch reichen.« Johnny schaltete in der Küche den elektrischen Kessel ein und maß das Kaffeepulver nach Gefühl ab, während er zu dem unruhig in dem langgestreckten Wohnzimmer herumtigernden Baz hinübersah. Jetzt verschwand er aus seinem Blickfeld, und Johnny hörte, wie er in den Noten herumblätterte, die auf dem Flügel lagen.

»Was hat Liebensohn dir diesen Monat gegeben?«

»Franck. Die Symphonischen Variationen.«

»Ganz schöner Abfall nach dem Wohltemperierten Klavier, was?«

»Eigentlich nicht.« Johnny lächelte vor sich hin. Er dachte an den Alten, wie er spinnengleich in der Ecke seines vollgestellten, muffigen Wohnzimmers gesessen hatte, eine verblaßte Fotografie betastend, die er mit seinem grauen Star nicht mehr richtig erkennen konnte, und leise über die Musik gesprochen hatte.

›Man darf es nicht unterschätzen, dieses kleine Stück von César‹, hatte Liebensohn ihn gewarnt. ›Es ist wie ein langer Flirt quer durch einen Raum voller Menschen mit einer Frau, die du nicht kennst, aber gern kennenlernen möchtest. Sie schaut dich an, du schaust sie an, ihr schaut beide weg, schaut beide wieder hin. Taxierend, ungewiß, wartend. Du ziehst den Bauch ein und unterhältst dich ein bißchen lauter mit deinen Bekannten, sie hebt das Kinn, weil dadurch der Hals länger wirkt, verführerischer. Du pirschst dich näher heran. Immer näher. Du weißt, es kann etwas ganz Großes werden – oder gar nichts. Und wenn wir es auch leugnen, wir suchen doch immer das ganz Große. Die Liebe.‹ Johnny hatte nur genickt; er mochte den Alten nicht unterbrechen, wenn er ihm auf seine umständliche Art das Herz des Stückes enthüllte. »Und nun führst du sie, führst du dein Publikum hin zu dem langsamen Adagio, das die Spannung fast bis ins Unerträgliche steigert. Ihr habt einander erkannt, habt begriffen, daß der andere so etwas Gewisses hat, was ihr braucht ... Es ist eine genießerische Spannung, weil ihr beide wißt, daß sie einmal enden wird. Aber wann sie endet und wie sie endet – das ist Francks Falle für die Leichtsinnigen. Das Adagio steigert sich zu dem langen, langen Triller – und dann kommt die letzte Variation. Das ist der entscheidende Augenblick, John, das ist wie ein Lächeln, mit dem du ihr sagst, was sie wissen will. In der letzten Variation mußt du Witz und Männlichkeit beweisen, aber auch Verständnis für das Geschenk, das sie dir macht, wenn sie sich dir gibt. Es ist ein leichtes Stück, John, aber es ist nicht leicht, es richtig zu spielen.‹

Das kochende Wasser und eine Frage von Baz holten ihn aus seinen Erinnerungen zurück.

»Warum zum Teufel klimperst du immer noch dieses Zeug, das Liebensohn dir da aufschwatzt? Du brauchst es ja doch nicht ... Und du erzählst doch ständig, wie unmöglich er ist.«

»Ein gutes Mittel gegen gelegentliche Anfälle von Größenwahn«, sagte Johnny leichthin. Baz hatte sich wieder in Bewegung gesetzt, tippte hier und da mit den Fingerspitzen an einen Gegenstand und brummelte vor sich hin. Johnny tat in den einen Becher noch eine Extraportion Zucker und brachte ihn Baz.

»Hausregel: Getrunken wird im Sitzen.«

Baz setzte sich, trank in regelmäßigen Schlucken, bis der Becher halb leer war, dann seufzte er. »Es wird nicht besser.«

»Mein Kaffee oder das Tageslicht?«

»Beides.« Baz rutschte tiefer in die Sofapolster und balancierte den Becher auf den Knien. »Wieviel Zeit brauchen wir da drüben?« Das Jacey-Trio hatte einen Aufnahmetermin für leichte Unterhaltungsmusik im Nachtprogramm von Radio Two.

»Es sind nur zehn Stücke. Wenn wir nicht zu oft wiederholen müssen, dürften wir bis zum Mittag fertig sein. Alles klar bei dir?« Er lehnte sich an den Flügel und spülte den Müsli-Rest mit dem brühheißen Kaffee hinunter.

»Glasklar«, sagte Baz. »Um elf Uhr morgens bin ich immer auf der Höhe meiner Schaffenskraft, wußtest du das nicht?«

»Hm. Und heute abend?«

»Auch. Warum nicht?« Baz trank schnell noch einen Schluck Kaffee. Johnny beschloß, vorsichtshalber Jack Scoular anzurufen und ihn zu fragen, ob er einspringen könne. Wenn sie Glück hatten, war Baz nur für ein paar Tage weg vom Fenster. Nicht immer hatten sie Glück.

»Wie geht's Molly?«

»Gut.«

»Und was machen die Kinder?«

»Krach.« Baz sah in seinen Becher. »Hast du was dazu?«

»Sicher. Milch, Zucker, Aspirin, Orangensaft.«

Baz lachte kurz auf. »Und wenn ich selber nachsehe?«

»Dann findest du Milch, Zucker, Aspirin und Orangensaft. Tut mir leid.«

»Ein anständiger Typ hat für seine Freunde immer 'ne Flasche im Haus.«

Johnny schluckte seinen Kaffee und polkte mit der Zunge eine verirrte Rosine aus einem Backenzahn. Baz sah auf.

»Früher war das anders.«

»Was war anders?« Er stellte seinen leeren Becher auf eine Chopin-Partitur.

»Da hast du auch getrunken.«

»Tu ich jetzt noch. Gelegentlich.«

»Nein, ich hab dich beobachtet. Mal 'n Glas Wein zum Essen, aber sonst Cola oder Mineralwasser. Was ist los mit dir? Bist du neuerdings bei den Anonymen Alkoholikern?«

Johnny grinste. »Nein, ich find's nur lästig, wenn mir die Hände absterben.« Und ich sehe ja, was bei dir dabei herauskommt, setzte er in Gedanken hinzu.

Baz leerte seinen Becher, aber er stand nicht auf. »Was meinst du, soll ich zu den Anonymen Alkoholikern gehen, Johnny?«

»Kannst du es sagen?«

»Was – sagen?«

»Ich bin ein Säufer. Kannst du das sagen?«

Baz machte den Mund auf, wartete, ob etwas herauskam, und schüttelte den Kopf. »Ich bin kein Säufer. Bei mir liegt's einfach am Stoffwechsel, manchmal erwischt's mich mehr als andere.«

»Ich glaube, dann gehörst du da nicht hin.«

»Das hab ich Molly auch gesagt«, meinte Baz sichtlich erleichtert.

»Du gehörst da nicht hin«, fuhr Johnny fort, »weil du nicht nur ein Säufer, sondern auch ein Lügner bist. Soviel ich weiß, verlangen die Anonymen Alkoholiker von dir nur eins: Ehrlichkeit. Alles andere kriegst du von denen gratis und franko.«

Aber er wußte, daß er tauben Ohren predigte. In diesem Zustand war mit Baz nichts anzufangen. Johnny sah auf die Uhr und griff sich seine Jacke, die über der Couch hing. »Komm, du Pflaume, jetzt wollen wir der alten Tante BBC mal zeigen, was 'ne Harke ist.«

An dem Spitfire steckte, wie üblich, ein Strafzettel, den Baz kurzerhand zu den anderen ins Handschuhfach steckte. Der Vormittag war kalt und klar. Noch waren Staub und Gestank vom Pflaster nicht wieder in die vom Regen reingewaschene Luft aufgestiegen. Johnny schob sich in den Beifahrersitz und griff zum Heizungsschieber, während Baz startete. »Ich hätte doch Handschuhe anziehen sollen«, murrte er. Baz zögerte, die Hand am Schalthebel.

»Willst du sie noch holen?«

Johnny schüttelte den Kopf. »Nein, James. Fahren Sie.«

Baz fuhr an und setzte gewohnheitsmäßig den Kassettenrecorder in Gang. Das kleine Sportwagen-Cockpit erwärmte sich schnell, und Johnny hörte auf, sich im Takt zum Dritten Brandenburgischen Konzert die Hände zu reiben. Baz bog um eine Ecke, ohne herunterzuschalten, und hätte um ein Haar ein Taxi mitgenommen. John legte den Kopf zurück und betete, wie stets, daß sie das Studio in Maida Vale heil erreichten. Er ertappte sich dabei, daß er an Lisa dachte, und wunderte sich darüber, bis ihm einfiel, daß wohl noch etwas von ihrem Parfüm in seiner Jacke hing.

Sie hatte den Schlüssel nicht in die Schale gelegt, aber er glaubte kaum, daß sie noch einmal wiederkommen würde. Die letzte Nacht hatte etwas sehr Endgültiges an sich gehabt.

Nach der Scheidung hatte er versucht, sich zu den Frauen zu flüchten, was interessant und lehrreich, aber nicht sehr befriedigend gewesen war; nur geschlafen hatte er besser. Nach dieser Phase hatte er es mit eher emotionalen Beziehungen versucht, die zwar der Seele mehr gaben, aber dafür die Schlaflosigkeit förderten. Wird sie ... ob ich ... wenn wir uns ... könnte vielleicht ... warum ... Warum?

Nein, er wußte, daß das Alleinleben für ihn im Grunde das beste war. Ungebunden spielte er besser, arbeitete er besser. Gestern vormittag hatte er zwei weitere Blätter sogenannte ›ernste Musik‹ geschrieben und sie zu dem Stoß auf dem Flügel gepackt, und er hatte ein gutes Gefühl bei dem, was er geschrieben hatte. Lisa hatte besonders empfindlich auf seine kompositorischen Phasen reagiert; allerdings stand sie auch voll auf Jazz. Warum konnten seine Freundinnen es alle nicht vertragen, wenn er sich an den Flügel setzte und sich mit Akkorden und Harmonien mühte, statt *Blue Skies* zu spielen? Was sie störte, war nicht das Geräusch, das er produzierte, es war die Tatsache, daß sie sich ausgesperrt vorkamen.

Die Aufnahme verlief erwartungsgemäß, vielleicht sogar besser als erwartet, wie so oft, wenn man sich gar keine besondere Mühe gibt. Baz spielte mit verbissener Konzentration, nur um endlich fertig zu werden und sich ins nächstbeste Pub stürzen zu können. Während eines seiner Solos hatte Moosh über den Flügel hinweg Johnny zugeflüstert: ›Jack anrufen?‹ Johnny hatte resigniert genickt. Es wurde immer schwieriger, Baz bei der Stange zu halten, und manchmal fragte er sich, ob es sich überhaupt lohnte. Aber dann brachte Baz wieder einmal etwas ganz Großes, und er versuchte es noch einmal mit ihm. Daß Baz nicht nur Saxophon und Trompete, sondern fast alle anderen Blech- und

Holzblasinstrumente spielte, hatte ihren Erfolg mit begründet. Sie konnten bei Balladen Flöten- und Oboen-Effekte oder einen Tuba-bounce bei einem Bossa Nova bringen – Baz machte alles.

Als sie gestern abend während eines von ihrer Plattenfirma finanzierten Wohltätigkeitsdinners aufgetreten waren, hatte Baz bei *Moonlight in Vermont* plötzlich ein Flötensolo hingelegt, das selbst dem Hartgesottensten unter die Haut gehen mußte. Den unwahrscheinlichsten Instrumenten konnte er einen Jazz-Sound entlocken. Wenn er dazu scharfe Sachen brauchte, na schön, damit war er nicht der erste und würde nicht der letzte sein. Da konnte man nichts machen.

Als sie später im Pub zusammensaßen, sahen Moosh und Johnny zu Baz hinüber, der an der Bar unauffällig einen doppelten Wodka in sein Bierglas goß, und Moosh verzog das Gesicht.

»Nach meinen Unterlagen wäre er erst in zwei Wochen fällig.«

Johnny kämpfte verbissen mit einer Packung Kartoffelchips, bis das Zellophan unerwartet riß und sich die Hälfte des Inhalts über den Tisch ergoß. »Seit wann führst du darüber Buch?«

»Einer muß es ja machen. Du bist neuerdings zu sehr damit beschäftigt, dich an die Prominenz ranzuschmeißen.«

»Du weißt ganz genau, daß ich Gessler nur einen Gefallen tun wollte.«

»Weiß ich, weiß ich. Horowitz war leider schon ausgebucht.«

»Was willst du eigentlich von mir? Muß ich mich bei dir entschuldigen, wenn –«

»Du hast vier oder fünf Sessions sausen lassen, um mit dem Alten üben zu können. Gute Sessions.«

Moosh' Doppelportion Fleischpastete mit Bohnen verschwand in so beängstigender Geschwindigkeit, daß der Mann schwerlich schmecken konnte, was er da in sich hineinschaufelte. Plötzlich kriegte Johnny nicht einmal mehr Kartoffelchips hinunter. »Verstehe. Du bist wieder mal knapp bei Kasse.«

Moosh zuckte die Schultern. »Ich habe eine Menge Mäuler zu stopfen, Johnny.«

Allen voran dein eigenes, dachte Johnny und ärgerte sich sofort über seine Ungerechtigkeit. Moosh hatte vier Kinder, ein fünftes war unterwegs. Jenny Bailey war eine gute Hausfrau und umsichtige Finanzverwalterin der Familie. Trotzdem hatte Moosh ständig Schulden, obgleich er laufend beschäftigt war, nicht nur in Johnnys Trio und Quartett, und gut verdiente. Johnny nahm sich vor, Jenny durch Laynie einen Scheck zukommen zu lassen, wie üblich als »Tantiemen« getarnt. Allerdings würde er sich hüten, noch einmal Moosh direkt etwas zu geben. Dem Geld selbst hatte er keine Träne nachgeweint. Geärgert hatte ihn nur, daß Moosh nie Anstalten gemacht hatte, es zurückzuzahlen, ja, daß er stets so tat, als hätte er die Geschichte völlig vergessen. Rätselhaft blieb, wofür die vielen Moneten bei Moosh draufgingen.

Als er jetzt spontan danach fragte, machte Moosh ein böses Gesicht.

»Schuhe sind das Schlimmste. Und Fahrräder.«

Was, wie sie beide wußten, blühender Unsinn war. Vermutlich hatte Moosh wieder angefangen zu spielen und hatte Schulden gemacht, die er abzahlen mußte.

»Im Augenblick komme ich ja einigermaßen klar«, sagte Moosh, eifrig mit einem Stück Brot den Teller auswischend. »Aber mir geht's ums Prinzip. Sich einen handfesten Auftrag durch die Lappen gehen zu lassen, bloß, damit man hinter einem alten Trottel sitzen kann, der auf einer Fiedel herumsägt – darüber solltest du eigentlich hinaus sein, Johnny.«

»Fiedel dürfte nicht gerade die treffendste Bezeichnung für eine Guarnerius del Gesù sein«, widersprach Johnny ziemlich friedllich. »Und Walter Gessler ist kein alter Trottel.«

»Zugegeben. Nur – Jazz ist wieder im Kommen, John. Pop ist auf dem absteigenden Ast. Immer mehr junge Leute mögen sich nicht mehr in den Discoschuppen die Knochen brechen und finden zum Jazz zurück. Schemansky hat *Samba Break 6* wieder herausgebracht und bietet uns für das nächste Jahr einen ordentlichen Vertrag. Die Leute wollen wieder zuhören, John. Und wir sind besser als je, wir schaffen es wieder bis ganz nach oben, da habe ich gar keine Bange.«

Moosh schob den Teller zurück, griff mit der einen Hand nach seinem Apple Pie und mit der anderen nach dem Bierglas.

»Dann kommt es doch wohl im Grunde gar nicht darauf an, ob wir uns die eine oder andere Session entgehen lassen«, meinte Johnny. »Ich mache das ja schließlich nicht jeden Tag.«

»Hoffen wir das beste«, maulte Moosh. »Ich weiß ganz genau, daß dir die klassische Musik noch in den Knochen steckt, und ich finde das sogar gut, aber mit Mozart kriege ich meine Kinder nicht satt.«

»Mozart hat ganz schön Geld mit seiner Musik gemacht. Jedenfalls eine Weile.«

»Komm, Johnny, sei vernünftig. Es gibt Leute, die machen Musik zu ihrem Lebensinhalt, andere müssen davon leben. Oder zumindest versuchen, davon zu leben. Ich sage ja bloß –«

»Ist schon gut.«

»Ich meine – vielleicht findest du, daß Jazz unter deiner Würde ist, aber immerhin bist du damit –«

»Red keinen Stuß«, fuhr Johnny ihn an. »Wenn ich das Gefühl hätte, daß Jazz unter meiner Würde ist, hätte ich gar nicht erst damit angefangen, das weißt du ganz genau. Was ist denn heute los mit dir?«

»Gar nichts. Tut mir leid, ich mußte einfach mal 'n bißchen Dampf ablassen. Nimm's nicht tragisch.«

»Wenn du wirklich blank bist –«

Jetzt machte Moosh doch ein verlegenes Gesicht. »Nein, nein, im Augenblick bin ich okay.« Baz kam mit frischem Bier für sich und Moosh und mit Johnnys Cola an.

»Ich hab's bloß nicht gern, wenn jemand unzuverlässig wird«, murrte Moosh. »Ich verlaß mich gern auf meine Leute.«

»Wer nicht?« meinte Johnny leise.

Johnny hatte sich für den Nachmittag mit Walter Gessler verabredet, um die Stücke für das Konzert durchzugehen, aber in seinem morgendlichen Tran hatte er die Noten vergessen und mußte nun mit dem Taxi erst noch an seiner Wohnung vorbeifahren.

Trotz seines nicht unbeträchtlichen Bankkontos war das Viertel, in dem Johnny wohnte, alles andere als eine feine Gegend. Er hatte sich ein Büro- und Lagerhaus in einer reichlich obskuren

Nebenstraße von Islington gekauft. Die Lagerräume im Erdgeschoß hatte er an einen Lebensmittelgroßhändler vermietet und die ganze obere Etage für sich selbst mit Beschlag belegt. Er hatte viel Geld in den Umbau gesteckt, aber die Räume hatten den großen Vorteil, daß kein Nachbar sich beschwerte, wenn er mitten in der Nacht aufstand und Beethovensonaten spielte. In den angrenzenden Gebäuden wurden Knöpfe fabriziert und Bücher gebunden, und zwar ausschließlich von neun bis fünf. Ein Haus mit Garten hätte ihn zu sehr belastet, ebenso ein Auto, besonders im Hinblick auf die katastrophale Parkplatzsituation in London. Wenn er größere Strecken zurücklegen mußte, nahm er ein Taxi, das war billiger.

An der Haustür lehnten zwei unbekannte Männer, die auf ihn zu warten schienen. Er stieg aus und kramte nach seinen Schlüsseln.

»Sind Sie Cosatelli?« fragte der eine. John erkannte die ruppige Stimme des Anrufers von heute früh.

»Ja«, sagte er und blieb vorsichtshalber dicht neben dem wartenden Taxi stehen.

»Die pennt noch, was? Muß sich wohl erst von Ihnen erholen.« George war ein stiernackiger, stirnloser Typ mit schwarzem Kräuselhaar und eckigem Kinn.

»Ich habe Ihnen doch schon am Telefon gesagt, daß Lisa nicht bei mir ist.«

George musterte ihn von oben bis unten. »Stimmt, haben Sie.« Er sagte etwas zu seinem auch nicht einnehmender wirkenden Begleiter, der gab eine unverständliche Antwort, und George lachte.

Johnny wandte sich an den Taxifahrer, der diesem Wortwechsel mit Interesse gefolgt war. »Ich gehe jetzt hinauf in meine Wohnung, um etwas zu holen. Diese beiden charmanten Herren nehme ich mit, weil ich ihnen etwas zeigen möchte. Wenn ich in drei Minuten noch nicht wieder unten bin, verständigen Sie bitte über Funk die Polizei.« Er griff in die Tasche und drückte dem Mann eine Fünf-Pfund-Note in die Hand.

»Klar doch, machen wir.« Der Taxifahrer nahm den Schein und sah auf die Uhr. »Drei Minuten. Zeit läuft.«

Johnny schloß auf. Die beiden Besucher trampelten hinter ihm die Treppe hinauf und taten so, als ob sie sich in der Wohnung umsahen, während er die Noten vom Flügel nahm.

»Zufrieden?« fragte er, als sie aus dem Gästezimmer kamen, das selten benutzt wurde und ihm hauptsächlich als Rumpelkammer für Sachen diente, die er aus purer Faulheit noch nicht weggeworfen hatte.

»Sie tragen wohl gern Weiberklamotten?« griente George.

»Die Sachen gehören Lisa. Da Sie schon mal hier sind, können Sie das Zeug gleich mitnehmen. Sofern Sie es schaffen, eine Plastiktüte zu heben.«

»Jetzt hören Sie mal zu –« plusterte George sich auf.

»Das tu ich schon die ganze Zeit, und ihr ödet mich an. Lisa ist nicht mehr meine Freundin. Zieht Leine, ehe mein Freund da unten die Polizei ruft. Und eurem Boss könnt ihr ausrichten, daß er Lisa gern für sich behalten kann, viel Spaß wünsche ich ihm.« Lisa hatte ihm von Mark Clavertons wahnsinniger Eifersucht erzählt, er wollte ihr nicht noch mehr Schwierigkeiten machen, als sie offenbar schon hatte.

George machte einen Schritt auf ihn zu, aber sein Kumpel nahm ihn rasch am Arm und zog ihn die Treppe hinunter. Als Johnny wieder auf der Straße stand, waren die beiden verschwunden. Er setzte sich ins Taxi und knallte die Wagentür zu. Der Fahrer warf ihm im Rückspiegel einen raschen Blick zu, dann fuhr er an.

»Alles in Ordnung?«

»Mehr oder weniger. Übrigens – schönen Dank.«

Der Fahrer zuckte die Schultern und überholte einen Laster, der zum Ausladen am Gehsteig parkte. »Wie Versicherungsvertreter sahen die beiden gerade nicht aus.«

Johnny lachte. »Sie eigentlich auch nicht. Trotzdem habe ich mit der Police, die Sie mir verkauft haben, ganz schön was anfangen können.«

»Waren nach 'ner Puppe aus, die beiden, nicht?« bohrte der Fahrer. Als Johnny betont anfing, seine Noten zu sortieren, hupte er einen Bus an und zuckte noch einmal die Schultern. »Cheyne Walk sagten Sie?«

»Ja, Cheyne Walk«, gab Johnny abwesend zurück und raschelte mit Papier.

3

»Ein Mann unterstützt die Polizei bei ihren Ermittlungen.« Wie oft hatte Johnny diese euphemistische Redensart gelesen, hatte zufrieden genickt und sich gesagt: Na also, sie haben ihn. Und war beruhigt eingeschlafen, weil das Gesetz mit seinem langen Arm mal wieder zugeschlagen hatte.

Jetzt wußte er – das Gesetz, das war ein kleiner kahler Raum mit einem Tisch und ein paar Stühlen, das waren leere Pappbecher, in denen metallisch schmeckender Tee mit zuviel Zucker gewesen war, eine sehr helle Deckenlampe, Stimmen und Maschinengeklapper irgendwo am Ende des Ganges. Und das Gesetz – das war ein Mann mit zwei sehr kalten grünen Augen.

Und beruhigt war Johnny ganz und gar nicht.

Immer wieder sah er auf die Uhr, was vermutlich einen ziemlich schlechten Eindruck machte, aber das konnte er nicht ändern. Er hatte die Wahl zwischen der Uhr, den leeren Pappbechern und den grünen Augen. Da war ihm die Uhr noch am liebsten; allerdings hatte er langsam das Gefühl, daß sie stehengeblieben war.

Sie hatten die gräßlich zugerichtete Leiche von Lisa Mary Kendrick auf einem unbebauten Grundstück irgendwo in Highgate gefunden. Ihre Handtasche war verschwunden, und es hatte sechsunddreißig Stunden gedauert, bis sie eindeutig identifiziert war. Man hatte sie geschlagen und ihr das Genick gebrochen.

Nach dem vorläufigen ärztlichen Befund war sie am 26. Februar gegen fünf Uhr morgens gestorben. Todesursache: Genickbruch. Etwa zwei Stunden zuvor hatte sie Johnnys Wohnung verlassen.

Sie hatten dann noch ein paar Stunden gebraucht, um Johnny auf die Spur zu kommen, und aus Gründen, über die sie sich noch nicht weiter ausgelassen hatten, schienen sie ihn für den

Mörder zu halten. Sie hatten ihn vor einem Theater, in dem er geprobt hatte, in Empfang genommen, und er war mitgegangen, weil ihm gar nicht in den Sinn gekommen war, sich zu sträuben. Sie hatten sich brennend für den Zustand seiner Hände, besonders der Fingernägel, und für sein Gesicht interessiert, hatten ihn aufgefordert, sich auszuziehen und hatten an seinem Körper herumgekratzt und alle möglichen Proben genommen. Daß die Haut an seinem Oberkörper und auf der behaarten Brust völlig glatt und unversehrt war, wenn man von drei kleinen Windpokkennarben am linken Schulterblatt absah, schien sie zu enttäuschen.

Detective Inspector Gates, dem die bewußten kalten grünen Augen gehörten, hatte ihm eröffnet, daß er das Recht hätte, sich mit einem Anwalt in Verbindung zu setzen und nicht verpflichtet wäre, die ihm zugemuteten Kränkungen über sich ergehen zu lassen, ja, daß ihn niemand daran hintern könne, ihnen ins Gesicht zu spucken, was allerdings, wie der Inspector hatte anklingen lassen, seiner Sache wohl nicht gerade förderlich wäre.

Johnny lehnte sich weder auf noch spuckte er oder setzte sich mit einem Anwalt in Verbindung. Er tat brav alles, was sie von ihm verlangten, beantwortete ihre Fragen und zog sich auf sich selbst zurück.

Schon als Kind war er zu Eis erstarrt, wenn er sich ärgerte. Diese Taktik hatte sich bewährt, wenn die Schulhofschinder unter seinen Kameraden sich mal wieder darüber schieflachen wollten, daß einer mit seiner Figur lieber Rachmaninow als Rugby spielte. Lange hielten sie allerdings die Schikanen nie durch. Nicht, wenn sie ihm ins Gesicht sahen. Und wenn sie ihn allzusehr in die Enge getrieben hatten, konnte er auch kämpfen. Zum Glück für seine Hände war es nur selten dazu gekommen.

Jetzt aber sahen ihn aus dem Gesicht von Gates die eigenen Augen an, grün, nicht blau, aber aus dem gleichen Gletscherblock geschnitten.

»Rekapitulieren wir noch einmal«, sagte der schmale Mund in dem Gesicht mit den grünen Augen.

»Kennengelernt habe ich sie vor etwa zwei Jahren. Sie kam mit Freunden meines Trompeters in den Club, wir machten uns bekannt und redeten zwischen den Stücken ein bißchen. Nicht viel. Ein paar Tage später kam sie allein, und wir redeten wieder. Danach kam sie regelmäßig und ist nach den Sessions noch geblieben. Etwa einen Monat danach zog sie zu mir.«

»Sie hatten sich ineinander verliebt?«

Johnny überlegte, dann schüttelte er den Kopf. »Nicht so, wie Sie das vielleicht meinen, mit Herz und Schmerz und so. Es bestand eine starke körperliche Anziehung, wir verstanden uns gut – Sie wissen ja, wie das so ist.«

»Nein. Wie ist denn das so?«

»Wieso ist? War . . .«

»Meinetwegen. Wie war es also?«

»Es war einfacher, als jeden Abend zu entscheiden, ob bei mir oder bei ihr«, erklärte er schroff.

»Wollten Sie heiraten?«

»Nein, von Heirat war nie die Rede, und Lisa wußte das. Ich bin geschieden und gedenke nicht noch einmal denselben Fehler zu machen. Außerdem war sie nicht der Typ, der sich brav eine Schürze vorbindet und jeden Sonntag der Familie einen Braten auftischt.«

»Wenn man nach den Fotos gehen darf, war sie eine sehr schöne Frau.«

»Groß, gebräunt, jung und schön«, bestätigte Johnny mit steinernem Gesicht.

»Umwerfender Körper. Phantastische Figur.«

Es war eine Sondierung, das wußten sie beide, und Johnny versuchte, sich die Sonde nicht unter die Haut gehen zu lassen. »Sie hat auch etwas für ihre Schönheit getan; es war ihr einziges Kapital. Sie wäre sehr gern Schauspielerin gewesen. Ich hätte ihr die Schauspielschule bezahlt, aber sie hat die Aufnahmeprüfung nicht bestanden. Immerhin hatte sie einigen Erfolg als Fotomodell.«

»Aktfotos?«

Johnny lächelte flüchtig. »Nein. Dafür war sie zu dünn. Sie war ideal für Modeaufnahmen. Ein Rassepferd, so hat sie sich selbst genannt. Hohe Wangenknochen, lange Beine. Sie bewegte sich gekonnt, sie hatte diese narzißtische Einstellung zu ihrem

Körper, den gute Modelle haben. Es hat sie angeturnt, wenn jemand sie ansah.«

»Und hat es Sie angeturnt, Miss Kendrick anzusehen?«

»Das hat die meisten Männer angeturnt. Dabei wirkte sie alles andere als ordinär. Sie hatte Klasse. Solange sie den Mund nicht aufmachte. Und sie ist nicht in jedes beliebige Bett gestiegen.«

»In Ihres ist sie aber offenbar sehr bereitwillig gestiegen. Nach einem Monat wohnte sie bereits bei Ihnen.«

Johnny zuckte die Schultern. »Ich hatte eben Glück.« Er steckte zwei leere Becher ineinander. »Der Sex war gut, und daß wir zusammen lachen konnten, war auch gut. Sie mochte mich, und ich mochte sie, aber deshalb war ich noch lange nicht die Idealbesetzung für sie. Das haben wir beide akzeptiert.«

»Und dann hat Miss Kendrick Sie sitzenlassen und sich einem anderen Mann zugewandt. Das muß trotz allem weh getan haben.«

Johnny sah Gates an. Wie sollte er ihm klarmachen, ohne als kaltschnäuziger und abgebrühter Hund dazustehen, daß es überhaupt nicht weh getan hatte? »Inspector, haben Sie jemals eine Frau gehabt, der mehr am Sex lag als an Ihnen?«

»Ich habe ein sehr behütetes Leben geführt«, kam die trockene Antwort.

Johnny lachte kurz auf. »Ich nicht. Glauben Sie mir, dieses Problem hat es für mich vorher nicht gegeben. Mir wurden mit der Zeit sogar die Emanzen sympathisch, die ständig von Lustobjekten reden. Zuerst war es natürlich unheimlich gut, da konnte ich gar nicht genug bekommen. Aber dann . . .« Er seufzte, während Gates ein etwas ungläubiges und deutlich belustigtes Gesicht machte. »Spricht nicht gerade für mein Macho-Image, was? Aber sehen Sie, ich habe was im Kopf, ich habe Talent, ich habe sogar ein Herz, und alles, was Lisa von mir wollte, war mein Schwanz. Wissen Sie, wie man das nach einer Weile findet? Wenn man es auf jede nur erdenkliche Art gemacht hat, wenn es nur das ist und keine Spur von Liebe oder Zärtlichkeit dazukommt, wenn man nichts hat, worüber man reden kann? Ich will es Ihnen sagen. Langweilig findet man es, stinklangweilig. Und ermüdend. Und auf eine ganz blöde Art ist es sogar so etwas wie eine Beleidigung. Ich mochte sie, ich hatte sie gern im Bett, aber ich hatte sie auch gern wieder draußen, weil ich dann die Nacht durchschlafen konnte.« Er starrte auf die ineinandergeschobenen Becher. »Vielleicht ist es aber bei mir auch bloß das Alter.«

»Vielleicht.« Gates schien das nicht besonders lustig zu finden.

»Als sie dann Claverton kennenlernte und er ihr dicke Geschenke machte und so weiter, war ich fast erleichtert. Und ich habe mich ehrlich für sie gefreut. Großes Haus, Freunde aus der Schickeria ... Sie hatte endlich das Gefühl, jemand zu sein. Als sie ging, war das die beste Lösung für uns beide.«

»Aber sie kam wieder«, sagte Gates.

Johnny seufzte. »Ja, sie kam gelegentlich wieder. Claverton ist fast sechzig. Alle Wünsche konnte er ihr eben doch nicht erfüllen.«

»Das dürfte Ihr Macho-Image dann wieder aufgewertet haben«, meinte Gates.

»Es war billiger, als außerhalb Geld dafür auf den Tisch zu legen ...«

»Soso ...«

Johnny legte die Hand um die Becher und quetschte sie zusammen. »Das dürfen Sie nicht falsch auffassen. Ich mochte sie. Ehrlich. Und bei mir brauchte sie sich nicht zu verstellen, sie konnte sich so geben, wie sie war. Manchmal hatte ich das Gefühl, daß sie nicht so sehr den Sex bei mir suchte als Trost. Clavertons Bekannte konnten sie nicht leiden und nahmen sie nicht für voll. Ich hatte den Eindruck, daß sie in dem großen Haus da draußen sehr allein war. Nur mit den Hausangestellten hätte sie wirklich reden können, und das wäre mit Sicherheit Claverton nicht recht gewesen. Sie war trotz ihres tollen Aussehens ein einfaches Mädchen. Ein ganz einfaches Mädchen.«

»Sie hatte eine Jugendstrafe«, bemerkte Gates nach einem Blick auf die vor ihm liegende Akte.

»Ladendiebstahl«, sagte Johnny verächtlich. »Was ist das schon? Sie war damals noch ein Kind.«

»Diebstahl ist Diebstahl«, wandte Gates ein.

Sein Ton brachte Johnny in Harnisch. »Wenn Sie die Akte ein bißchen gründlicher lesen, werden Sie feststellen, daß ihre Eltern durch einen Verkehrsunfall ums Leben kamen, als sie vierzehn war. Das hat sie sehr getroffen. Die Großmutter hat sie dann zu sich genommen, und es dauerte eine Weile, bis die beiden sich zusammengerauft hatten. Als Lisa wegen dieser Geschichte verhaftet wurde, hat die Großmutter fabelhaft zu ihr gehalten. Danach hat es keinen Ärger mehr gegeben.«

»Jedenfalls nicht mit uns.« Gates blätterte um. »Die für sie zuständige Sozialarbeiterin hat hier festgehalten, daß ihre Moral zu wünchen übrig ließ.«

»Sozialarbeiterinnen können manchmal ganz schön zickig sein. Lisa war bildhübsch, sie hat früh begriffen, daß es noch andere Möglichkeiten als Diebstahl gibt, sich seine Wünsche zu erfüllen. Sie war keine Nutte, das können Sie sich ein für allemal aus dem Kopf schlagen.«

»Ich denke, Sie haben sie nicht geliebt?«

»Natürlich habe ich sie geliebt, aber es gibt viele Arten von Liebe. Was ich an ihr liebte, war die Ehrlichkeit, mit der sie sich selbst sah, ihr Realitätssinn, ihr Humor, ihr Verlangen nach Luxus, ihr guter Geschmack...« Er sah, daß Gates ein erstauntes Gesicht machte. »Das überrascht Sie? Lisa erkannte Unechtes schon von weitem – ob es sich nun um Menschen oder um Sachen handelte. Sie hatte einen Blick dafür, das hat ihr Claverton ausdrücklich bescheinigt. In seinem Geschäft ist das buchstäblich Gold wert. Er handelt mit Antiquitäten. Bilder und Möbel. So haben sie sich kennengelernt. Sie kam in seine Galerie, um mir ein Geburtstagsgeschenk zu kaufen, ein gerahmtes Notenblatt, das sie im Fenster entdeckt hatte. Als man es für sie herausnahm, erklärte sie, das Blatt sei eine Fälschung.«

»Kannte sie sich denn in diesen Dingen –«

»Natürlich nicht, sie hatte keine Ahnung. Sie wußte es einfach. Er ließ das Manuskript prüfen, und es stellte sich heraus, daß sie recht gehabt hatte. Das hat ihm imponiert. Das und ihre Oberweite wahrscheinlich.«

»Sie halten nicht viel von Mark Claverton?«

»Ich kenne den Mann nicht. Ich habe nichts gegen ihn.«

»Abgesehen davon, daß er Ihnen Ihre Freundin weggeschnappt hat. Wie ich sehe, ist die Großmutter letztes Jahr gestorben.«

»Ja, im Juni.« Die Erinnerung schmerzte noch immer ein bißchen. Zum ersten- und zum letztenmal in ihrer Beziehung hatte er Lisa mehr als das Übliche geben können. Der überraschende Tod der Großmutter hatte sie tief verstört, und eine Zeitlang hatte sie ihn wirklich gebraucht. »Sie – die Großmutter – war erst siebenundsechzig. Möglich, daß Lisa sie etliche Jahre ihres Lebens gekostet hat. Sie war eine wunderbare Frau.«

»Sie haben sie gekannt?«

»Man konnte kaum Lisa kennen, ohne auch Nicki zu kennen. Zweimal im Monat waren wir eigentlich immer bei ihr, meist am Sonntag. Lisa hat sie natürlich öfter besucht. Sie wohnte in Harrow.«

»Sie sind sonntags zum Mittagessen zu Miss Kendricks Großmutter gegangen?« vergewisserte sich Gates mit erhobenen Augenbrauen.

»Sie meinen, wenn wir nicht gerade mit Bumsen oder Saufen oder Kiffen beschäftigt waren, wie? Offenbar haben Sie die landläufigen verkorksten Vorstellungen von Musikern und Modellen. Lassen Sie sich erzählen, Inspector, wie unser wildes Leben so ablief. Zweimal im Monat waren wir also bei Nicki, Lisas Großmutter, einmal fuhren wir sonntags zu meinen Eltern, und einmal haben wir meine Tochter geholt und haben mit ihr irgend etwas angestellt. Nicht nur Cops haben ein Familienleben. Ich hänge sehr an meinen Eltern, Lisa hing an Nicki, und ich liebe meine Tochter. Wenn ich könnte, würde ich öfter mit ihr zusammen sein, aber da macht ihre Mutter nicht mit. Ich bin halb walisischer, halb italienischer Abkunft, da spielt die Familie eine große Rolle. Ich weiß nicht, was daran so komisch ist . . .«

»Ich habe nicht gesagt, daß es komisch ist –« setzte Gates an.

»Aber Sie haben etwas anderes erwartet, nicht? Tut mir leid, daß ich Sie enttäuschen muß.«

»Sie enttäuschen mich nicht, Cosatelli, Sie interessieren mich. Italiener können sehr leidenschaftlich sein und die Männer sehr besitzergreifend, wenn es um ihre Frauen geht.«

Johnny fing an zu lachen, teils, weil ihn die Vorstellung amüsierte, hauptsächlich aber aus purer Erschöpfung. »Nächstens unterstellen Sie mir noch Mafiaverbindungen. Verdammt noch mal, ich bin ein ganz durchschnittlicher Mann. Mittelstand, Mittelalter, Mittelgröße. Was zum Teufel basteln Sie sich da zusammen?«

»Die Fakten in einem Mordfall, Mr. Cosatelli. Ich versuche in Erfahrung zu bringen, was für ein Mensch Lisa Kendrick war, was für Freunde sie hatte und warum jemand sie brutal zusammengeschlagen und auf einem unkrautüberwucherten Grundstück hat liegenlassen. Wenn Sie das unter zusammenbasteln verstehen, bitte sehr . . .«

Johnny schloß die Augen. »Schon gut.«

Gates schob ihm etwas über den Tisch. »Das sind so die Dinge, an denen ich so bastele, Mr. Cosatelli.«

Johnny machte die Augen auf, sah hin und wünschte, er hätte es nicht getan. Es war ein großformatiges Hochglanzfoto in Farbe von Lisa, aufgenommen am Fundort. Jedenfalls nahm er an, daß es Lisa sein sollte. An dem zusammengeschlagenen, halb entkleideten Etwas, das mit ausgebreiteten Armen und Beinen zwischen den erfrorenen Holunderstrünken lag, war nicht mehr viel zu erkennen. »Herrgott«, stöhnte er, machte die Augen wieder zu und kämpfte verzweifelt gegen die Übelkeit an, die in ihm hochstieg.

Gates nahm das Foto wieder an sich und legte es in die Akte zurück. Er betrachtete Cosatelli nachdenklich. Daß er zutiefst bestürzt und angewidert war, lag auf der Hand. Alles Blut war ihm aus dem Gesicht gewichen, und so etwas kann man kaum spielen. Aber auch einem Mörder kann es einen Schock versetzen, wenn man ihm zeigt, was er in Dunkelheit und Rage angerichtet hat. Und daß sie in jener Nacht bei ihm gewesen war, stand fest.

»Sie sagen, daß Miss Kendrick Ihre Wohnung gegen zwei Uhr morgens verlassen hat«, fing er wieder an. In Cosatellis kantiges Gesicht war die Farbe noch nicht zurückgekehrt, aber das krampfhafte Schlucken hatte aufgehört.

»Ja, so ungefähr. Ich wachte auf, als sie ging. Wahrscheinlich, weil sie die Tür zugeknallt hat.«

»Weshalb hat sie die Tür zugeknallt? Hatten Sie Streit?«

»Nein«, krächzte Johnny. Er räusperte sich und wiederholte: »Nein. Keinen Streit. Ich hatte ihr gesagt, daß sie nicht mehr wiederkommen sollte. Es war nicht gut für sie und für mich erst recht nicht. Ich wußte nie, wann sie auftauchen würde. Sie kam einfach angetanzt und erwartete ... Ich habe einen anstrengenden Beruf, ich muß mich konzentrieren. Und ...« Er verstummte.

»Und?«

Johnny holte tief Atem, sah erleichtert, daß das Foto nicht mehr auf dem Tisch lag und behielt die Augen offen. Seine Stimme war etwas kräftiger geworden. »Und mein Privatleben hat sie dadurch total durcheinandergebracht. Einmal habe ich jemanden mit in die Wohnung genommen, aber Lisa war schon da.«

»Eine Frau?«

»Natürlich eine Frau. Meine Erklärungen hat die gar nicht mehr abgewartet.«

»Lisa Kendrick war also nicht mehr die Frau, die Sie liebten, sondern eher ein Ärgernis.«

»Wenn Sie so wollen.«

»Ein Mensch, den Sie gern losgeworden wären.«

Johnny sah ihn unbewegt an. »Ein Mensch, der ruhig vorher hätte anrufen können. Der nicht mehr das Recht hatte, nach Belieben in meinem Leben ein und aus zu gehen.«

»Na, das kann sie ja jetzt nicht mehr«, stellte Gates fest.

»Nein«, bestätigte Johnny tonlos. »Das kann sie jetzt nicht mehr.«

»Sie sind Miss Kendrick also los – so oder so.«

»Mir lag überhaupt nichts daran, sie loszuwerden, wie Sie es ausdrücken. Ich mochte sie, das habe ich Ihnen schon einmal gesagt. Ich wollte nur unsere Beziehung auf eine andere Basis stellen, mehr nicht. Sie hat früh um halb drei quicklebendig meine Wohnung verlassen. Ich habe sie nicht umgebracht. Ich hatte nicht die Absicht, sie umzubringen, aber ehrlich gesagt, würde ich sehr gern den umbringen, der sie auf dem Gewissen hat. Schreiben Sie das ruhig in Ihr blödes Notizbuch da.«

»Warum?«

»Sagen wir so: Weil ich ein stark ausgeprägtes soziales Verantwortungsgefühl habe. Mir passen Leute nicht, die Leichen in der Gegend verstreuen, das ist Umweltverschmutzung.« Und plötzlich schien der Gedanke, etwas zu gestehen, nur um es hinter sich zu haben, gar nicht mehr so weit hergeholt zu sein. Er hatte darüber gelesen, hatte so etwas im Film und im Fernsehen gesehen, und hier saß er nun selber auf einem harten Stuhl, einem harten Burschen gegenüber, der ihn für einen Mörder hielt, und es war tatsächlich so, wie die Bücher und Filme es zeigten. Genau so.

Ekelhaft.

»Ich habe Lisa nicht umgebracht«, erklärte er fest und beschloß, nun überhaupt nichts mehr zu sagen. Immer wieder stellte er sich vor, wie sie da auf dem verwilderten Grundstück gelegen hatte, während er schlief, vielleicht mit geöffneten Augen, die den Himmel über sich nicht mehr sahen, vielleicht noch mit seinem Samen in sich, und ihr Kleid ... er wußte nicht einmal, welche Farbe ihr Kleid gehabt hatte, sie hatten kein Licht gemacht, er konnte nicht einmal –

»Mark Claverton scheint überzeugt davon zu sein, daß Sie es waren«, sagte Gates.

»So, ist er das. Und deshalb sitze ich hier, ja? Weil so ein geschniegelter Fatzke Ihnen das gesagt hat?«

Gates' Mund wurde noch um einiges schmaler, und er schien sich plötzlich sehr für eine Ecke der Zimmerdecke zu interessieren. »Nein, Mr. Cosatelli. Sie sitzen hier, weil wir mit einer Mordermittlung befaßt sind und Sie, soweit wir wissen, der letzte sind, der Lisa Kendrick lebend gesehen hat. Sie haben sowohl ein mögliches Motiv als auch eine Gelegenheit. Wir hätten Sie auch ohne Mark Clavertons Beschuldigung zur Vernehmung gebeten.«

»Donnerwetter, darauf wärt ihr Schlaumeier ganz von selber gekommen?« fragte Johnny sarkastisch. Gates richtete seinen Blick wieder auf ihn.

»Das würde ich an Ihrer Stelle ganz schnell lassen.«

»Was?«

»Das Sprücheklopfen, Mr. Cosatelli. Ihnen bringt es nichts, und ich müßte unter Umständen den Eindruck revidieren, den ich von Ihnen gewonnen habe.«

»Und was für einen Eindruck haben Sie von mir gewonnen?« fragte Johnny erschöpft. Fünf Stunden saß er jetzt in diesem verdammten Loch. Fünf Jahre. Fünf Jahrhunderte.

»Den Eindurck, daß Sie ein Mann sind, der gern losheulen würde, wenn er sich nur trauen würde, sich gehenzulassen. Daß Lisa Kendricks Tod ein Schock für Sie war. Daß sie Miss Kendrick nicht umgebracht haben.«

Johnny sah ihn lange an. Dann seufzte er. »Getroffen, Inspector. Es mag so aussehen, als ob mich ihr Tod nicht berührt, aber in Wirklichkeit –« Er schloß die Augen. »Ich habe irgendwie ein schlechtes Gewissen, weil ich das Gefühl habe, daß sie mehr verdient, als ich ihr geben kann. Mehr als nur Bedauern oder Kummer. Wut meinetwegen. Oder echten Schmerz.«

»Das ist der Schock, das andere kommt noch, ich erlebe das jeden Tag. Sagten Sie nicht, daß Sie ein Herz haben?«

»Ich neige in Streßsituationen zu einer blumigen Ausdrucksweise«, sagte Johnny mit einem bitteren Geschmack im Mund.

»Manchmal ist man ohne Herz besser dran.«

Für einen Kriminalbeamten war das eine erstaunliche Bemerkung. Er war überhaupt ein erstaunlicher Cop. Johnny sah ihn sich genauer an: Groß, blond, hager, gut gekleidet. Und hundemüde. Gates war offenbar ein gebildeter Mann, intelligent, beredt – und knüppelhart. Ja, daran war nicht zu tippen. »Aber Sie haben doch ein Herz – oder?«

»Nur an meinen freien Tagen.«

»Und wo tun Sie es hin, wenn Sie zum Dienst müssen?«

Plötzlich verengten sich die grünen Augen zu einem Lächeln. »Ganz einfach – ich gebe es an der Garderobe ab.«

Gates war ein Wechselbalg, kein Zweifel. Oder war das auch nur ein Trick, wollte er mit einem Anflug von Humor sein Opfer weich klopfen?

Johnny schwieg, und Gates lehnte sich zurück, angelte eine Packung Zigaretten aus der Jackentasche und bot ihm eine an. Johnny schüttelte den Kopf. Sein Mund war so trocken, daß ihm beim Rauchen die Zunge am Gaumen geklebt hätte.

»Ich vertrödele nicht gern meine Zeit, Mr. Cosatelli«, sagte Gates, einen langen Rauchfaden blasend. »Ich habe ungefähr –« er sah auf die Uhr – »ungefähr fünf Stunden mit Ihrer Vernehmung vertrödelt. Fünf Stunden, die ich auf sehr viel nutzbringendere Tätigkeiten hätte verwenden können.«

»Demnach glauben Sie mir endlich, daß ich es nicht war?«

»Sagen wir so: Daß Sie es waren, halte ich für denkbar, aber nicht wahrscheinlich.«

»Ich kann also gehen?«

Gates stand auf. »Sobald Sie das offizielle Protokoll unterschrieben haben. Aber gehen Sie nicht zu weit weg, ohne uns Bescheid zu geben, Mr. Cosatelli. Für den Fall, daß ich mich geirrt habe. Auch das soll schon vorgekommen sein.«

Er stand noch auf den Stufen, die vom Polizeirevier auf die Straße hinunterführten, und hielt Ausschau nach einem Taxi, als ein alter, aber bestens erhaltener Rolls Silver Cloud am Gehsteig hielt, dem zwei Männer entstiegen. Johnny schlug den Mantelkragen hoch und ging die Stufen hinunter. Dabei sah er auf die Uhr. Er war spät dran, aber der Besitzer des Clubs wußte Bescheid, er hatte ihn angerufen. Er hatte gerade ein Taxi erspäht, als ihn ein heftiger Schlag zwischen die Schulterblätter traf und ihn gegen einen Streifenwagen schleuderte, der direkt vor dem Revier hielt. Der uniformierte Beamte auf dem Beifahrersitz, der gerade auf seinem Klemmbrett einen Bericht schrieb, sah auf; er war ebenso verdutzt wie Johnny.

Jemand packte seinen linken Arm und wirbelte ihn herum. Dann stand einer der Männer aus dem Rolls ihm gegenüber, funkelte ihn wütend an und brüllte. Der Angriff war so plötzlich gekommen, daß John gar nicht begriff, was der Mann von ihm wollte. Er spürte einen Druck im Rücken. Der Beamte versuchte vergeblich, die Wagentür aufzumachen.

»Du hast sie umgebracht ... du Schwein ... umgebracht ...« brüllte der Mann. Im gelben Glanz der Straßenbeleuchtung wirkte sein Gesicht geisterhaft violett, die Zähne waren wie graue Steine in einer schwarzen Höhle, die Augen weit aufgerissen und vorgequollen. Johnny bemühte sich erfolglos, sich zu befreien.

»Umgebracht ... umgebracht ...« tobte der Mann, während sein Begleiter versuchte, ihn wegzuziehen. Der Beamte, der offenbar auf den Fahrersitz herübergerutscht und auf der anderen Seite ausgestiegen war, zerrte jetzt ebenfalls an Johnnys wütendem Angreifer herum. Mit der freien Hand schlug der brüllende Mann plötzlich Johnny ins Gesicht, ein Ring mit einem großen Stein riß die Haut auf.

»Herrgott noch mal ...« Johnny zog erschrocken den Kopf ein, und der Beamte verdrehte dem Mann den Arm hinter dem Rükken. Keuchend und zappelnd starrte Mark Claverton – denn natürlich war das kein anderer als Mark Claverton – Johnny wild an. Das gut geschnittene Gesicht war zu einer geifernden Fratze verzerrt.

Johnny wischte sich mit dem Ärmel übers Gesicht und sah Claverton benommen an.

»Schluß«, stieß der Cop hervor. »Schluß, sage ich.«

»Ich bitte dich, Mark, nimm dich doch zusammen«, mahnte Clavertons Begleiter, ein geschniegelter, gut aussehender Typ, der ein paar Jahre jünger sein mochte als dieser. Clavertons Kamelhaarmantel und der weiße Schal waren verrutscht, der schwarze Homburg lag auf dem Gehsteig.

»Was hat der Kerl hier draußen zu suchen?« fragte Claverton ins Leere hinein. »Warum sitzt er nicht in einer Zelle? Mir hat man gesagt, daß sie ihn verhaftet haben.«

Der Beamte griff fester zu und sah Johnny an. »Wie lautet Ihre Version?«

»Die Version von Inspector Gates meinen Sie wohl ...« Johnny behielt vorsichtshalber Claverton im Auge, während er sich aufrichtete. »Ich bin freiwillig ins Revier mitgekommen, habe meine Aussage zu Protokoll gegeben, und man hat mir gesagt, ich könne gehen. Ich habe sie nicht umgebracht, Claverton. Aber vielleicht waren Sie es?«

»Wer soll wen umgebracht haben?« wollte der Cop wissen.

»Mr. Claverton ist ein leidgeprüfter Mann, er weiß nicht, was er sagt oder tut«, schaltete sich Clavertons Begleiter ein. »Seine Verlobte ist ermordet worden, Sie müssen das verstehen ... der Schock ...«

»Ich verstehe nur eines: Er hat diesen Mann hier angegriffen, ohne daß er einen Anlaß dazu hatte, und das ist strafbar. Möchten Sie Anzeige erstatten, Sir?«

»Nein, vergessen Sie die ganze Geschichte«, sagte Johnny.

Die Rißwunde hörte nicht auf zu bluten, obgleich er ständig mit dem Ärmel daran herumdrückte. »Der Mann ist offenbar nicht ganz richtig im Kopf.«

»*Ich* werde die Geschichte nicht vergessen, Cosatelli«, fauchte Claverton. »Und wenn die Polizei Ihnen nicht das Handwerk legt, tue ich es, das schwöre ich Ihnen.«

»Was ist denn hier los?« Der Fahrer des Streifenwagens war zurückgekommen, und der Kollege erstattete kurz Bericht.

Der Fahrer, der älter und entsprechend vorsichtiger war, betrachtete Claverton und Johnny ziemlich nachdenklich. »Am besten kommen Sie alle mit. Sie haben da eine böse Rißwunde, Sir, die muß auf jeden Fall versorgt werden.«

Claverton machte sich ärgerlich los und hob seinen Hut auf. Dann ging er mit seinem Begleiter die Stufen hinauf, ohne sich noch einmal umzusehen. Johnny folgte mit dem Beamten, der Claverton festgehalten hatte. Der Cop sah Johnny von der Seite an.

»Ich habe den Eindruck, daß der Sie nicht besonders mag.«

Johnny wischte sich noch einmal übers Gesicht und sah sich seinen Ärmel an. »Und ich habe den Eindruck, daß ich obendrein noch ganz schön für die chemische Reinigung werde blechen müssen. So kommt eins zum anderen.«

»Sehr intelligent war das nicht gerade, Mr. Claverton«, stellte Gates gelassen fest. Claverton, der mit gebeugten Schultern auf einem Stuhl vor dem Schreibtisch saß, antwortete nicht.

»Es tut ihm bestimmt schon leid, Inspector Gates«, versicherte Lewis Manvers ölig, als sei von dem enttäuschenden Betragen eines ungezogenen Kindes die Rede. »Miss Kendricks Tod hat ihn tief getroffen. In seinem Schmerz hat er ganz einfach die Beherrschung verloren.«

»Wie ich höre, hat er Mr. Cosatelli auch mit Worten bedroht«, meinte Gates.

»Gott, was man in der Hitze des Gefechts so sagt. Das hat überhaupt nichts zu bedeuten. Mr. Claverton ist sehr gefühlsbetont, und –«

»Warum haben Sie den Dreckskerl nicht verhaftet?« fuhr Claverton dazwischen.

»Sie war in der Nacht bei ihm, oder nicht?«

Gates warf einen kurzen Blick auf Manvers, dann sah er wieder Claverton an. »Ja, das stimmt. Aber sie hat seine Wohnung mehrere Stunden vor ihrem Tod verlassen.«

»Sagt er.«

»Ich kann ihm nicht das Gegenteil beweisen.«

»Was wollen Sie denn da noch groß beweisen? Der Bursche ist ein windiger Musikant ohne jeden finanziellen Rückhalt, wahrscheinlich pervers, das sind sie alle, Kiffer und Säufer . . .« Claverton geriet wieder in Wut, und Manvers legte ihm beruhigend eine Hand auf den Arm, die Claverton ungeduldig abschüttelte.

Gates seufzte. »Da irren Sie, Mr. Claverton. Mr. Cosatelli ist ein angesehener Musiker, der als Pianist wie als Komponist einen guten Ruf hat, von einem mehr als zufriedenstellenden Einkommen ganz zu schweigen.«

»Haben Sie das von Cosatelli?«

»Nein, ich habe mit seiner Agentin gesprochen und mit einem Funktionär der Musikergewerkschaft. Ihre Aussagen decken sich.«

»Nächstens erzählen Sie mir noch, daß Sie mit seiner Mutter gesprochen haben«, höhnte Claverton. »Hat seine Agentin – die ja übrigens von ihm bezahlt wird – Ihnen auch erzählt, was für einen Ruf er bei Frauen hat? Unersättlich ist er, ein geiler Bock. Ständig hat er Lisa angerufen, hat sie gebeten, zu ihm zu kommen, sie war ihm hörig, er –«

»Mr. Claverton«, sagte Gates scharf, und Claverton verstummte jäh. »Ich traue mir durchaus zu, Ermittlungen zur Person von Mr. Cosatelli und aller anderen in den Fall Verwickelten selbständig zu führen.«

»Mark wollte ja damit auch nicht sagen –« setzte Manvers an.

»Doch, genau das wollte ich damit sagen«, widersprach Claverton. »Lisa ist jetzt seit fast zwei Tagen tot, und bis jetzt ist nichts unternommen worden, überhaupt nichts. Wozu zahle ich denn meine Steuern?«

»Auch Mr. Cosatelli zahlt Steuern«, wandte Gates ein. »Und selbst wenn er es nicht täte, selbst wenn er ein windiger Musikant ohne jeden finanziellen Rückhalt wäre, wie Sie es auszudrücken beliebten, hätte er Anspruch auf vollen Schutz durch das Gesetz. Wie Sie sich aufführen, Mr. Claverton, das gefällt mir nicht.« Er hob die Hand, als Manvers protestierend den Mund aufmachte. »Ich halte Ihnen zugute, daß Sie in Ihrem Schmerz vorübergehend vergessen haben, was sich gehört. Niemand könnte es Cosatelli verübeln, wenn er Anzeige gegen Sie erstatten würde. Daß er es nicht getan hat, sollte Ihnen zu denken geben.‹

»Vielleicht möchte er lieber nichts mit der Polizei zu tun haben, um nicht unnötig die Aufmerksamkeit auf sich zu lenken«, meinte Manvers.

»Gates sah ihn scharf an. »Vielleicht.«

»Ich meine – das Mädchen war attraktiv, das will ich gar nicht leugnen, aber eine Unschuld vom Lande war sie nicht gerade. Vielleicht ist sie ja nicht nur mit Cosatelli fremdgegangen.« Claverton knurrte wütend. »Tut mir leid, Mark, aber du kennst meine Einstellung. Lisa war nicht gut genug für dich – kein Wunder bei dieser Familie und dieser Schulbildung. Manchmal trügt der Schein, mehr wollte ich gar nicht sagen.«

»Eben, und deshalb halten wir uns lieber an die Fakten«, meinte Gates sachlich. »Bisher gibt es keinerlei Beweise, die Cosatelli mit dem Mord selbst in Verbindung bringen, obgleich ich nicht ausschließen will, daß er ein Motiv gehabt haben könnte und zweifellos die Gelegenheit hatte. Aber die Gelegenheit hatte theoretisch ganz London.«

»Was heißt ›bisher‹?« fragte Claverton mit neu erwachendem Interesse.

»Die Ermittlung läuft. Unsere Kollegen vom Labor haben ihre Untersuchungen noch nicht abgeschlossen, wir haben noch nicht alle Zeugen vernommen, es kann sich noch alles mögliche ergeben.«

»Dann ist es also denkbar, daß noch Beweise ans Licht kommen?«

»Sicher. Früher oder später kommt alles ans Licht.«

»Ich habe sie nicht ›ständig angerufen‹«, protestierte Johnny, während der Polizeiarzt die Wundränder verpflasterte. Clavertons Ring hatte ihm unter dem linken Auge die Haut bis auf den Knochen aufgerissen. »Übrigens laufen alle meine Gespräche über einen Auftragsdienst. Warum erkundigen Sie sich nicht dort, wie oft Lisa *mich* angerufen hat? Ich kenne nicht mal Clavertons Telefonnummer, und außerdem wäre ich ja schön dumm gewesen, dort anzurufen, nachdem ich von ihr wußte, wie eifersüchtig er war. Wie kann er nur so was behaupten?«

»Ganz schönes Loch«, meinte Gates ausweichend.

»Ich habe mir immer schon einen Schmiß gewünscht«, sagte Johnny. »Ob das wohl den Leuten imponiert?«

»Möchte ich bezweifeln.«

Johnny bewegte das Gesicht, um festzustellen, ob noch alles funktionierte. Soweit schien alles in Ordnung zu sein, aber es tat weh. Während der Arzt sich die Hände wusch, sah Johnny den Inspector nachdenklich an. »Claverton scheint ganz versessen zu sein, mich hinter Schloß und Riegel zu bringen. Daß ich Lisa angerufen hätte, war doch glatt gelogen. Was lügt er sonst noch zusammen? War er wirklich in Birmingham, als sie ermordet wurde?«

»Ja. Wir haben uns in seinem Hotel erkundigt.«

»Ach so.« Johnny schwang sich vom Behandlungstisch herunter, schwankte leicht und hielt sich rasch an der Kante fest. Gates streckte die Hand aus, erreichte ihn aber nicht. »Alles in Ordnung«, wehrte Johnny gereizt ab. »Ich hab nur das Gleichgewicht verloren. Vielen Dank fürs Zusammenflicken«, sagte er zu dem Arzt.

»Gern geschehen. Mal was anderes als die ewigen Urinproben. Ich gebe Ihnen noch eine Tetanusspritze.«

»Eine – was?« fragte Johnny verstört. Der Arzt hatte eine Einwegspritze herausgenommen und zog die Hülle ab. Die Nadel blitzte auf. Johnny lehnte sich an den Behandlungstisch und schlug eigensinnig die Arme übereinander.

»Kriege ich hinterher wenigstens ein Bonbon?«

»Nur, wenn du schön brav bist«, griente der Arzt.
»Ein Haken ist doch immer dabei«, murrte Johńny und machte die Augen zu.

Als er im Club auftauchte, gab es hinter der Bühne einen kleinen Wirbel, weil sie alle dachten, die Polizei hätte ihn zusammengeschlagen. Sie waren fast enttäuscht, als sie hörten, daß es Claverton gewesen war. Er spielte schauderhaft an diesem Abend, aber inzwischen war ihm alles egal.

Er wartete vergeblich auf die Reaktion, die Gates vorausgesagt hatte. Moosh erbot sich, ihn heimzufahren, aber er entschied sich, zu Fuß zu gehen. Auch heute machte er kein Licht in der Wohnung. Er holte sich eine Cola aus dem Kühlschrank – diesmal, ohne etwas umzuwerfen – und ging mit der Dose in der Hand auf und ab. Am Fenster blieb er stehen.

Auf der anderen Straßenseite stand ein Wagen. Er sah den rötlichen Punkt einer brennenden Zigarette in dem dunklen Innenraum. Am liebsten hätte er das Fenster hochgeschoben und den beiden Kriminalbeamten in Zivil ›Gute Nacht‹ zugerufen.

Gates war ein Cop, daran kam keiner vorbei. Keine Handhabe, um ihn zu verhaften, was? Schalten Sie ab, Cosatelli, es ist alles überstanden, ich halte Sie für unschuldig, Cosatelli, Sie sind ein prima Bursche, Sie sind der netteste Pianist in ganz London... Bluff. Alles nur Bluff.

Er legte sich ins Bett, wo ihm noch immer ihr Parfüm in die Nase stieg, stand auf, zog die Wäsche ab, merkte, daß er weinte, merkte, daß er auf Italienisch, Walisisch und Angelsächsisch fluchte und daß ihm die Sache nun doch verdammt an die Nieren ging. Weil er keine saubere Wäsche mehr im Schrank hatte – die nächste Lieferung war erst am Freitag fällig –, wickelte er sich in die Decken wie in ein Büßerhemd, und als es juckte, tröstete er sich mit dem Gedanken, daß man dann doch wenigstens merkte, daß man noch am Leben war – was alles nur noch schlimmer machte.

4

Kurz nach neun rief sein Vater an. Dom, in Italien geboren, aber praktisch Waliser, weil er schon seit dem Krieg dort lebte, sprach ein Englisch, das in seinem Gemisch aus Intonationen und Akzenten einzigartig war. »Wir haben das mit Lisa heute früh in der Zeitung gelesen, Junge. Tut mir leid.«

»Stand auch mein Name dabei?« fragte Johnny unruhig. Es gab eine lange Pause.

»Nein. Warum?«

»Die Polizei hat mich vernommen. Ich war mit ihr zusammen. Nur wenige Stunden vor dem Mord. Aber sonst war nichts weiter«, setzte er rasch hinzu. »Ich habe meine Aussage zu Protokoll gegeben, das war alles.«

Wieder gab es eine merkliche Pause. »Hättest du nicht Lust, ein bißchen zu uns zu kommen, John?«

Er schloß die Augen. Sekundenlang wünschte er sich nichts sehnlicher als das. »Nicht nötig, Dad. Ich bin soweit in Ordnung, es wird am besten sein, wenn ich zusehe, daß ich mit meiner Arbeit weiterkomme. Aber trotzdem schönen Dank.«

»Wenn du was brauchst, rufst du an.« Es war keine Frage.

»Ja.«

»Hast du die Schnabel-Aufnahme bekommen, die ich dir geschickt habe?«

»Ja, am Montag. Wo hast du die bloß aufgetrieben?«

»Über einen Freund. Hast du sie dir schon angehört?«

Doms Freunde in der Musikwelt waren so zahlreich, daß es sinnlos gewesen wäre zu fragen, welcher die alte Schellack-Platte ausgegraben hatte.

»Unwahrscheinlich. Ich hätte mir am liebsten die Hände abgehackt. Daß du daran noch gedacht hast. Es ist lange her.«

»Für dich, nicht für mich.« Ein Berg, der vor dem Sturm schützt, Musikgespräche statt Mord, Kindheitserinnerungen statt des versehrten Erwachsenseins. Er würde nie etwas schreiben können, was groß genug für seinen Vater gewesen wäre.

»Ich geb dir Mutter«, fuhr sein Vater fort. »Auf mich hört sie ja nicht, sag du ihr, daß sie zu dick ist, um jeden Morgen in einem

Trainingsanzug um den Park zu laufen, das gehört sich nicht für sie.« Im Hintergrund machte sich Empörung lautstark auf Walisisch Luft, und Johnny lächelte. Das Lachen seines Vaters war laut und kräftig, meilenweit zu hören. Hier ändert sich nichts, sagte dieses Lachen. Wenn dir danach ist, kommst du heim, wir hören uns unsere Platten an, und daß wir dich lieb haben, sage ich gar nicht erst, denn das weißt du, und du bist jetzt ein Mann.

Er sprach ein paar Minuten mit seiner Mutter, ließ sich von ihr tyrannisieren und ablenken, hörte mit halbem Ohr zu, nickte automatisch, als könnte sie ihn sehen, verabschiedete sich und versprach, am Sonntag anzurufen, wie üblich. Jawohl, nach der Kirche, nach der Plaid-Cymru-Versammlung und nach der Wiederholung der Sendung, die sie am Dienstag in der Funkuniversität versäumt hatte.

»Du bist verrückt, Annie«, lachte er.

»Anders ist gegen dich und deinen Vater einfach nicht anzukommen«, gab sie zurück.

Er fuhr in seine Jeans und einen Pulli und ging aus dem Haus, um frisches Brot und Zeitungen zu kaufen. Noch immer stand auf der anderen Straßenseite ein Wagen, nur war er diesmal blau statt dunkelgrün. Die beiden Insassen beugten sich plötzlich sehr eifrig über ihre Zeitung.

Pantoni's, das kleine Geschäft an der Ecke, wirkte in dieser Gegend so deplaciert, daß Johnny sich oft fragte, wie es sich überhaupt hier halten konnte. Es war eine duftende Höhle, schmal, dunkel und vollgestopft. Nur die Dosen mit Baked Beans, Suppen, Erbsen und Möhren blinkten hell, all die anderen seltenen und ausgefallenen Warenangebote schienen so dauerhaft wie die Regale selbst. Gegenüber der Tür stand ein kleines, verglastes Kühlregal mit dickrindigem Käse, frischen Salaten, dunkelroten knubbligen Salamiwürsten und vor Fettstückchen strotzender Mortadella, herrlichen eingelegten Gurken und Oliven. Das alles roch so hinreißend, daß ihm, ob er nun Hunger hatte oder nicht, prompt das Wasser im Mund zusammenlief, sobald er eintrat.

Neben der Kasse und der Waage waren knusprige Brötchen und Weißbrote aufgetürmt, die in der kalten Luft, die er mitbrachte, leicht zu dampfen begannen. An einer Wand stand ein Regal mit Zeitungen und Zeitschriften, davor standen Kisten mit Melonen, grünen Paprikaschoten, Zwiebeln und Kartoffeln. Die Gemüsesorten wechselten je nach Saison, und manchmal mußte er Rosa nach ihren Namen und der Zubereitungsart fragen.

Als Lisa nicht mehr bei ihm war, hatte Johnny unvermittelt beschlossen, sich für seine sinnlichen Ausschweifungen durch eine vegetarische Lebensweise zu bestrafen. In Wahrheit verhielt es sich wohl so, daß der Geschmack und das Aussehen von Fleisch ihm zuwider geworden waren. Er hatte angefangen, die Dosen mit den unverständlichen Beschriftungen auszuprobieren, und Rosa half ihm dabei. Vor langer Zeit, nachdem sie erfahren hatte, daß er zur Hälfte Italiener war, hatte sie ihn adoptiert. Mit Lisa war sie natürlich nicht einverstanden gewesen; sie ließ sich die Haare färben, sie war keine Italienerin, und sie hatte nicht ordentlich für ihn gesorgt. Er hatte überall Mütter.

Heute aber war Rosa beschäftigt, als er eintrat. Wie schön, ihre Zahnbeschwerden hatten sich offenbar gebessert, neulich war ihr Gesicht ganz verschwollen gewesen. Sie sah auf, lächelte und nahm dann das Gespräch mit der Frau am Ladentisch wieder auf. Johnny sah kurz zu ihnen herüber, während er sich die Zeitungen aussuchte. Er hatte die Frau schon ein paarmal hier im Laden gesehen. Gelegentlich kaufte sie etwas, aber eine richtige Kundin war sie nicht. Sie wirkte nüchtern und tüchtig; ihre Einkäufe packte sie in die Aktentasche, die für sie offenbar Handtaschenersatz war. Vermutlich, überlegte Johnny, war sie eine Beamtin vom Gesundheitsamt oder so etwas, aber sie schien auf freundschaftlichem Fuß mit Rosa zu stehen. Was ihn an ihr interessierte, war nicht ihr Gesicht, das wohl soweit ganz nett war, oder ihre Figur, von der man unter den voluminösen Hüllen kaum etwas sah, sondern das waren ihre Beine. Noch in den flachen Schuhen, die sie offenbar bevorzugte, hatte sie die schönsten Beine, die er je gesehen hatte – und er verstand etwas von Beinen.

Er suchte sich ein paar Dosen zusammen, nahm Boursin,

Milch und saure Sahne aus der Käsetheke, dabei behielt er die Beine im Auge und verfolgte mit einem Ohr die Unterhaltung.

»Die Ergebnisse sind noch nicht da«, sagte Rosa gerade. »Aber er hatte ein recht gutes Gefühl.«

»Mr. Withers auch. Ich habe gestern mit ihm gesprochen. Ich glaube, die Prüfungskommission hat ihm einen Wink gegeben. Ganz inoffiziell natürlich.«

Die Frau lächelte. Sie war wohl doch jünger, als er zunächst gedacht hatte. Noch unter vierzig. »Gino soll mir Bescheid sagen, sobald er etwas hört. Ich bin mindestens ebenso aufgeregt wie er.«

»Okay«, versprach Rosa gelassen. »Und wenn Sie zuerst etwas hören, rufen Sie uns an, ja?«

Johnny packte so diskret wie möglich seine Sachen auf den Ladentisch, aber eine Dose Ratatouille rollte herunter und fiel in die offene Aktentasche. »Ähem«, sagte er vorsichtig.

Die Frau drehte sich um.

»Tut mir leid, aber mein Mittagessen ist zwischen Ihre Akten gekullert.«

Sie sah ihn fragend an. Er versuchte es noch einmal. »Eine meiner Dosen . . . sie ist . . .«

Jetzt hatte sie begriffen und machte ein belustigtes Gesicht. »Hätten Sie nichts gesagt, wäre es mein Mittagessen gewesen. Schade.« Lächelnd gab sie ihm die Dose zurück.

Er hätte das Gespräch gern fortgesetzt, aber ihm fiel nichts mehr ein. Also nickte er nur und holte sich noch ein paar Apfelsinen und zwei der großen Zypernkartoffeln zum Backen in der Folie. Er spürte, daß sie ihn anssah, aber dann verabschiedete sie sich nur sachlich von Rosa und ging. Er legte die Apfelsinen und die Kartoffeln zu dem übrigen. Rosa langte unter den Ladentisch und holte das Vollkornbrot hervor, das sie immer für ihn zurücklegte.

»Ich habe neue Salami, schön kräftig.«

»Nein, danke. Du weißt doch, Rosa: Kein Fleisch.« Es war ein ewiger Streitpunkt zwischen ihnen. Ein Mann braucht Fleisch, erklärte sie unerschütterlich. Er versuchte, bei ihr einen besonders gesunden Eindruck zu machen, um ihr das Gegenteil zu beweisen, aber heute war ihm das wohl nicht so recht gelungen. Er sah furchtbar aus, und sie wußten es beide. Er wechselte rasch das Thema. »Wie geht's Gino?«

»Gut, sehr gut. Er büffelt für eine Prüfung«, sagte Rosa, die sich durch Fragen nach ihrem Wunderknaben leicht ablenken ließ. Weil Rosa immer Schwarz trug und er nie einen Mann im Laden sah, hielt Johnny sie für eine Witwe. Privat wußte er, obgleich sie sich mindestens einmal pro Tag sahen, wenig über sie. Gino, der Sohn, und Theresa, die Tochter, halfen oft abends und an den Wochenenden im Geschäft aus.

»War das eine seiner Lehrerinnen?« fragte er.

Rosa schüttelte den Kopf, wollte etwas sagen, aber als sie beim Eintippen zu den Zeitungen kam, erschien unter den Kartoffeln ein Stück von Lisas Foto.

»Ihre Freundin. Ich habe es heute früh gesehen. Schrecklich, so etwas«, sagte sie verlegen. »Es tut mir sehr leid für Sie, Mr. Cosatelli.«

»Johnny«, verbesserte er automatisch. »Schönen Dank, Rosa. Aber sie war nicht mehr meine Freundin. Schon seit Monaten nicht mehr.«

Sie seufzte. »Trotzdem . . . schrecklich.« Sie tippte die Summe, er zahlte, griff die Tüte und die Zeitungen, lächelte ihr zum Abschied zu und trat hinaus in die Kälte.

Vor seiner Haustür stand Gates und sah ihm entgegen. Er lächelte nicht.

»Sie wollten zu mir, Inspector?« Johnny balancierte die Tüte auf einer Hüfte und angelte den Schlüssel aus der Jeanstasche.

»Wenn Sie ein paar Minuten Zeit haben?«

»Den ganzen Vormittag. Kommen Sie herein, ehe Sie sich etwas abfrieren.« Sie stiegen hintereinander die Treppe hoch. Gates fing die Zeitungen auf, die Johnny unter dem Arm hervorgerutscht waren.

Johnny brachte die Tüte in die Küche, verstaute Milch und Käse im Kühlschrank und schaltete den elektrischen Kessel ein. Über die Frühstücksbar hinweg sah er, daß Gates sich einigermaßen überrascht umblickte.

»Was ist?«

Gates zuckte die Achseln und knöpfte den Mantel auf. »Es ist nicht so, wie ich es mir vorgestellt hatte, besonders von außen. Flügel, Platten, Stereoanlage – das hatte ich erwartet.«

Johnny holte Kaffee und Becher heraus. »Und was hatten Sie nicht erwartet?«

»Den Luxus. Die – die Behaglichkeit.«

Johnny lächelte. »Wir sind nicht alle Kiffer und Säufer«, sagte er friedlich, unbewußt Clavertons Worte wieder aufnehmend. Gates sah ihn an.

»Ich sehe immer noch nicht klar, was Sie eigentlich machen. Ich weiß, daß Sie Jazzmusiker sind, daß Sie Platten machen und so weiter, aber –«

»Von Haus aus bin ich nicht Jazzmusiker«, stellte Johnny richtig. »Ich mache Jam Sessions. Und ich komponiere ein bißchen. Jingles für die Werbung und Kennmelodien fürs Fernsehen. Tiefkühlerbsen, Shampoo, Jeans, Milch, Autos. Manchmal ein, zwei Songs fürs Kabarett. Und Popmusik. Und wenn ich Zeit habe, begleite ich auch. Und bei ein paar Jazz- und Folkfestivals war ich musikalischer Leiter. Nichts Großartiges. Sie glauben gar nicht, wieviel Musik so konsumiert wird.«

»Das bringt doch sicher gutes Geld.«

»Es reicht«, bestätigte Johnny.

»Reicht es auch, um einen wirklich guten Anwalt zu bezahlen?« erkundigte sich Gates, ohne eine Miene zu verziehen.

Johnny bekam ein flaues Gefühl in der Magengegend. »Brauche ich einen?«

»Es wäre eine ganz gute Idee.« Gates lehnte sich vor, um sich ein gerahmtes Notenblatt mit kleinen Federzeichnungen am Rand näher anzusehen. »Ist das von Ihnen?«

»Nein. Von einem gewissen Satie.«

»Cartoonist?«

»Nein. Französischer Komponist, einer der Großen Sechs. Hat unter anderem Ravel und Debussy beeinflußt.«

»Ach so.« Gates wandte sich um. »Ich verstehe nicht sehr viel von klassischer Musik.«

»Und ich nicht sehr viel von der Rechtsordnung. Warum brauche ich plötzlich einen Anwalt?«

»Jeder braucht einen Anwalt.« Gates hatte sich ein weiteres gerahmtes Notenblatt vorgenommen. »Ist das auch Satie?«

»Nein. Eine vielversprechende junge Komponistin namens Allegra Anne Cosatelli.« Wieder wandte sich Gates um, diesmal sichtlich verblüfft. »Meine Tochter«, erläuterte Johnny. »Ich habe ihr immer ein Stück zum Geburtstag geschrieben, diesmal hat sie mir eins geschrieben.«

Johnny sah auf das Tablett herunter. Zucker, Milch, Teelöffel – der perfekte Gastgeber. »Ich habe noch nicht gefrühstückt. Darf ich mir noch einen Toast machen, ehe Sie mich verhaften?«

»Ich habe nichts dagegen.«

Mit nicht ganz sicherer Hand säbelte Johnny ein paar Scheiben von dem frischen Brot herunter, brachte einige halb verkohlte Toasts zustande, trug das Tablett zum Couchtisch und ließ sich in einen Sessel fallen. Gates unterbrach seinen Erkundungsgang und setzte sich zu ihm. Er nahm sich Milch und Zucker und eine Scheibe Toast. Johnny beobachtete ihn nervös. Gates hatte nichts von einer Verhaftung gesagt, hatte aber auch nicht ausdrücklich gesagt, daß er ihn nicht verhaften würde. Er lehnte sich vor und stützte die Ellbogen auf die Knie. »Jetzt sagen Sie mir endlich, weshalb ich Ihrer Meinung nach einen Anwalt brauche.«

»Wir haben heute früh den abschließenden gerichtsmedizinischen Befund bekommen«, erklärte Gates kauend. »Lisa ist nicht geschlagen und ermordet worden. Sie wurde ermordet und hinterher zusammengeschlagen.«

»Als sie schon tot war?«

»Ja. Vielleicht um einen Raubüberfall vorzutäuschen. Der Mörder hat wohl nicht gewußt, daß das sinnlos war. Verletzungen, die einer Toten zugefügt werden, sind ganz anders als Verletzungen bei Lebenden.«

Johnny schluckte. »Und Sie glauben – Sie glauben, so etwas würde ich fertigbringen?«

»*Würden* Sie es fertigbringen?«

»Aber nein . . . Nein.«

Gates holte ein Notizbuch aus der Jackentasche, blätterte, hielt inne. »In Ihrer Aussage steht, daß Sie am Dienstagnachmittag mit einem gewissen Pascal Lebrun trainiert haben.«

Johnny sah ihn verwirrt an. Dann begriff er. »Sie ist getreten worden?«

»Wie sind Sie eigentlich auf *Sabot* gekommen, Mr. Cosatelli?« fragte Gates.

Johnnys Mund und Hals waren plötzlich wie ausgedörrt, und einen Augenblick streikte seine Stimme. Er spürte, wie ihm der Schweiß ausbrach. »Ich habe zwei Jahre in Paris studiert, dort habe ich mit einem gewissen Paul Dessault, einem Cellisten, zusammengewohnt. Er war aus Marseille und hat mich für *Sabot* interessiert. Das ist eine Art Kung Fu, bei der nur mit Beinen und Füßen gekämpft wird. Wenn man von seinen Händen lebt, hat er immer gesagt, ist es gescheiter, das Kämpfen mit den Füßen zu lernen, damit man sich verteidigen kann, ohne die Werkzeuge zu gefährden, auf die man angewiesen ist. Es hat Spaß gemacht, aber ich bin kein großer Sportler; als ich wieder nach England kam, habe ich es aufgegeben. Als ich dann später oft noch spät abends beruflich unterwegs war, fand ich, daß es gar nicht dumm wäre, wieder damit anzufangen. Ich schrieb an Paul, er erkundigte sich und schickte mir Pascals Adresse. Das ist alles.«

Gates klappte sein Notizbuch zu und stand auf. »Wir sind davon ausgegangen, daß sie geschlagen wurde und daß es einen Kampf gegeben hat. Deshalb haben wir uns Ihren Körper und Ihre Hände angesehen. Aber die meisten Verletzungen stammen, wie der Pathologe festgestellt hat, von einer Schuhspitze.« Er ging zur Tür und öffnete sie. Zwei Männer mit einem großen Koffer standen davor.

»Wir hätten gern Ihre Schuhe, Mr. Cosatelli. Alle«, sagte Gates schonungsvoll.

Die Hausschuhe ließen sie ihm. Zu weich, sagten sie. Zu weich, um Gesicht und Körper von Lisa Mary Kendrick zertreten zu haben.

5

Gates, der die Berichte von Clavertons Observanten las, wußte ganz genau, daß Sergeant Dunhill ihn beobachtete. Endlich sah er auf.

»Was soll ich dazu sagen?«

»Für ein Mitglied der sogenannten Oberschicht hat Claverton reichlich merkwürdige Freunde.«

»Mag sein. Aber es ist ja bekannt, daß Geld zu sonderbaren Freundschaften führt. Das beweist noch gar nichts.«

»Und daß er ständig bei uns auf der Matte steht und sich beschwert?«

»Ich habe Manvers gesagt, daß sie wissen müssen, was sie wollen. Wenn Claverton wirklich so viel daran liegt, daß wir Lisa Kendricks Mörder fassen, muß er sich auch mit allem abfinden, was sich daraus ergibt. Das gilt auch für Observationen, für Vernehmungen seiner Bekannten und Kunden und anderer Leute, die Lisa Kendrick gekannt haben.«

»Manvers ist kein Dummkopf. Er weiß ganz genau, daß wir diese Sache sehr viel größer aufziehen als sonst üblich. Und Claverton will ja in Wirklichkeit nur, daß wir den Mord Cosatelli anhängen.«

»Ja, daran hat er keinen Zweifel gelassen. Aber es liegt mir nicht, für andere Leute den Racheengel zu spielen.«

Dunhill ging zum Fenster und klimperte mit dem Kleingeld in seinen Taschen. »Cosatelli ist ja wirklich bisher unser bester Tip.«

»Ich weiß. Wir beobachten ihn weiter. *Er* hat sich übrigens noch nicht beschwert. Aber sie hatte noch andere Freunde. Also hatte sie vielleicht auch noch andere Feinde.«

Dunhill wandte sich um. »Wieso sind Sie eigentlich so sicher, daß es nicht Cosatelli war?«

»Schließlich sehe ich seit zehn Jahren Killern ins Gesicht.«

Dunhill schnaubte durch die Nase und wandte sich wieder zum Fenster. »Es will mir einfach nicht in den Kopf, wieso einer wie Claverton sich mit ihr eingelassen hat.«

»Er ist ein Mann von siebenundfünfzig, der stolz darauf war, sich mit einer tollen Frau am Arm zu zeigen.«

»Ein verheirateter Mann von neunundfünfzig«, betonte Dunhill.

»Dessen Frau seit neun Jahren in der Schweiz lebt«, ergänzte Gates. »Sie leben gesetzlich getrennt.«

»Trotzdem ... Nach allem, was wir über sie wissen, sah diese Kendrick fabelhaft aus und war gut im Bett, mehr war nicht dran an ihr. Aber sie wohnte bei ihm, er nahm sie überall mit ...«

»Laut Cosatelli war sie nicht nur gut im Bett, sie hatte eine gewisse Begabung für das Geschäft, das Claverton betrieb.«

»Das hat Claverton ihr eingeredet. Reines Geschwätz, wenn Sie mich fragen. Was versteht schon ein Mädchen, das es in Harrow mit knapper Not bis zur Mittleren Reife gebracht hat, von Antiquitäten und Bildern? Sie haben die Zeugnisse gesehen, die Berichte der Sozialarbeiterin, sie war nur –«

»Ihre Mutter hat Kunstunterricht gegeben, und ihr Vater war Schreinermeister. Als die beiden starben, war sie vierzehn.«

»Und?«

»In vierzehn Jahren kann man in der richtigen Umgebung durchaus ein Gefühl für Gemälde und Möbel bekommen. Und ihre Großmutter hatte ein Antiquitätengeschäft.«

»Einen Trödelladen.«

»Schön, einen Trödelladen. Was Trödel ist, wußte sie also wenigstens. So weit hergeholt erscheint mir das gar nicht. Cosatelli sagt, daß sie auf Flohmärkten alten Kram erstanden und mit Gewinn weiterverkauft hat, es war ein Hobby von ihr. Auf Flohmärkten kaufen viele Leute, aber nicht alle machen Gewinn dabei. Sie wollte sich von ihren Ersparnissen aus der Modellsteherei ein eigenes Geschäft kaufen. Daß sie nicht ewig jung und schön bleiben würde, war ihr klar. Sie war sehr realistisch, sagt er. Lisa Kendrick könnte für Claverton also ein echter Gewinn gewesen sein. Sie hat kaum Fehler gemacht, meint Cosatelli.«

»Einen muß sie gemacht haben, sonst hätte es nicht dieses Ende mit ihr genommen.«

»Vielleicht suchen wir an der falschen Stelle nach den falschen Dingen«, meinte Gates. »Nach Clavertons Aussage hat sie an jenem Abend ein kleines Vermögen an Schmuck getragen, Ringe, Armbänder, brillantenbesetzte Uhr und und und. Das alles ist verschwunden und bisher noch nicht wieder aufgetaucht. Vielleicht war es doch nur ein Raubüberfall mit tödlichem Ausgang.«

Dunhill schüttelte den Kopf. »Ihr Mörder hat sie gehaßt. So haßt man nur einen Menschen, den man kennt.«

Gates zuckte die Schultern. »Es könnten ausgeflippte Jugendliche gewesen sein, die weitergemacht haben, bis es ihnen langweilig wurde oder jemand sie gestört hat.«

»Wie kommt es dann, daß sie in Highgate gefunden wurde? Cosatelli wohnt in Islington. Das ist eine ganz schöne Entfernung.«

»Vielleicht wollte sie jemanden besuchen. Vielleicht hat sie ein Taxi genommen. Heute früh hat sich ihr Wagen gefunden.«

»Ich weiß, er stand drei Querstraßen von Cosatellis Wohnung entfernt in einem Parkverbot; die Kollegen haben ihn abgeschleppt. Vielleicht hat er sie nach Highgate gefahren, sie umgebracht, ist dann zurückgefahren und hat den Wagen einfach stehenlassen«, meinte Dunhill.

»Wir haben nur ihre Fingerabdrücke gefunden.«

»Dann hat er eben Handschuhe getragen. Er hatte Handschuhe an, als Sie ihn zur Vernehmung brachten. Einer, der auf seine Hände angewiesen ist, trägt dauernd Handschuhe.«

»Das gilt für Lisa Kendrick ebenso. Wir haben unter dem Sitz ein Paar Autohandschuhe gefunden. Wir haben März, es ist kalt draußen.« Er sah Dunhill an. »Claverton trägt auch Handschuhe.«

»Seine Schuhe haben Sie aber nicht untersuchen lassen.«

»Er war tatsächlich in Birmingham, das steht fest«, sagte Gates erschöpft. »Außerdem glaube ich, daß seine Trauer echt ist. Ich gebe zu, er hatte ein Motiv, weil sie ihn mit Cosatelli betrogen hat, aber ich habe so das Gefühl, daß er ihre kleinen Tricks kannte und darüber hinwegsah. Sie war sexuell sehr anspruchsvoll, und wahrscheinlich war ihm klar, daß er da auf die Dauer nicht mithalten konnte. Er will Rache für ihren Tod, nicht für ihre Untreue. Ich glaube, daß er sie ehrlich geliebt hat.«

»Möglich. So oder so – er will Cosatellis Skalp, das steht fest.« Dunhill setzte sich auf die Kante seines Schreibtischs. »Ob vielleicht –«

»Was?«

Dunhill rieb sich die Nase und versuchte, seine Gedanken zu ordnen. »Möglich, daß Claverton sie wirklich geliebt hat, wie Sie sagen. Vielleicht hat es ihn deshalb besonders fertiggemacht, daß sie zu Cosatelli zurückgegangen ist. Sie muß ihm von Cosatelli erzählt haben, jedenfalls anfangs.«

»Und?«

»Ja, und da hat sie vielleicht auch erwähnt, daß er *Sabot* betreibt. Und als er sie dann umbringen ließ, hat er den Tätern gesagt, sie sollten es auch mit den Füßen machen, damit es nach Cosatelli aussieht.«

»Daran habe ich auch schon gedacht«, sagte Gates. »Und nicht nur aus diesem Grund. Ob wohl der Gedanke Cosatelli auch schon gekommen ist?«

Als das Taxi ihn am Künstlereingang der Wigmore Hall absetzte, hatte es angefangen zu regnen. Unterwegs war er noch in ein Schuhgeschäft gestürzt und hatte das erstbeste passende Paar schwarzer Slipper gekauft. Eine Schlange schob sich langsam durch den Vordereingang, was seine Nervosität noch steigerte. Ein Konzert mit Walter Gessler war heutzutage eine Seltenheit. Er hatte sich sehr gewundert, als Laynie ihn vor einem Monat angerufen und ihm erzählt hatte, Gesslers Begleiter liege im Krankenhaus, und Gessler wolle Johnny haben. Vor vielen Jahren hatte er ein- oder zweimal mit Gessler gearbeitet und staunte, daß er sich überhaupt noch an seinen Namen erinnerte. Er habe ausdrücklich ihn verlangt, hatte Laynie versichert, und Gessler hatte ihn, als er zur ersten Probe gekommen war, tatsächlich sehr herzlich begrüßt. Die Proben waren gut verlaufen, trotzdem kam er sich vor wie vierzehn, als er durch den düsteren Korridor zur Garderobe ging. Es ist nicht so einfach, zusammen mit einer Legende aufzutreten.

Besonders wenn du neue enge Schuhe an hast und dies vielleicht deine Abschiedsvorstellung ist, ehe sie dich in den Knast stecken.

Einigermaßen erleichtert registrierte er, daß auch Gessler aufgeregt war. Ständig strich er über seine Geige, summte vor sich hin, spannte und lockerte den Bogen. Als sie aber auf der Bühne standen, war Gessler wie verwandelt. Das weiße Haar, das der Federhaube eines Kakadus glich, wippte auf der rosa Kopfhaut, als er sich mit einer Verbeugung für den Applaus bedankte und mit einer eleganten Bewegung Johnny einbezog, der sich so unauffällig wie möglich auf seine Klavierbank schob.

Weil Gessler zu Anfang des Konzerts am ausgeruhtesten war, begannen sie mit der Kreutzer-Sonate. Johnny registrierte die vertrauten Laute eines großen Konzertsaals, in dem ein aufnahmebereites Publikum sitzt – das Atmen, das unterdrückte Husten, das Scharren von Ellbogen und Gesäßen auf den Polstern. Das war eine ganze andere Atmosphäre als in den Jazzclubs, in denen nur die Hälfte der Besucher überhaupt zuhörte und kaum jemand ganz bei der Sache war. Die Leute, die da unten in dem verdunkelten Saal saßen, kannten die Musik so gut wie er und Gessler, manche vielleicht sogar besser.

Er hatte ganz vergessen, wie beängstigend das sein kann. Und dann merkte er, als sie das zweite Stück begannen, daß etwas ganz und gar Unerwartetes in ihm vorging. Seine persönlichen Sorgen wirkten sich nicht negativ auf sein Spiel aus, im Gegenteil. Während er sich Gesslers in dem Schubertstück etwas exzentrischem Bogenstrich anpaßte, spürte er, daß die Musik ihm Auftrieb gab, ihn tröstete und ihm eine lange nicht mehr erfahrene Kraft schenkte.

Beim fünften Stück waren die Zuhörer offenbar darauf gekommen, daß sie hier etwas Besonderes erlebten, denn es war totenstill geworden, man hörte kein Husten, kein Rascheln, da war nur die Musik, die sie alle in ihrem Bann hielt.

Es war – mit Rücksicht auf Gesslers Alter – kein langes Konzert. Als das Programm zu Ende war, wollte das Publikum sie nicht weglassen. Gesslers Gesicht war gerötet, und seine Augen glänzten erregt, aber er freute sich über den Applaus wie ein Kind, dem man ein Eis geschenkt hat. Johnny blieb regungslos am Flügel sitzen, während Gessler eine Zugabe spielte. Er erhob sich, als der Beifall aufbrandete, weil er Angst hatte, Gessler könne sich im Hochgefühl des Augenblicks übernehmen, aber der alte Herr winkte ihm, sich wieder zu setzen, trat an die Rampe und hob um Ruhe bittend die Hände.

»Sie waren ein wunderbares Publikum«, sagte er mit seiner leicht zitternden Stimme, »aber ich bin ein alter Mann, und jetzt bin ich müde.« Ein enttäuschtes Volksgemurmel wurde laut, und er hob den Bogen und drohte ihnen damit wie ein Schulmeister.

»Ich möchte Ihnen gern noch mehr geben, weil Sie mir so viel gegeben haben, aber daß dieses Konzert wie ein kleines Wunder war, lag nicht allein an mir. Allzuoft werden die Begleiter übersehen – vielleicht auch deshalb, weil sie nicht alle vom Range eines John Cosatelli sind. Sicher würden Sie gern noch etwas von ihm hören, nicht wahr?«

Die Zuhörer applaudierten zustimmend. Wahrscheinlich hatten sie nur keine Lust, in den Regen hinauszugehen. Wenn er die Augen zusammenkniff, konnte Johnny gerade die ersten beiden Reihen erkennen, lächelnde Gesichter über klatschenden Händen.

Und dann sah er sie. Dunkles Haar im Pagenschnitt, Ponyfransen, die weit in das Gesicht mit den vielen kleinen Fältchen hineinhingen, große, braune, durchtriebene Augen. Sie klatschte wie besessen und sagte etwas zu dem Dicken, der, die Hände zu einem Dach unter dem Kinn zusammengelegt, neben ihr in seinem Sitz hing.

»Das habt ihr euch ja schön ausgetüftelt, du und Laynie«, zischte er, während Gessler sich für den Beifall bedankte.

»Ausgetüftelt? Nein, John, das Publikum nach Maß ist noch nicht erfunden. Gib ihnen, was sie haben wollen, und freu dich darüber«, meinte Gessler gutmütig. »Was soll ich ansagen?«

Johnny sah wieder zu Laynie herunter. Wer war bloß der Dicke? Er kam ihm irgendwie bekannt vor. Vermutlich erwartete sie seine übliche Zugabe, die Préludes in e-Moll und G-Dur von Rachmaninow. Sie wollte ihn also wieder zurückklocken. Na schön – er würde ihr zeigen, wie sinnlos das nach so langer Zeit war. Vielleicht war dann endlich mal Schluß mit dem ewigen Hin und Her.

»Alborado del Gracioso«, sagte er zu Gessler.

Gesslers lächelndes Runzelgesicht wurde ausdruckslos. »Sei nicht albern.« Das Publikum wartete geduldig. »Die Leute wollen einen Chopin, einen Rachmaninow, etwas Leichtes...«

»Das oder gar nichts«, erklärte Johnny entschlossen.

Gessler trat wieder an die Rampe. »Mr. Cosatelli spielt einen Ravel für Sie«, sagte er und zog sich rasch zurück.

Johnny hob die Hände und begann mit den hüpfenden Synkopen der Einleitung. Er hörte, wie ein paar Leute nach Luft schnappten. Es waren eben wirklich Musikkenner, die dort unten saßen. Und dann hörte und sah er nichts mehr, dann spürte er nur noch den Geist des alten Maurice Ravel, der ihm über die Schulter sah. Konzertpianisten waren für Ravel ein rotes Tuch gewesen, und der Alborado war eine seiner besonders tückischen Hinterlassenschaften für jene Brut, die er »Zirkusartisten« genannt hatte.

Maurice und er warteten auf das Fiasko, aber sie warteten vergeblich. Es schien, daß er heute einfach nichts falsch machen konnte. Seine Hände schienen gewichtslos zu sein und voll von zuckendem Leben. Er beobachtete sie fast unbeteiligt, wie sie über die Tasten schnellten, die Noten bündelweise packten und einzeln, säuberlich getrennt, wieder fallenließen. Dann war es zu Ende. Johnny sah seine Hände an, die jetzt in seinem Schoß lagen, sah Gessler an, und das Publikum begann zu rasen.

Laynie hat recht, dachte er benommen. Es geht wirklich noch.

Auch Gessler klatschte, die Geige achtlos unter den Arm geklemmt, als handele es sich nicht um ein Instrument, das sechzigtausend Pfund wert war, der weiße Haarschopf hüpfte. Johnny erhob sich und ging auf ihn zu. Mit einiger Verspätung fiel ihm ein, daß er sich auch noch verbeugen, sich für den Beifall bedanken mußte. Er packte Gessler am Handgelenk und zog ihn zurück auf die Bühne.

»Wir haben zusammen angefangen, jetzt hören wir auch zusammen auf«, sagte er.

»Was schlägst du vor?« fragte Gessler, mit seinem Bogen vergnügt dem Publikum zuwinkend.

Johnny sagte es ihm. Gesslers Reaktion war erst Verblüffung, dann Entsetzen. »Das kann nicht dein Ernst sein.«

»Komm, was wir neulich bei dir gemacht haben, war verdammt gut, das mußt du zugeben.«

»Es wird ihnen nicht gefallen.«

»Das liegt ganz an dir.« Johnny trat an die Rampe. »Meine Damen und Herren, guten Stücken ist es egal, wer sie geschrieben hat.«

»Es wird ihnen nicht gefallen«, wiederholte Gessler.

Sie waren hingerissen.

Hinter der Bühne konnte Gessler gar nicht wieder aufhören zu lachen. »Das hat ihnen besser gefallen als alles andere zusammen«, gluckste er, noch immer ganz verdutzt.

»Hab ich mir gleich gedacht«, meinte Johnny. *Eleanor Rigby* von Lennon und McCartney war sowieso ein reizvolles Stück, aber durch den satten Strich einer Guarnerius del Gesù war nun wirklich etwas ganz Besonderes daraus geworden.

»Das war richtig unverschämt, Johnny«, sagte eine tiefe Stimme hinter ihm. Er wandte sich um. Seine Agentin machte ein belustigtes Gesicht.

»Ja, nicht?« Er strahlte sie an.

»Und es war Angeberei«, ließ sich der Dicke vernehmen, der neben Laynie gesessen hatte. Die farblosen Augen hinter den getönten Gläsern betrachteten ihn mißbilligend, dann krausten sie sich plötzlich zu einem Lachen. »Aber Sie hatten sich die Extratour wirklich verdient.«

»John, das ist Simon Price-Temple«, erklärte Laynie mit Nachdruck. »Er möchte mit dir reden.«

Natürlich, Price-Temple, *The Saint*, erster Dirigent des neu gegründeten Welsh National Philharmonic. Es war durch sämtliche Zeitungen gegangen, und seine Eltern hatten über Weihnachten praktisch von nichts anderem gesprochen. Er wirkte seltsam zerknautscht und unordentlich für einen Mann, dem man nachsagte, er sei der jüngste musikalische Asket in der Branche. Man riß sich darum, für ihn zu spielen, aber nach allem, was man so hörte, war es eine bittere Erfahrung, über die keiner sich hinterher des längeren auslassen mochte.

Gessler bat sie in seine Garderobe. Er setzte sich ein wenig abseits, polierte mit einem weichen Chamoistuch seine Geige, hörte zu, nickte gelegentlich und beobachtete Johnny.

»Der Alborado war – eindrucksvoll«, räumte Price-Temple ein, während er sich vorsichtig auf einem vergoldeten Sesselchen zurechtrückte, das rechts und links zu klein für ihn war. Er nahm die Brille ab und putzte sie mit einem Taschentuch, das – sichtlich schon vor längerer Zeit – auch als Serviette gedient hatte.

»Mich hat er auch beeindruckt.« Johnny lächelte. »Ich hätte nicht gedacht, daß es so gut gehen würde.«

»Warum zum Teufel haben Sie dann gerade das gespielt?«

»Es war als eine Art Kamikaze-Flug gedacht.« Johnny warf Laynie einen kurzen Blick zu. »Aber offenbar bin ich noch heil. Leider.«

»Ich habe die Préludes von Rachmaninow erwartet«, meinte Laynie leicht verärgert.

»Eben. Aber es macht einfach einen schlechten Eindruck, wenn du in der Öffentlichkeit einschläfst.«

»Aber Kinder«, mahnte Gessler gütig.

»Und was dich betrifft ...« Johnny wandte sich ihm zu. Gessler grinste ohne das mindeste Schuldbewußtsein.

»Jetzt hör mal, mein Kleiner«, unterbrach ihn Laynie mit ihrer sanftesten Stimme. Er wappnete sich. Diese Stimme hatte nichts Gutes zu bedeuten.

»Nein, Laynie«, erklärte er. »Nein und nochmals nein.«

»Jetzt hör doch erst mal zu. Du weißt, daß Simon das Philharmonic leitet –«

»Ja. Herzlichen Glückwunsch.«

Price-Temple wedelte lässig mit dem Taschentuch, stopfte es in die Jackentasche und setzte die Brille wieder auf die Knollennase.

»Simon möchte das Orchester mit einem richtigen Knüller einführen, deshalb plant er für August, gleich nach dem National Eisteddfod, ein großes Festival, und dich möchte er als musikalischen Leiter haben, weil –«

»Warum ausgerechnet mich?« unterbrach Johnny. Das war eine neue Masche. »Es gibt doch Hunderte –«

»Ich denke nicht nur an kulturelle Darbietungen aller Disziplinen«, schaltete sich Price-Temple ein, »sondern auch an Fragen der Weiterbildung, hauptsächlich für junge Leute. Vorträge, Seminare, Meisterklassen. Sie kennen beide Seiten, Mr. Cosatelli.«

»Ja, aber –«

»Wir haben Vorverträge mit Mr. Brubeck und Mr. Zoot Sims geschlossen«, fuhr Price-Temple unerschütterlich fort, »und sind in Kontakt mit einigen führenden britischen Schauspielern. Natürlich möchten wir auch Ihre Gruppe dabei haben.«

»Besten Dank, wird uns eine Ehre sein. Aber was die andere Sache betrifft ... Dafür brauchen Sie einen hauptberuflichen Verwaltungsmann. Sie meinen doch August dieses Jahres, nicht?«

Price-Temple hob die Grübchenhand. »Für die Details habe ich meine Leute. Wir werden privat finanziert, von mehreren großen Firmen. Geld ist genug da.«

»Das hört man gern«, ließ Gessler sich aus seiner Ecke vernehmen. »Und selten.«

»Eben«, bestätigte Price-Temple. »Was ich brauche, ist ein Mann, der genug Grips hat, dem Ganzen so etwas wie eine logische Ordnung, eine gewisse Ausgewogenheit zu geben, und bei allen Beteiligten das Beste herauszuholen. Meiner Meinung nach wären Sie dafür ideal. Sie stammen aus Wales, was bei dem Komitee bestimmt gut ankommt. Sie sind flexibel, können autoritär sein, verfügen über das nötige Wissen und eine Portion gesunden Menschenverstand –«

»Aber ich bin das ganze Jahr über ausgebucht.«

»Das läßt sich alles regeln«, erklärte Laynie.

Kein Zweifel, es war ein schmeichelhaftes Angebot. Finanziell war offenbar alles klar, sonst hätte Laynie schon vorher die Bremse angezogen. Und es war ein wirklich interessantes Projekt. Er machte den Mund auf, aber da kam ihm Price-Temple zuvor.

»Allerdings sind mir inzwischen gewisse Bedenken gekommen, Mr. Cosatelli.«

Alle drei sahen sie den Dicken an, der ihren Blick ungerührt zurückgab.

»Sag mal, Simon, was soll denn das?« fragte Laynie empört.

»Ich –«

Johnny fixierte den Dicken. »Warum?«

»Sie wissen warum. Ich halte mein Angebot aufrecht. Unter einer weiteren Bedingung. Daß Mr. Cosatelli an mindestens zwei Abenden als Solist mit dem WNP auftritt. Mit dem Ravel und noch einem Stück. Vielleicht einem Rachmaninow.«

Johnny blieb das Lachen in der Kehle stecken. »Das ist doch absurd.«

»Ach so«, sagte Laynie besänftigt. »Ach so . . .«

»Nur weil ich den Alborado geschafft habe, ohne mich zu blamieren«, meinte Johnny.

Price-Temple machte ein böses Gesicht. »Wenn Sie meinen Ruf kennen, sollten Sie wissen, daß ich nicht so leichtfertig bin, eine solche Bedingung zu stellen, nachdem ich Sie in nur einem Konzert gehört habe, bei dem Sie vielleicht gerade Glück gehabt haben. Ich kam nicht unvorbereitet. Vier unerträgliche Abende lang habe ich in diesem schäbigen Club gesessen, in dem Sie zur Zeit auftreten. Ich habe mir ungefähr hundert Bänder mit Ihren klassischen Sachen und natürlich die alte Ravel-Platte angehört. Mr. Cosatelli, Sie sind ein Narr, ein Vollidiot, ein hoffnungsloser Schafsesel. Aber Sie sind ein brillanter Pianist. Warum Sie Ihre Begabung an derartigen Schund verschleudert haben, ist mir unbegreiflich. Ihre klassische Technik und Ihre Interpretationsfähigkeit sind beachtlich, meiner Meinung nach einzigartig. Wem so etwas gegeben ist, der hat auch eine gewisse Verantwortung, er hat die Pflicht, seine Gabe nicht nur zu nutzen, sondern auch andere daran teilhaben zu lassen.«

»Das sage ich ihm ja schon seit Jahren.« Laynie freute sich über den unerwarteten und mächtigen Bundesgenossen.

»Ich bin einundvierzig«, fuhr Johnny auf. »Über vierzehn Jahre lang habe ich mich nicht mehr ernsthaft mit klassischer Musik befaßt. Es ist einfach zu spät für mich.«

»Rachmaninow hat mit fünfundvierzig wieder angefangen zu spielen und da war er besser denn je«, wandte Gessler ein.

»Der war eine Ausnahme.«

»Die bist du auch«, konterte Gessler. »Sonst hätte ich nicht gerade dich haben wollen.«

»Es gibt genug Pianisten auf der Welt«, stieß Johnny hervor und drehte ihnen den Rücken zu. »Junge Leute, zäh und ehrgeizig. Wenn die schon umfallen wie die Fliegen, weil sie die Plackerei und die Nervenbelastung nicht verkraften, wie sollte es dann einer schaffen, der mit Riesenschritten auf die Midlife-Krise zugeht? Ich will nicht wieder zurück in diesen Zirkus. Er hat meine Ehe kaputtgemacht und fast auch mich.«

»Mich nicht«, wandte Gessler mit einiger Schärfe ein. »Und ich bin neunundsiebzig. Daß du reifer geworden bist, kann sich nur günstig für dich auswirken.«

»Quatsch. Alles Quatsch. Ich bin einfach zu alt, wer sollte das besser wissen als ich?«

Eine Pause. Price-Temple seufzte. »Könntet ihr uns wohl einen Augenblick miteinander allein lassen?«

»Aber gern«, sagte Gessler belustigt. Er legte die Geige in den Kasten und bot galant Laynie den Arm, die ihn höchst unwillig ergriff. »Kommen Sie, Gnädigste, auf dem Gang steht eine Kaffeemaschine, und es wird mir ein Vergnügen sein, Sie zu einem Becher dieses köstlichen Gebräus einzuladen. Sie bekommen zehn Prozent von meinem Zucker.«

Sekundenlang überfiel Johnny eine unerklärliche Panik, weil er mit dem Dicken allein blieb. Um nicht ständig in das Mondgesicht starren zu müssen, ging er zu Gesslers Geigenkasten hinüber und ließ die Schlösser zuschnappen.

»Wovor haben Sie Angst, Mr. Cosatelli?« fragte Price-Temple. »Vor dem Erfolg – oder dem Scheitern?«

Johnny ließ die Fingerspitzen über das abgeschabte Leder des Geigenkastens gleiten. »Sind Sie Psychoanalytiker im Nebenberuf?«

»Gott behüte.«

Er sah Price-Temple im Spiegel und spürte, wie der Blick der farblosen Augen sich zwischen seine Schulterblätter bohrte.

»Vielleicht habe ich Angst vor der Mittelmäßigkeit«, antwortete er schließlich.

»Aber gerade die haben Sie ja jetzt.«

»Falsch. Ich mache den besten Jazz in ganz London. Wollen Sie mal meine Bankauszüge sehen? Meine Platten gehen gut und bei der letztjährigen Umfrage des *Jazz Journal* bin ich zum Keyboard Man des Jahres gewählt worden.«

»Eben«, stellte Price-Temple fest. »Glauben Sie mir, Mr. Cosatelli, ich achte und bewundere Jazzmusik und Jazzmusiker. Es gibt ganz zweifellos Genies darunter – aber zu denen gehören Sie nicht.«

»Wieso? Wenigstens spiele ich da etwas Eigenes.«

»Das tun Sie eben nicht. Manchmal sind Sie Oscar Peterson, manchmal Teddy Wilson, manchmal Ellis Larkins, manchmal George Shearing, manchmal Herbie Hancock. Man hört gern zu, aber Sie bringen selten etwas Neues. Sie riskieren nichts, bringen leichte Musik im wahrsten Sinne des Wortes. Vielleicht nicht so leicht, daß andere sie Ihnen ohne weiteres nachmachen könnten, aber leicht für Sie.«

Price-Temple machte schmale Lippen, sah zu Boden, sah zur Decke, ließ die Daumen kreisen und schnalzte mit der Zunge.

»Was Sie bringen, ist Rentnerjazz, Mr. Cosatelli, ein Nachhall von dem, was Sie einmal waren, eine Ahnung von dem, was Sie hätten sein können. Da haben Sie Ihre Mittelmäßigkeit.«

»Verstehe. Ihrer Meinung nach ist es also verdienstvoller, wenn einer sich sein Leben lang abzappelt, ohne auf einen grünen Zweig zu kommen. Kunst um der Kunst willen. Damit hat Laynie mich lange genug belämmert. Sie sind zwar berühmter, aber deshalb imponieren Sie mir noch lange nicht.« Er setzte sich auf Gesslers Stuhl, weil ihm, wie er zu seiner Überraschung merkte, die Knie weich geworden waren und er Price-Temples Attacken nicht mehr stehend ertragen konnte.

»Sie wissen, wie man mich nennt?« fragte Price-Temple. »Ich meine nicht die Medien. Die Musiker.«

Johnny brachte ein schmales Lächeln zustande. »Man hört so einiges.«

»Ich würde nicht zulassen, daß Sie schlecht spielen, John«, sagte Price-Temple so leise, daß Johnny es nicht gehört hätte, wenn er nicht im Spiegel über dem Ankleidetisch gesehen hätte, wie sich die wulstigen Lippen bewegten. »Man hat es Ihnen immer zu leicht gemacht, und im Grunde Ihres Herzens wissen Sie das auch.«

»Herrgott, wir reden doch hier nur übers Klavierspielen, nicht über Metaphysik«, knurrte Johnny. Aber er verspürte einen ganz komischen Druck im Magen. Wahrscheinlich war es die gebackene Kartoffel von heute mittag. Er hätte den Käse weglassen sollen. Er rutschte auf dem Stuhl herum, sah im Spiegel Price-Temples Blick auf sich gerichtet, versuchte wegzusehen, schaffte es nicht.

»Sie sind nicht für ein leichtes Leben gemacht«, sagte Price-Temple. »Es wird viel Arbeit geben, ganz klar, aber es ist ja keine große Geschichte, nur ein Sommerfestival. Sie werden wahrscheinlich fünf Jahre brauchen, um sich wieder als Konzertpianist zu etablieren, vielleicht länger, selbst wenn es gutgeht. Entscheidend wird sein, wie es nach dem Festival weitergeht, wie gut Sie kritische Attacken und Parteinahmen ertragen. Man wird Sie in die Defensive drängen, jeder Auftritt wird ein Spießrutenlaufen sein. Es kann sein, daß Sie an mir kaputtgehen. Sie wären nicht der erste. Mich kümmert es nicht besonders, ob Sie kaputtgehen. Ausschlaggebend ist, ob es Sie kümmert. Scheitern ist keine Schande, aber sich vor dem Wagnis drücken, das ist verächtlich. Ich biete Ihnen die Chance, wieder in eine Welt überzuwechseln, in die Sie gehören. Wenn Sie diese Chance ausschlagen, werden Sie bei jedem Atemzug, bei jedem Jingle, das Sie schreiben, bei jeder Jazzphrase, die von anderen Musikern stammt, daran denken, daß es da einen Mann gibt, der Sie durchschaut hat. Der weiß, daß Sie Angst davor hatten, etwas anderes als ein billiger Tastenlöwe in einem Glitzeranzug zu sein.«

»Hat Ihnen schon mal jemand gesagt, daß Sie ein unerträglicher, widerlich-öliger Fettsack sind?«

»Oft.«

»Daß Sie Ihren Beruf verfehlt haben, daß Sie eigentlich Kühlschränke an Eskimos und Schnaps an die Apachen verkaufen müßten?«

»Auch. Ihr Schatz an Schimpfworten entspricht Ihrem Ehrgeiz, Sie mickriger walisischer Gartenzwerg«, sagte Price-Temple in freundlichem Gesprächston.

Johnny biß die Zähne zusammen, wandte sich um, schlug die

Arme übereinander. »Welches Klavierkonzert von Rachmaninow – das Zweite?«

»Nein, das macht Sie zu beliebt beim Publikum. Wenn überhaupt Rachmaninow, dann das Vierte. Oder vielleicht wäre ein Bartók besser.«

»Wann wollen Sie meine Entscheidung haben?«

Price-Temple sah ihn einen Augenblick an, dann wuchtete er sich aus dem bedrohlich ächzenden Sesselchen hoch. »So bald wie möglich, die Zeit wird knapp. Ich kann die Konzerte auch Danny Barenboim anbieten.«

»Der ist gerade darauf angewiesen«, maulte Johnny.

»Über die Einzelheiten ist Laynie informiert. Kommen Sie in ein, zwei Wochen zu mir, dann können wir anfangen zu arbeiten.«

»Saftheini«, sagte Johnny.

Price-Temple blieb an der Tür stehen. »Das war ziemlich schwach. Der sanfte Ashkenazy hat mich mal eine impotente, aufgeblähte Hyäne genannt. Auf englisch ist das vielleicht nichts Besonderes, aber auf Russisch verschlägt es einem ganz schön den Atem. Guten Abend.«

6

Der Regen hatte sich zu Graupelkörnern verhärtet, die Johnnys Gesicht peitschten, als er, die Hände in den Manteltaschen vergraben, durch die dunklen Straßen ging. Die neuen Schuhe waren nicht wasserdicht.

Johnny hatte es gerade noch zur Toilette geschafft, wo er sein Mittagessen und wahrscheinlich auch einen Teil seines Frühstücks wieder von sich gegeben hatte, dann war er an Gesslers offener Garderobentür vorbeigegangen, hatte weder auf Laynies Rufen noch auf Gesslers halb spöttisches, halb verständnisvolles Lächeln reagiert, hatte sich seinen Mantel geschnappt und war gegangen. Vom Reden hatte er vorläufig genug.

In der Dunkelheit stieß er mit einer eilig daherkommenden

schattenhaften Gestalt zusammen, murmelte eine Entschuldigung und hastete weiter, als würde er verfolgt.

Und das stimmte ja auch. Alle wollten sie etwas von ihm.

Laynie wartete darauf, daß er sich als der aufgehende Stern entpuppte, den sie vor Jahren unter Vertrag genommen hatte.

Gessler wartete darauf, daß er das in ihn gesetzte Vertrauen rechtfertigte.

Price-Temple brauchte einen frischen Brocken Fleisch für seinen Bärenzwinger.

Baz brauchte jemanden, an dem er sich festhalten konnte.

Moosh brauchte Nachschub für seinen ewig hungrigen Bauch.

Claverton wollte seinen Kopf.

Gates suchte einen Mörder.

Er zwang sich zu einer langsameren Gangart. Das Konzert hatte um drei angefangen, jetzt war es fast acht. Er war ein Stück mit dem Bus gefahren, aber dann hatte er die dampfende Hitze darin einfach nicht mehr ertragen.

Jetzt ging er zu Fuß an den neuen und doch schon wieder verkommen wirkenden Sozialwohnblocks vorbei, ging vorbei an den bröckelnden Fassaden der einst so begehrten Backsteinbauten, in denen jetzt zweitklassige Anwälte, Zahnärzte und Buchhalter lebten, vorbei an den Pfützen und Löchern der Straßenarbeiten, die offenbar nie ein Ende hatten. Immer schmaler wurden die Straßen. Hier und da drang Licht aus Vorhangritzen, hörte man Schüsse und Musikfetzen aus Fernsehapparaten und menschliche Stimmen – den Baß des Vaters, den Alt der Mutter, Sopransolos von Kindern, die nicht ins Bett wollten.

Price-Temple lag falsch. Eindeutig falsch. John war nicht für den Glanz der Konzertsäle geboren. Alles was er wollte, war ein schönes Leben, ein bißchen Ruhe und Frieden und ab und zu einen Schuß Sahne für seinen Kaffee. Er war naß, er war durchgefroren, er war müde. Alt war er, verdammt noch mal. Zu alt für Experimente, geschweige denn –

Er blieb stehen und sah die lange, leere Straße hinunter.

»Es reizt dich, du blöder Hund, stimmt's?« sagte er laut. Einen Augenblick stand er ganz still, dann fuhr er fröstelnd zusammen und ging weiter. Jetzt führte er schon Selbstgespräche. Das hatte gerade noch gefehlt.

Als er um die Ecke bog, sah er das Licht, das aus Rosas Laden über das nasse, holprige Pflaster fiel. Sahne für den Kaffee war jedenfalls greifbar. Irgendwo gab es doch noch einen Trost. Er machte die Tür auf. Hinter dem Ladentisch saß Gino, zählte das Kleingeld und stapelte es neben der Kasse auf.

»Hey, Johnny. Sie wollen mein Geld? Nehmen Sie es, nehmen Sie's schon.«

»Wie?« Er stand da und triefte das Linoleum voll.

Gino lachte. »So wie Sie aussehen, traue ich Ihnen glatt das Schlimmste zu. Hier –« er schob einen dampfenden Becher über den Ladentisch –, »ich habe noch nicht daraus getrunken, es ist ganz heiß.«

»Nein, danke, ich . . .«

Diese helle, duftende Zuflucht war wie ein Schock nach der einsamen Dunkelheit. Er sah Gino an. »Er will, daß ich das Vierte von Rachmaninow spiele«, platzte er heraus.

»Nein, wirklich? Wer?«

»Simon Price-Temple.« Er griff nach dem Becher und trank ein paar Schluck.

»*The Saint* höchstpersönlich?«

Johnny nickte. Er kam sich plötzlich albern vor. Er hatte nicht Gino erwartet, sondern Rosa, lächelnd, vertraut, schweigsam. Aber Gino wußte Bescheid, der Junge war verrückt nach Musik, ein fanatischer Zuhörer. Seit einiger Zeit sprach er mit Johnny über diesen oder jenen Komponisten, wog diese Interpretation gegen jene ab, war sogar ein paarmal vorbeigekommen, um sich bei Johnny Platten anzuhören und über Musik zu reden. Er war hochintelligent und ein leidenschaftlicher Bach-Verehrer. Er hatte ein Stipendium für eine exklusive Schule in Hampstead bekommen und wollte Jurist werden. Oder vielleicht Physiker.

»Wo steckt denn deine Mutter?« fragte er, um seinen Ausbruch zu überspielen. »Du solltest über deinen Büchern sitzen.«

Gino wurde rot. »Sie fühlte sich nicht recht wohl, da habe ich gesagt, daß ich heute abend die Kasse übernehme. Will er ein Konzert mit Ihnen machen?«

»Ist es etwa wieder der Zahn?« Johnny ging zur Kühltheke und holte einen Karton Milch und eine Packung Hüttenkäse heraus.

»Oder eine Aufnahme?« fragte Gino, Johnnys Frage ignorierend.

»Nein, ein Konzert.« Johnny angelte Geld aus der Tasche. »Wieviel macht's?«

»Das ist ja toll«, sagte Gino.

Johnny hielt inne, die Hand noch in der Tasche. »Kannst du ›toll‹ vielleicht in englische Währung umrechnen?«

»Vierzig Pence.« Gino tippte die Summe ein und warf die Münzen in das Fach. Johnny griff sich seine Sachen und ging zur Tür.

»Moment mal! Sie können doch nicht hier reinplatzen, so was verkünden, meinen Tee austrinken und dann einfach wieder verschwinden«, protestierte Gino.

Johnny blieb stehen, seufzte und stellte Milch und Käse ab. »Ich bin ein bißchen durcheinander.«

»Das sehe ich. Spucken Sie's aus, dann fühlen Sie sich besser.«

Johnny sah in das junge, anteilnehmende, intelligente Gesicht und spuckte es aus, entsetzt, daß er sich vor einem Sechzehnjährigen wie ein Idiot benahm, aber unfähig, es noch länger für sich zu behalten. Ein halber Freund war besser als gar keiner. Er kramte weiteres Kleingeld aus der Tasche, kaufte eine Packung Zigaretten und unterbrach seinen Monolog nur so lange, um sich eine Zigarette anzuzünden und zu husten.

Gino ließ ihn ausreden. Lehnte am Ladentisch, einen erstaunlich reifen Ausdruck in den Augen, und sah zu, wie Johnny auf der kleinen Fläche zwischen den Gemüsekisten und den Oliven und Salamiwürsten hin- und hertigerte. Plötzlich unterbrach sich Johnny mitten im Satz.

»Tut mir leid«, sagte er und kam sich unglaublich töricht vor.

Gino zuckte die Schultern. »Ich weiß wirklich nicht, was Ihnen da leid tut. Wo liegt eigentlich das Problem? Er möchte, daß Sie spielen, er glaubt, daß Sie spielen können und spielen sollten. Na und?«

Johnny spürte, daß sich etwas in ihm löste. Er fing an zu lachen. Über sich, über die Szene, die ganze Situation. »So einfach ist das also . . .«

»Zu einfach, was?« Gino lächelte. »Komplikationen machen die Geschichte erst so richtig schön schwergewichtig, glauben Sie.«

Johnny hörte auf zu lachen. Ja, genau das hatte er gedacht, und ein sechzehnjähriger Junge mußte es ihm ins Gesicht sagen.

»Natürlich«, fuhr Gino fort, der offenbar seine Gedanken erraten hatte, »ich bin ja erst sechzehn und verstehe nichts von solchen Sachen. Schwamm drüber, ich bin eben nur ein ganz kleines Licht...«

»Weißt du, was du mit dieser Schau machen kannst?«

»Ich hab noch ganz andere Sachen drauf. Die Braver-Sohn-Schau, die Rabauken-Schau, die Gute-Schüler-Schau, die Ja-Sir-Nein-Sir-Schau, die –«

Er unterbrach sich. Jemand kam die Stufen herunter, die zu der hinter dem Laden liegenden Wohnung führte. Die Dame mit der Aktentasche.

»Gino, du mußt mit ihr reden, das kann so nicht weiter –« Sie verstummte.

»Das ist Johnny Cosatelli, ich habe Ihnen ja von ihm erzählt.« Gino sah plötzlich wieder aus wie sechzehn und wirkte sehr verlegen.

»Ja, ich erinnere mich. Guten Abend. Ich muß jetzt gehen, Gino, aber ich komme morgen früh noch einmal vorbei. Laß sie nicht aufstehen, ihr könnt ruhig einen Tag lang schließen, auch wenn sie anderer Ansicht ist. Aber so geht es einfach nicht weiter.«

»Kann ich etwas tun?« fragte Johnny, von einem zum anderen blickend.

»Nein, danke«, sagte die Dame mit der Aktentasche schroff. Sie wollte offensichtlich noch mit Gino sprechen, und er begriff, daß er störte.

Johnny machte die Tür zu und ließ die beiden miteinander allein. Er sah noch einmal durch das beschlagene Fenster. Die Frau hieb mit einer kleinen behandschuhten Faust auf den Ladentisch, auf dem seine Milch und sein Hüttenkäse standen. Er mochte die Sachen jetzt nicht holen. Für den Kaffee tat's auch Milchpulver. Gino hatte hilflos und besorgt ausgesehen, als sie ihn mit ihrem Wortschwall überschüttet hatte. Wer zum Teufel war die Person, daß sie sich so aufspielte?

Er mochte Gino, und er mochte auch Rosa. Es waren nette Leute und seine Nachbarn, und niemand hatte das Recht, sie zu schikanieren. Der Wind zerrte an seinem Mantel, der Schneeregen rann an seinem Gesicht herunter. Unvermittelt blieb er stehen und drehte sich auf dem Absatz um. Ein Wagen fuhr langsam an ihm vorbei. Vielleicht war sie Ärztin? Ja, das war möglich. Vielleicht war Rosa ernstlich krank, und Gino hatte es ihm nur nicht sagen wollen. Vielleicht war das verschwollene Gesicht gar nicht die Folge von Zahnbeschwerden. Und sie hatte auch blaue Flecken am Arm gehabt. Vielleicht brauchte sie eine Behandlung, die der staatliche Gesundheitsdienst nicht zahlte, vielleicht konnte er –

Während er noch so dastand, kam die Frau aus dem Laden und verschwand in der Dunkelheit. Die Aktentasche schlug an ihre wohlgeformten Beine, der Wind zerrte an dem kurzen dunklen Haar. Und jetzt schloß Gino auch schon ab und ließ die Jalousie herunter.

Johnny seufzte. Da hatte er Gino mit seinen eigenen lächerlichen Problemchen behelligt, während der Junge vielleicht ganz andere Sorgen hatte. Ein schöner Freund und Nachbar war er gewesen. Bedrückt ging er auf seine Wohnung zu. Als er die Schlüssel herauszog, sah er, daß eine der großen Doppeltüren einen Spalt breit offenstand. Der Wind hatte sie wohl aufgedrückt, offenbar hatte Gage heute abend vergessen abzuschließen.

Als er nach der Klinke greifen wollte, packte jemand seine Hand. In der Dunkelheit zeichneten sich zwei dunklere Schatten ab. Eiserne Finger legten sich um sein Handgelenk, und obgleich er instinktiv zurückgewichen war, wurde er in die dunkle Lagerhalle gezerrt. Wortlos begannen sie auf ihn einzuschlagen.

In rasender Angst fing er an, um sich zu treten. Er traf ein Schienbein, konnte sich losmachen, taumelte gegen einen Stapel Pappkartons, die unter seinem Griff zusammenstürzten wie ein Turm aus Bauklötzen. Seine beiden Angreifer hatten hinter ihm die Tür zugemacht. Es war stockdunkel. Er schob sich an den

Kartonstapeln entlang und tastete nach einer Lücke, in der er sich verkriechen konnte, ehe die beiden den Lichtschalter oder eine Taschenlampe gefunden hatten.

Seine Angreifer waren so blind wie er, aber sie hörten ihn, so wie er sie hörte. Sie keuchten wie gestrandete Wale, und er roch schalen Biergeruch. Was zum Teufel waren das für Typen? Daß Einbrecher heutzutage noch Dosen mit Baked Beans und geschälten Tomaten für eine lohnende Beute hielten, konnte er sich nicht vorstellen. Hatten sie es auf den Lieferwaggen abgesehen, der weiter hinten stand?

Nein, sie hatten es eindeutig auf ihn abgesehen. Sie folgten ihm, die Bleirohre, mit denen sie ihn vorhin bearbeitet hatten, zischten durch die Luft, und er hörte sie nach ihm tasten. Sie benutzten wohl keine Taschenlampen, um nicht draußen zufällig vorbeigehende Passanten auf sich aufmerksam zu machen.

Sein dicker nasser Mantel hatte einen Teil der Schläge abgefangen, aber er spürte einen dumpfen Schmerz über den Schulterblättern. Auch ein Ohr blutete, aber der Schlag hatte ihn nur gestreift, er hatte sich noch rechtzeitig losmachen können.

Er hörte ihre schlurfenden Schritte, hörte das bösartige Zischen der Rohre. Wenn er es bis zur Tür schaffte ...

Er schob sich jetzt an der Flanke des Lieferwagens entlang und spürte das offene Fenster in Schulterhöhe. Er packte den Rahmen, nahm die Beine zusammen und zog sie an. Dabei erwischte er einen der Männer irgendwo zwischen Brust und Magen. Noch immer am Türrahmen hängend streckte er die Beine aus und spürte, wie der schwere Körper zurücktaumelte. Gleich darauf fiel der Mann mit ohrenbetäubendem Krachen in einen Karton voller Saftflaschen. Ein süßlicher Orangenduft erhob sich in der Dunkelheit und mischte sich mit dem scharfen Geruch nach Benzin und seinem eigenen bitteren Schweiß. Er schlug wie ein Glockenklöppel gegen den Wagen, hielt sich weiter fest und machte sich für den nächsten Tritt bereit. Er hörte den zweiten Angreifer zu seiner Rechten, verfehlte ihn und prallte wieder gegen den Wagen. In diesem Augenblick packte ihn der Mann am Mantelärmel.

Der Wind hatte die Tür wieder einen Spalt breit aufgedrückt.

Johnny erkannte, daß der Mann den freien Arm gehoben hatte, erkannte die Waffe in seiner Hand. Er machte sich los, hörte, wie das Rohr oder der Wagenheber oder was immer es war, an seiner Schulter vorbeizischte und mit metallischem Scheppern den Wagen traf. Die Wucht des Aufpralls schlug dem Mann die Waffe aus der Hand, sie fiel klingend auf den Zementboden und schurrte darauf entlang. Aus der Tiefe des Lagerraums hörte er Flüche und das Knirschen von Glas. Der erste Angreifer rappelte sich wieder auf.

Johnny machte einen Ausfall in Richtung Tür, aber der Mann, der seine Waffe verloren hatte, war mit einem Satz bei ihm, packte ihn am Hals und zog ihn zurück. Eine Faust traf seine Schläfe. Der blaßgelbe Schein der Straßenlaternen draußen begann zu wabern und zu schwanken, so daß der Türspalt zerfloß und unscharf wurde. Im Fallen machte er einen letzten Versuch, verhakte seinen Fuß in dem Knie des Angreifers, sie schwankten und stürzten; Johnny landete auf dem harten Boden, der andere auf ihm.

Benommen von den Schlägen und dem plötzlichen Luftmangel hörte Johnny einen Orgelchoral in seinem Kopf aufbrausen. Jetzt war auch der erste Mann bei ihnen, und sie hielten ihn fest, einer an den Beinen, der andere an den Haaren.

»Ziel auf die Hände, ihm kommt's auf die Hände an, hat er gesagt«, sagte der eine, und Johnny merkte, wie er herumgerollt wurde, wie ein Tritt seinen linken Arm, ein zweiter seine linke Hand traf. Schmerz schoß durch den Knöchel den Arm hinauf wie ein rotglühendes Eisen.

Er schrie laut auf.

Plötzlich öffnete sich die große Doppeltür ganz, der Schein der Straßenbeleuchtung traf die beiden Männer, die über ihm waren. Er sah ihre Gesichter, die verkehrt herum über ihm hingen, bedrohliche, unversöhnliche Gesichter, geöffnete Münder, aufgerissene Augen.

»Hey«, rief jemand von der Tür her, »hey, was soll denn das?«

Die beiden sahen zur Tür, fluchten, traktierten ihn mit einem letzten Hagel von Tritten, und flüchteten. Er hörte sehr deutlich das leiser werdende Stakkato ihrer Schritte, dann den durchdringenden Ton einer Polizeipfeife.

Johnny schloß die Augen. Seine Hand war ein Riesenballon aus rasendem Schmerz, von weißglühenden Nadeln durchstochen, in völligem Gleichklang mit dem Pochen in seinem Kopf und hinter seinen Augen pulsierend. Knirschende Schritte näherten sich, und jemand kniete neben ihm. Mühsam machte er die Augen auf, blinzelte in das schwache, gelbliche Licht und sah, daß es Ginos Gesicht war, das über ihm hing.

»Johnny? Herrgott, Johnny ...« Gino sprang auf, er sah jetzt nur noch die Hosenbeine, auf denen sich zwei dunkle Flecken abzeichneten. Das war der ausgelaufene Orangensaft. »Hallo ... hier herein ... rufen Sie einen Krankenwagen.«

Krankenwagen, dachte Johnny dankbar und machte die Augen wieder zu. Gute Idee ...

7

Gates kam, während die Röntgenaufnahmen entwickelt wurden. Johnny saß vornübergebeugt auf einem Stuhl und hielt behutsam seine Hand im Schoß. Sie hatten den Mantelärmel aufgeschnitten und ihm dann den Mantel ausgezogen. Sein Gesicht war öl- und schmutzverschmiert. Sein Haar stand an der einen Seite, wo er in dem klebrigen Orangensaft herumgerollt war, hoch wie das Stachelkleid eines Igels, und die Hosenbeine waren von seinem langen Fußmarsch im Regen zerknittert. Obenherum wirkte er dagegen wie aus dem Ei gepellt in seinem dunklen Anzug. Sogar die schwarze Fliege saß noch richtig.

Er sah Gates an. Sein Gesicht war schmerzgezeichnet, die Stimme flach und ausdruckslos. »Wo waren Sie, als ich Sie brauchte?«

»Im Bett. Es tut mir leid.«

»Sehr gesund, das frühe Schlafengehen.«

»Allerdings. Besonders wenn man, wie ich, achtundvierzig Stunden lang nicht in die Falle gekommen ist.« Gates zog sich einen Stuhl heran. »Haben Sie was gegen die Schmerzen bekommen?«

»Angeblich ja. Allerdings merke ich noch nichts davon.«

Gates zündete eine Zigarette an, reichte sie hinüber und nahm sich selbst auch eine, ohne das Bitte-nicht-rauchen-Schild zu beachten. Cops dürfen das.

»Sie sind uns leider entwischt«, sagte er entschuldigend. »Haben Sie Ihre Angreifer erkennen können?«

»Nicht deutlich, und auch dann nur verkehrt herum.«

»Wir könnten die Fotos aus der Verbrecherkartei umdrehen, vielleicht hilft das.«

»Kaum. Haben Ihre getreuen Wachhunde sich die beiden nicht genauer ansehen können! Und wo waren die überhaupt, als –«

Gates griff sich eine Nierenschale von einem Instrumentenwagen und klopfte seine Zigarettenasche ab. »Sie haben beobachtet, wie Sie zur Haustür gingen und die Schlüssel herauszogen. Dann kam die Ablösung, sie sind bis zur nächsten Ecke gefahren und haben Bericht erstattet. Als die Ablösung dann anrückte, waren Sie nicht mehr zu sehen. Wahrscheinlich, sagten sich die Kollegen, waren Sie inzwischen oben in Ihrer Wohnung gelandet.«

»Haben die Leute keinen Verdacht geschöpft, als kein Licht anging? Haben sie nichts gehört?«

Gates hob die Schultern. »Sie machen nicht immer das Licht an, wenn Sie heimkommen.« Johnny nickte seufzend. Gates fuhr fort: »Und gehört haben sie nichts, weil die Türen des Lagerhauses geschlossen waren, der Wind heulte und der Regen aufs Wagendach trommelte. Sie stellten sich auf eine lange, ereignislose Nacht ein – bis der Junge mit Ihrer Milch kam und die Tür aufmachte. Dann haben sie natürlich sofort geschaltet.«

»Aber nicht schnell genug.«

»Nein«, gab Gates zu, »nicht schnell genug. Um die Ecke wartete ein Wagen mit laufendem Motor auf Ihre beiden Freunde.«

»Jetzt lassen Sie mich mal raten. Das Nummernschild war mit Dreck verkleistert, stimmt's? So mache ich das auch immer, wenn ich losfahre, um jemanden zusammenzuschlagen. Ich bin nämlich ein ganz Vorsichti –« Er schwankte.

»Wollen Sie sich nicht lieber da drüben hinlegen?« fragte

Gates besorgt. Johnny schüttelte den Kopf, wiederholte das Manöver, als müßte er seine Gedanken zurechtschütteln. »Alles in Ordnung.«

»Es war ein gestohlener Granada, den wir eine Meile weiter verlassen aufgefunden haben. Dort sind sie in einen anderen Wagen umgestiegen, der sie erwartete. An dem Granada waren keine Fingerabdrücke, und von dem anderen Wagen konnten die Kollegen nur sagen, daß es ein großer Schlitten war, vielleicht sogar ein Lieferwagen.«

Johnny drehte sich zu Gates um. »Es war ein alter Rolls Silver Cloud. Die Typen kamen von Claverton.«

»Haben sie das gesagt?«

»Sie haben gesagt: ›Ziel auf die Hände, ihm kommt's auf die Hände an.‹ Wer sollte es sonst sein?«

»Ich weiß nicht. Zahlen Sie Ihre Gewerkschaftsbeiträge regelmäßig?«

»Auf den Tag genau. Und ich stehe weder bei einem Kredithai in der Kreide noch habe ich versucht, einem Ganoven sein Revier abzujagen. Das sind doch in den Büchern die üblichen Motive, nicht? Es war Claverton, verdammt.«

»Immer mit der Ruhe.« Gates beobachtete einigermaßen besorgt, wie die Farbe in Johnnys Gesicht wechselte, eben war er noch rot vor Wut, dann wieder blaß wie ein Toter. »Wenn die Schläger wirklich von ihm kamen, werden wir der Sache nachgehen.«

»So wie sie mir nachgegangen sind«, sagte Johnny bitter. Er sah auf die locker in Mull gehüllte Hand herunter. Über dem Knöchel waren ein paar Blutstropfen durch den Verband gedrungen und färbten ihn rot. Er wollte gar nicht wissen, wie es darunter aussah.

»Wir haben –«

»Ich weiß, ich weiß, Sie haben mich observiert, Sie haben mir keinen Personenschutz versprochen. Trotzdem –«

»Trotzdem haben wir nicht unsere Pflicht getan, ich weiß«, ergänzte Gates. »Es tut mir leid, das sagte ich schon.«

»Jedenfalls besten Dank für Ihren Besuch. Oder sind Sie gekommen, um mich zu verhaften?«

»Nein, ich bin nicht gekommen, um Sie zu verhaften«, sagte Gates gereizt. »Ich wollte sehen, wie es Ihnen geht und fragen, ob ich etwas für Sie tun kann.«

»Sie hätten es in der Garderobe abgeben sollen«, sagte Johnny.

»Was?«

»Ihr Herz. Ich will nicht schuld sein, wenn es bricht.«

»Sehe ich danach aus?«

Johnny betrachtete ihn aus verengten Augen. Das lange, hagere Gesicht war von Müdigkeit gezeichnet und mit blonden Stoppeln bedeckt. Unter den grünen Augen lagen tiefe Schatten.

»Zumindest sehen Sie aus, als ob es ein bißchen angeknackst ist«, sagte er schließlich.

»Wahrscheinlich macht das der Gedanke an die Höhe meines Gehaltsschecks.« Gates stand auf. »Einer meiner Leute wird Ihre Aussage aufnehmen und Sie heimfahren. Kommen Sie vorbei, wenn Sie sich besser fühlen, dann schauen wir uns ein paar Fotos an.«

»Verkehrt herum«, sagte Johnny.

»Auch das, wenn es sein muß.« Gates ging hinaus, ohne sich noch einmal umzusehen. In der Tür wäre er beinah mit dem Arzt zusammengestoßen, der einen großen Umschlag in der Hand hielt. Der Arzt nickte Johnny zu, dann schaltete er einen an der Wand hängenden Lichtrahmen ein, nahm die Filme heraus und schob sie unter die Haltefedern am oberen Rand. Er betrachtete die Röntgenbilder lange und pfiff dazu leise zwischen den Zähnen.

»Werde ich Klavier spielen können, wenn es geheilt ist?« fragte Johnny.

»Hahaha«, sagte der Arzt, ohne sich umzudrehen. Er sah aus wie neunzehn und trug eine zerknautschte grüne Khakihose unter einem weißem Kittel.

Johnny schluckte an seiner Verzweiflung. War es so schlimm? »War ist daran so komisch?«

Der junge Arzt seufzte, nahm die Aufnahme heraus, knipste das Licht aus und setzte sich auf einen Hocker, um sie wieder in den Umschlag zu schieben. »Die ersten zehnmal bin ich darauf reingefallen, aber jetzt zieht das nicht mehr.«

»Was meinen Sie?« Johnnys Gesicht war heiß und spannte. Sie hatten die Wunde genäht, die Clavertons Ring gerissen hatte, und zwei neue gleich mit.

Der junge Arzt runzelte die Stirn. »Sie fragen: Werde ich Klavier spielen können? Und ich Idiot sage: Ja. Und dann sagen Sie: Na fein, bisher habe ich es nämlich nicht gekonnt. Wirklich rasend komisch.«

»Ich bin Musiker, Pianist. Die Frage war ernst gemeint. Werde ich wieder spielen können, oder muß ich auf Programmierer umschulen?«

»Ach so. Ja dann... entschuldigen Sie bitte.« Er lehnte sich auf seinem Hocker zurück und versuchte sich in einer Chefarzt-Pose. »Gebrochen ist nichts. Es liegt ein Gelenkbänderriß des Knöchels vor, und das erste Gelenk des Zeigefingers ist angebrochen; möglich, daß Sie da mal Arthritis bekommen, aber dagegen kann man was tun. Daß Sie sich nichts gebrochen haben – pardon, da ist ein kleiner Riß am Handwurzelknochen, aber der ist nicht so ausschlaggebend für die Bewegungsfähigkeit – liegt ganz sicher daran, daß Sie so durchtrainierte Muskeln haben. Die Sehnen haben einen großen Teil der Schläge abgefangen, und die hat's natürlich ganz schön erwischt, aber ich möchte schon annehmen, daß es wieder heilt.« Er holte die Aufnahmen noch einmal heraus, und sie sahen sich zusammen Johnnys Knochen an. Dann beugte er sich vor und schaute genauer hin. »Brauchen Sie den kleinen Finger oft?«

»Ich brauche alle Finger«, betonte Johnny.

»Hm.« Er deutete auf eine der Aufnahmen. »Gewebeschäden lassen sich im Röntgenbild immer schwer beurteilen, aber da könnte es Schwierigkeiten geben. Es gibt da einen Spezialisten in der Harley Street...«

»Pattinson.«

Der Arzt drehte sich um. »Sind Sie bei ihm in Behandlung?«

»Bisher noch nicht, aber die meisten Pianisten kennen seinen Namen. Ich werde mich gleich morgen bei ihm anmelden. Können Sie mir die Aufnahmen mitgeben?«

»Nein, bedaure.« Er knipste das Licht wieder aus. »Außerdem wird er seine eigenen Aufnahmen machen wollen. Wenn

Sie es sich leisten können, sind Sie bei ihm am besten aufgehoben.«

»Ist das alles?«

Der Arzt lächelte. »Soweit es uns beide betrifft – ja. Jetzt weiß ich ja, daß Sie keinen Gips brauchen, da können wir einen richtigen Verband machen. Ach so . . .« Er griff nach einer Tüte, die eine Schwester gebracht hatte. »In ein paar Stunden werden Sie die Tabletten brauchen. Die Hand wird verdammt weh tun.«

»Das tut sie jetzt schon. Aspirin habe ich genug im Haus.«

»Wenn Sie nicht gerade fünfzig auf einmal schlucken – und das dürfte nicht das Gesündeste sein –, nützen die Ihnen ungefähr so viel wie Smarties. Sie machen sich ja keine Vorstellung davon, wie viele Nerven eine menschliche Hand hat. Nehmen Sie die Tabletten, Mr. Cosatelli.«

»Sonst nichts – nur die Tabletten?« Johnny schob unbeholfen die Tüten in die Tasche.

»Ja, und zwar so lange, bis Ihnen nicht mehr die Tränen in den Augen stehen. Von Pattinson bekommen Sie Nachschub. Warten Sie, ich schreibe ihm ein paar Zeilen.« Er kramte in einer Schublade herum, bis er einen Block gefunden hatte, krakelte ein paar Sätze, schob das Blatt in einen Umschlag und klebte ihn zu. »Vorschrift.«

»Scheint eine Wunderdroge zu sein«, meinte Johnny. »Hahaha.«

»Hahaha«, echote der Arzt, ohne eine Miene zu verziehen. »Machen Sie's gut.«

Die beiden Beamten, die aufgepaßt, aber nichts gemerkt hatten, brachten ihn nach Hause. Daß ein Sechzehnjähriger ihnen über gewesen war, schien ihnen doch etwas peinlich zu sein. So bald wie möglich, beschloß Johnny, würde er Gino die größte Stereoanlage kaufen, die er auftreiben konnte. Oder ein Motorrad. Oder eine Plastik mit der Inschrift »Held« auf dem Sockel. Irgend etwas. Aber gutmachen konnte er das, was Gino getan hatte, damit natürlich nicht.

Gates riß die Tür zu seinem Büro auf und sah, daß Dunhill schon auf ihn wartete. Es war fast Mitternacht. »Sie hätten nicht zu kommen brauchen«, sagte er gereizt.

»Sie auch nicht«, schoß Dunhill mit schiefem Grinsen zurück. »Böses Gewissen, böser Gast.«

»Von wem ist denn dieser Quatsch?«

»Von mir. Wie geht's ihm?«

»Die linke Hand ist kaputt.« Gates schälte sich aus seinem nassen Regenmantel und warf ihn auf den Schreibtisch. »Es waren zwei, und sie hatten ausdrücklichen Befehl, sich seine Hände vorzunehmen, sagt er. Wenn der Junge nicht vorbeigekommen wäre und den Lärm gehört hätte...« Er hob die Schultern.

»Aber es ist ja nicht Ihre Schuld«, sagte Dunhill.

»Ich glaube doch.« Gates rieb sich die Augen. »Ich hätte erkennen müssen, daß was im Busch ist. Claverton hat es nicht verwunden, daß wir Cosatelli nicht festgesetzt haben. Er ist ein Typ, der Taten sehen will, und wenn nichts passiert, fängt er selber an zu kurbeln.«

»Aber es muß doch nicht unbedingt Claverton gewesen sein«, wandte Dunhill ein.

»Wer sonst? Kung Fu? Es war Claverton, und Cosatelli weiß das. Ich habe noch nie erlebt, daß ein Mann mit einer Mordswut im Bauch derart ruhig geblieben ist. Es war ein bißchen unheimlich. Wenn wir die Burschen nicht fassen oder eindeutig nachweisen können, daß Claverton dahintersteckt, verliert er auch die Geduld.«

»Dann müssen Sie eben Anweisung geben –«

»Die ewigen Anweisungen hängen mir zum Hals raus«, knurrte Gates. »Ich habe es satt, immer nur abzuwarten. Ich habe es satt, keinen Schlaf mehr zu bekommen. Ich habe es satt, bis zu den Achselhöhlen in der Scheiße zu stehen.«

»Dann nehmen Sie doch den Job in Brüssel«, sagte Dunhill leise.

Gates warf ihm einen scharfen Blick zu. »Woher wissen Sie das?«

Dunhill lächelte. »Das wissen hier alle. Schließlich sind wir Kriminalbeamte. Fährtensucher.«

»Kümmert ihr euch lieber um die Fährten im Mordfall Lisa Kendrick.«

»Gern. Sobald Sie mir sagen, wo ich suchen soll.«

Gates sagte es ihm, aber Dunhill meinte, da würde er wohl nicht viel finden, außerdem sei er kein Schlangenmensch und habe auch keinen Spiegel bei sich.

»Laynie? Hier Johnny...«

»Guten Morgen, mein Kleiner. Du bist früh auf.«

Er war früh auf, weil er sich überhaupt nicht hingelegt hatte. Eine Stunde, nachdem er aus dem Krankenhaus gekommen war, begann die Hand weh zu tun, dann zu klopfen, dann zu brennen, und die Tabletten schienen nicht viel auszurichten, wenn man davon absah, daß sie seine Artikulation behinderten.

»Du wirst meine Verträge umbuchen müssen, und zwar ab heute.«

»Du hast dich also entschieden, Johnny? Das ist ja großartig.«

»Es ist überhaupt nicht großartig.« Er berichtete ihr knapp, was passiert war, und ihre Begeisterung schlug prompt in eine flammende Empörung um, die er beneidenswert fand. Er hatte keine Kraft mehr, sich zu empören.

»Ich bin in zwanzig Minuten da«, erklärte sie und legte auf. Drei Stunden später saßen sie in tiefen Ledersesseln in einem Sprechzimmer in der Harley Street und ließen sich von Pattinson sagen, daß Johnny verdammtes Glück gehabt habe.

»In ein, zwei Wochen werden Sie die Hand wieder bewegen können.«

Laynie atmete erleichtert auf. »Dann kannst du also die Konzerte machen. Gott sei Dank.«

Pattinson war ein hagerer Mann mit schmalem Kopf und dichten Augenbrauen, die er jetzt mißbilligend zusammenzog. »Wenn ich sagte, er werde die Hand in zwei Wochen wieder bewegen können, meinte ich genau das und nicht mehr. Er wird ein Messer halten können, um sein Essen zu zerschneiden. Vom Klavierspielen war nicht die Rede. Es wird Monate dauern, bis die Beweglichkeit wieder –«

»Warum Monate?« fragte Johnny, während Laynie aufstöhnend die Augen schloß.

Pattinson drehte seinen Sessel in seine Richtung. »Weil die Hand schmerzen und sehr steif sein wird, Mr. Cosatelli. Möglich, daß auch der eine oder andere Nerv geschädigt ist, ich will es nicht hoffen, aber das kann man erst feststellen, wenn die Schwellung abgeklungen ist.«

Schwellung war eine medizinische Untertreibung. Als Pattinson behutsam den Krankenhausverband abnahm, hatte Laynie sich mit kreideweißem Gesicht abgewandt. Johnnys linke Hand sah aus wie ein geschwollenes Kuheuter, schwärzlich-rot und grotesk.

»Es wird seine Zeit dauern, bis Sie sich wieder an einen leichten Chopin wagen können.«

»Mit den Schmerzen werde ich schon fertig«, sagte Johnny. Die Tabletten machten ihm noch immer eine schwere Zunge, aber sein Kopf war klar. Klar genug, um zu begreifen, wie sehr ihm daran lag, Price-Temples Herausforderung anzunehmen. »Wenn ich fleißig übe, konzentriert arbeite, könnte das etwas schaden?«

»Nein, immer vorausgesetzt, daß es keine Komplikationen gibt. Natürlich müssen Sie's langsam angehen lassen. Hände zu heilen ist eine sehr dankbare Aufgabe, wenn sie auch zunächst meist schlimm aussehen.« Pattinson besah sich die eigenen über dem flachen Leib gefalteten Hände. »Der eine oder andere Kollege würde vielleicht den Bänderriß im kleinen Finger nähen wollen, aber meiner Meinung nach ist es am vernünftigsten, da überhaupt nichts zu machen. Wenn Sie bereit sind, sich strikt an die Anweisungen einer meiner Therapeutinnen zu halten und eine Menge Schmerzen auf sich zu nehmen – es wird Ihnen nichts geschenkt werden, Mr. Cosatelli –, könnte es uns gelingen, ein kleines Wunder zu vollbringen. Sie haben sicher einen besonderen Grund für Ihre Eile?«

»Er hat die Chance, mit Price-Temple aufzutreten«, sagte Laynie, und Pattinson hob respektvoll eine Augenbraue.

»Im August. Ende August.«

Es gab viele Pianisten und auch andere Musiker, die Pattinson eine Verlängerung ihrer Karriere verdankten. Mehr brauchte sie nicht zu sagen. »Verstehe. Tja, kritisch sind die nächsten beiden Wochen.« Er griff nach einem Rezeptblock. »Wärme und Wachsbäder... Kommen Sie am Montagmorgen vorbei, Mr. Cosatelli. Bis dahin soviel Ruhe wie möglich, für die Hand und für Sie selbst. Nicht biegen, möglichst hochhalten. Ich schreibe Ihnen ein Schmerzmittel auf, damit Sie schlafen können. Mögen Sie Apfelsinen?«

»Apfelsinen?« wiederholte Johnny verständnislos.

»Vitamin C soll in solchen Fällen gut sein. Ich schreibe es Ihnen auch mal auf. Schaden kann es nichts, und vielleicht hilft es wirklich etwas.«

»Apfelsinen. Hat man so was schon gehört«, maulte Laynie.

»Meckern Sie nicht, Laynie«, sagte Pattinson friedlich. »Sie kommen her, werfen mir die ganze Vormittagsplanung durcheinander, machen meine Schwestern wild und drohen, daß Sie zum Boykott meiner Praxis aufrufen werden, wenn ich mich nicht sofort um Mr. Cosatelli kümmere. Ich kann Ihnen nur wünschen, daß Ihre Handmuskulatur den Streß des Scheckschreibens aushält, wenn Sie meine Rechnung bekommen.«

Laynie fuhrwerkte wie eine Wilde in der Wohnung herum, kochte, bezog das Bett frisch, machte all das, wofür sie sonst viel Geld zahlte, weil sie, wie sie häufig mit einiger Schärfe anzumerken pflegte, eben nicht zum Hausmütterchen geboren war. Erst als er merkte, daß sie jeden abgestaubten Gegenstand mit einem energischen Bums wieder auf seinen Platz stellte, begriff Johnny, daß es die reine Wut war, die sie in Bewegung hielt.

Er zuckte zusammen, als sie einen Stapel Noten zusammenlegte und geräuschvoll auf den Flügel knallte. »Tu mir einen Gefallen und hör jetzt auf damit, Laynie.«

»Womit?« Sie griff sich ihre Zigarette aus dem Aschenbecher, nahm einen tiefen Zug und legte sie wieder aus der Hand.

»Mit dem Saubermachen, dem Aufräumen, dem Krach. Es hilft nichts, und ich bekomme nur Kopfschmerzen davon.«

»Du brauchst endlich mal deine Ordnung«, erklärte sie. »Bei

dem ewigen Hin und Her ist es kein Wunder, daß du zu keiner ernsthaften Arbeit mehr fähig bist.«

»Ich habe meine Ordnung, und das weißt du ganz genau. Setz dich endlich.«

Sie seufzte, ließ sich in einen Sessel fallen und schlug brav und ladylike die Beine übereinander.

»Na schön. Jetzt erzähl mir etwas über diesen Saukerl, diesen Claverton.«

»Er glaubt, daß ich Lisa umgebracht habe. Das ist alles.«

»Nicht nur ein Sadist, sondern auch ein Idiot. Weiter.«

»Daraufhin hat er zwei Schläger beauftragt, mir einen Denkzettel zu verpassen.«

»Behauptet das die Polizei, dieser – wie heißt er doch – dieser Gates?«

»Nein, das behaupte ich. Neulich hat Claverton mich persönlich angegriffen, und als Gates mich nicht auf seine Aussage hin festnahm, ist er wohl ungeduldig geworden.«

»Wer ist er, wovon lebt er?«

»Er ist Antiquitätenhändler. Sehr reich, ein bekannter Mann.«

»Nie gehört«, sagte sie, als sei er damit endgültig eingeordnet. Vielleicht war er das auch. Laynie kannte tatsächlich Gott und die Welt. Zuerst hatte er immer den Eindruck gehabt, er sei der einzige Künstler, den sie betreute, denn immer, wenn er anrief, hatte sie Zeit für ihn gehabt. Erst später und ganz allmählich erfuhr er, welche Musiker sie außer ihm noch unter ihre Fittiche genommen hatte, große Namen, die ihn sehr klein aussehen ließen. Und erst, als eine Agentin aus New York Laynie als eine Tigerin bezeichnete, begriff er, was für ein Glück er mit ihr gehabt hatte.

»Ist doch egal«, sagte Johnny. Er hatte wirklich Kopfschmerzen.

»Es ist ganz und gar nicht egal«, fauchte sie ihn an. »Ich werde klagen, und wenn es ihn die letzte Meißner Schäferin in seinem Lager kostet.«

»Gates hat wenig Hoffnung, daß wir es ihm nachweisen können.«

»Dieser Gates scheint eine Pflaume zu sein.«

»Ich glaube, er ist ein recht guter Mann«, sagte Johnny seufzend.

»Hat er zum Beispiel schon mal daran gedacht, daß dieser Claverton vielleicht Lisa auf diese Art hat umbringen lassen, um dir die Schuld zuzuschieben? Zwei Fliegen mit einer Klappe.«

»Ich weiß es nicht, und es ist mir auch egal. Wo hast du die Tabletten hingetan?«

Sie sah auf die Uhr. »Alle vier Stunden, hat er ge –«

»Verdammt noch mal, weißt du, wie weh es tut, Laynie?«

»Schon gut.« Sie brachte ihm die Tabletten und Orangensaft dazu. »Du solltest versuchen, ein bißchen zu schlafen«, sagte sie streng. »Ich habe noch ein paar Kissen aufs Bett gepackt, damit du die Hand hochlegen kannst.«

»Vielleicht möchtest du mich auch ausziehen und in meinen Schlafanzug stecken?« fragte er spöttisch.

»Das hätte ich schon längst haben können. Ehrlich, bei Musikern vergeht mir der Appetit.«

»Warum bist du dann Agentin für Musiker geworden?«

»Eben deshalb. Geschäftliches und Privates muß man trennen. Jetzt los, scher dich ins Bett, damit ich endlich wieder ins Büro komme.«

»Wer hat dich denn gebeten, so lange hier herumzusitzen?«

»Pattinson. Für den Fall, daß sich doch noch Schockwirkungen zeigen.«

»Ach so. Gut zu wissen, daß es kein ehrliches Mitgefühl war. Damit hättest du nämlich leicht dein Image lädieren können.« Leicht schwankend ging er zum Schlafzimmer.

»Eben«, sagte sie ein bißchen mühsam und wandte sich rasch ab. Dann zog sie den Pullover über die Hüften und fuhr in den Mantel. »Antiquitätenhändler also . . .«

Es gab eine kleine Pause. Dann erschien er in der Schlafzimmertür, das Hemd halb ausgezogen, mit verstrubbeltem Haar und feuchtem Gesicht. »Warum?« fragte er mißtrauisch.

»Ilsa versteht was von Antiquitäten.« Ilsa war ihre Partnerin. »Wir teilen uns die Welt, die eine Hälfte kennt sie, die andere ich.«

»Warum?« wiederholte er.

Sie knöpfte den Mantel zu. »Weil ich nicht sagen kann, wieviel aus ihm herauszuholen ist, ehe ich nicht weiß, wieviel er wert ist. Außerdem brauche ich seine Adresse, damit ich ihm jemand schicken kann, der ihm auf die Hände tritt – oder sonstwohin, wo gerade was runterhängt.«

Er trat ein paar Schritte näher. »Ich will nicht, daß du da reingezogen wirst.«

»Keine Angst, mein Kleiner. Du weißt doch, daß ich nur im Reden groß bin.«

Das war ihm neu.

»Jetzt leg dich hin, ich ruf dich heute abend an.«

Er horchte ihrem Schritt nach. Hatte sie wirklich nur so dahergeredet? Ihm fiel ein, was die New Yorker Agentin noch gesagt hatte: »Es gibt jede Menge Leute, die jetzt Arbeitslosengeld beziehen, weil sie sich mit Laynie Black oder einem ihrer Klienten angelegt haben.«

So gesehen konnte einem Mark Claverton fast schon wieder leid tun.

8

Der Schlaf wollte nicht kommen, und der Schmerz nicht weichen.

Er hatte sich immer für einen Rechtshänder gehalten. Jetzt aber stellte er fest, daß seine linke Hand eine ungeahnt große Rolle in seinem Leben spielte. Mit geradezu morbidem Interesse fing er an zu zählen, wie oft er nach etwas griff, sich am linken Ohr zu kratzen versuchte, sich an einem Möbelstück festhielt, um nicht die Balance zu verlieren, und dabei mit dem Boxhandschuh aus Mull schmerzhaft in Kontakt mit harten Gegenständen kam. Als er bis hundert gekommen war, gab er es auf, nicht zuletzt, weil er merkte, daß er heulen mußte. Nicht sehr, gerade nur so, daß ihm noch mieser wurde.

Das Anziehen war nicht angenehmer als das Ausziehen, und er mußte seinen alten Elektrorasierer aus dem Schrank holen, um sich den Bart zu schaben, der trotz allen guten Zuredens nicht aufhören wollte zu wachsen. Dabei haßte er die Trockenrasur. Richtig glatt kam er sich nur vor, wenn er Seifenschaum in den Nasenlöchern und hinter den Ohren gehabt hatte.

Als er nach einem Taxi telefonierte, versuchte er mindestens fünf Minuten lang vergeblich, den rutschenden Apparat auf dem Tisch abzubremsen. Schließlich hielt er ihn mit einem Fuß fest. Als er in den Club kam, war seine Laune nicht die beste.

Moosh saß am Flügel und klimperte mit einem dicken Zeigefinger müßig ein *Over the Rainbow*, über das die Garland sich sehr gewundert hätte. Als er Johnnys Schritte auf der kleinen Tanzfläche hörte, sah er auf. Sein Begrüßungslächeln erstarb.

Bei dem Versuch, sich auf das Podium zu schwingen, verlor Johnny fast das Gleichgewicht, und in seiner Eile, zu ihm zu kommen, warf Moosh die Klavierbank um. Einen Augenblick schwankten sie gemeinsam hin und her, dann trat Moosh einen Schritt zurück, brachte Johnny in Sicherheit, hob knurrend die Klavierbank auf und schob sie Johnny hin. »Warum hast du denn nicht angerufen?«

»Wozu? Ich bin soweit in Ordnung.«

»Wer's glaubt wird selig. Was war denn los?«

»Zwei von Clavertons Typen haben mich zusammengeschlagen. Sie sollten mir die Hände kaputtmachen. Geschafft haben sie nur eine.

»Genügt ja auch.«

Johnny zuckte die Achseln. »Spielen kann ich auch mit einer Hand. Muß sich eben Baz ein bißchen mehr ins Zeug legen.«

Moosh holte sich einen Stuhl heran und setzte sich verkehrt herum darauf. »In diesem Zustand willst du spielen?«

»Warum nicht?«

»Weil es sich mistig anhört, deshalb. Außerdem wird Masuto versuchen, dein Honorar zu drücken, weil du nur mit halber Kraft spielst. Hättest du mir vorher Bescheid gesagt, hätten wir uns um Ersatz bemühen können. Du bist verrückt, John. Außerdem ist es nicht nur die Hand. Du siehst aus, als wenn sie dich rückwärts durch ein Astloch gezogen hätten.«

Johnny wandte sich dem Flügel zu, und dann begann er zu

spielen, wie immer hilflos dem zwingenden Anblick der stummen Tasten ausgeliefert. Er mußte sich ziemlich weit nach hinten setzen, um mit dem rechten Arm voll greifen zu können, aber er brachte ein ganz anständiges *Last Night When We Were Young* zustande.

»Wir können nicht den ganzen Abend Balladen spielen, Johnny«, sagte Moosh vorsichtig.

»Das verlangt ja auch niemand. Ich schaffe das schon.«

»Aber warum denn? Wir haben nur noch diese eine Woche, dann ist bis zum Juli Schluß mit den Sessions, und du kannst dich ausruhen.«

»Sagen wir: Als Abschiedsvorstellung.« Johnny versuchte sich an einer Tempoversion von *But Not For Me*. Es klang jämmerlich, aber er gab nicht auf, suchte sich die Akkorde und Harmonien zusammen, die er zum Ausgleich brauchte.

»So schlimm?« fragte Moosh erschüttert.

Johnny schüttelte den Kopf. »Nein, die Hand wird wieder. Kein Abschied von der Musik, nur vom Jazz.« Er erzählte Moosh von Price-Temple.

Moosh beobachtete Johnnys Hand bei ihren planmäßigen, rhythmischen, die Behinderung buchstäblich überspielenden Bewegungen. Johns Hände hatten ihn schon immer fasziniert, er kannte niemanden, der seine Hände so sauber hielt, ohne ein großes Getue darum zu machen. Eckige Schreinerhände mit breiten Fingern und großen Handflächen, von graziöser Eleganz, dabei nie weibisch.

Sie hatten immer ihre Witze darüber gemacht, daß er wie ein Wirtschaftsprüfer aussah, der den Musiker mimte, aber Cosatelli hatte sich nie irgendeinem Jazz-Image gebeugt. Er machte sich nichts daraus, in dunklem Anzug mit Weste auf den ruppigsten Sessions aufzutreten. Er spielte kraftvollen, maskulinen Jazz mit unerwarteten, überraschend zärtlichen Passagen. Moosh und Baz hatten sich über diese Passagen nie gewundert; wenn Johnny Debussy oder Satie spielte, konnte man meinen, daß aus den muskulösen Handgelenken Schmetterlinge aufflogen. Wie mochte wohl Johnny als an die Wand gepinnter Schmetterling aussehen?

»Da danke ich dir auch schön, John«, sagte Moosh schließlich, ohne die Zähne auseinanderzunehmen.

Johnny sah auf. Sein Lächeln gefror, als er den bösartigen Ausdruck in Moosh' Gesicht sah. Der große schwarze Mann fuhr mit leiser schwarzer Stimme fort:

»Schon den ganzen Abend freue ich mich darauf, dir zu erzählen, daß in den neuesten Charts *Samba Break 6* auf Platz 48 ist. Mit Aufwärtstendenz. Daß wir ein Angebot von Ronnie Scott haben. Für vierzehn Tage im September. Daß Sam Dorking wieder das Schlagzeug übernehmen kann, wenn Buster nächste Woche Schluß macht. Sam war immer Spitze, war schade, daß er sich damals von uns getrennt hat. Und jetzt sagst du mir, daß alles aus ist. Du Arschloch.«

»Von Scott hat Laynie mir nichts erzählt.«

»Kann ich mir denken. Wenn ihr Liebling endlich wieder die Kurve zur Klassik kriegt, schweigt sie sich über so was natürlich aus, die alte Kuh.«

»Jetzt komm, Moosh –«

»Hör bloß auf, du Sack. Schau mich nicht so schmelzend an mit deinen blauen Augen. Denk nur nicht, daß ich dir Blumen auf die Bühne schicke, wenn du dich da oben lächerlich gemacht hast. Du läßt das große Geld sausen, nur weil du plötzlich wieder an Märchen glaubst. Aber du schaffst es nicht, du Klotz, nie schaffst du es . . .«

»Price-Temple glaubt –«

Moosh stand auf und produzierte mit den dicken Lippen einen häßlichen Schmatzlaut. »Price-Temple ist nicht der liebe Gott. Wenn du mich fragst, ihm geht's nur um die Publicity. Rachmaninow, Bartók? Daß ich nicht lache. Paß auf, du spielst schließlich Gershwin, oder das, was sich irgendein junger Fatzke unter einem Jazzkonzert vorstellt. Du bist ein Freak, Johnny. Das Festival ist ein Zirkus, und du bist die Hauptattraktion, wart's nur ab.«

»Nein, Moosh, du verstehst das nicht . . .« widersprach Johnny matt. Vielleicht war das, was Moosh da sagte, gar nicht so von der Hand zu weisen?

Moosh hieb mit der Faust auf den Flügel, daß die Saiten

dröhnten. »Nein, das verstehe ich wirklich nicht. Da läßt einer, den man für einen vernünftigen Typ gehalten hat, etwas im Stich, was er sich in jahrelanger Arbeit aufgebaut hat. Ich weiß, daß du nicht auf das Geld angewiesen bist, bei dir wird ja sowieso alles zu Geld, was du anpackst. Aber wir, Mann, wir müssen jeden Pfennig zusammenkratzen, müssen knapsen und uns krummlegen.« In seiner Rage schlüpfte Moosh in die Rolle des armen kleinen Negerjungen, was er sonst nur tat, um die Leute zum Lachen zu bringen, denn ungeachtet seiner dunklen Haut war er solider Mittelstand wie Johnny und wie dieser auf eine gute Schule gegangen.

»Ich habe ja wohl schließlich noch das Recht, mir mein Leben so einzurichten, wie ich will«, brauste jetzt auch Johnny auf.

»Das hast du eben nicht mehr. Wir haben einen guten Namen, und wir haben eine Chance. Da schmeißt du dich in den Smoking und schwirrst ab in die große weite Welt, und uns läßt du hier in der Scheiße sitzen. Du weißt ganz genau, was passiert, wenn die Gruppe auseinanderläuft.«

»Und ich weiß, was passiert, wenn einer bei mir einen Flügel kurz und klein schlägt. Dann muß er ihn nämlich bezahlen.« Charley Masuto trat auf das kleine Podium. »Wenn ihr zwei was miteinander auszufechten habt, erledigt es gefälligst draußen.«

»Wir haben nichts miteinander auszufechten, Charley«, sagte Johnny. »War nur eine kleine Meinungsverschiedenheit.«

»Klein? Na, ich danke. Ich hab euch bis in den Gang gehört.«

Er stand jetzt neben dem Flügel und bemerkte Johnnys Verband. »Was ist denn mit deiner Hand los?«

»Niednagel.«

»Jemand ist ihm draufgetreten«, sagte Moosh laut. »Schade, daß sie nicht seine Birne erwischt haben.«

Masutos Augen verengten sich. »Stimmt das?« fragte er Johnny.

»Mehr oder weniger. Aber spielen kann ich, keine Bange.«

»Das will ich erst mal hören.«

Johnny spielte ein paar Takte von Liszts Ungarischer Rhapsodie. Als er Masutos Gesicht sah, wechselte er schleunigst zu *Night and Day* über. Das schien etwas besser anzukommen.

»Nicht gerade Spitze, aber es wird wohl reichen«, meinte Masuto ungnädig. »Ist dir wirklich jemand auf die Hand getreten?«

»Nicht der Rede wert.«

»Ich will hier keinen Ärger haben«, sagte Masuto vorsichtig. »Demnächst steht meine Alkohollizenz zur Erneuerung an. Ich hab schon wegen dieser Mordgeschichte ein Auge zugedrückt. Die Cops beschatten dich, und das macht keinen guten Eindruck in meiner Branche.«

»Sie sind nur zu meinem Schutz da.«

Masuto warf einen vielsagenden Blick auf die verbundene Hand. »Ja, das sieht man. Aber meine Gäste wissen das nicht. Cop ist Cop, und manch einer reagiert da allergisch. Ich will nicht, daß mein Name in Verbindung mit einem Mord in die Zeitung kommt, Cosatelli, da bleibt immer was hängen.«

»Es wäre nicht das erste Mal, daß dein Name in der Zeitung steht, Charley«, sagte Johnny trocken. Masutos Ruf war nicht der beste, und sie spielten nur bei ihm, weil Moosh sie gedrängt hatte. Vielleicht war es Masuto, der ihm das Geld aus der Tasche zog? Sein Verdacht verstärkte sich, als Moosh den Friedensengel zu spielen versuchte.

»Wir haben uns nur über Musik gestritten, Mann«, sagte er mit völlig veränderter Stimme. »Kein Problem. Du weißt doch, daß Johnny mit einer Hand besser spielt als andere mit dreien.«

Masuto warf Moosh einen verächtlichen Blick zu. »Zwei sind mir immer noch am liebsten, da weiß ich woran ich bin.«

»Ist ja nur vorübergehend. In ein paar Tagen läuft alles wieder normal«, sagte Moosh mit einen verunglückten Lachen. »Du darfst das alles nicht so eng sehen.«

Masutos schwarze Eidechsenaugen wanderten zurück zu Johnny.

»Ich will keinen Ärger«, wiederholte er. »Ist das klar? Und du kommst gleich mal in mein Büro, Moosh. Das Armband, das du mir da gebracht hast . . .«

Moosh hob warnend die Hand und tat, als müßte er sich das wollige Haar zurückstreichen. Masuto sah, daß Johnny ein erstauntes Gesicht machte.

»Üb du nur fleißig weiter, scheinst es nötig zu haben.« Dann nickte er Moosh zu und verzog sich. Moosh zögerte noch einen Augenblick.

»John, es tut mir leid, ich – Was sein muß, muß sein, da kann man wohl nichts machen. Jammerschade ist es aber doch.«

»Ja, jammerschade«, sagte Johnny bitter. »Mir blutet das Herz, wenn ich daran denke, daß du jetzt wieder Baumwolle pflücken mußt. Dabei weißt du ganz genau, daß du dir deine Leute aussuchen kannst. Genau wie Baz. Ihr braucht mich gar nicht.«

»Ich nicht«, sagte Moosh mit Nachdruck. »Meinetwegen mache ich mir ja auch keine Sorgen...« Dann ging er Masuto nach.

Baz war spät dran. Er sah aus wie eine Leiche auf Urlaub. Verstört betrachtete er Johnnys Hand, aber zu Erklärungen blieb keine Zeit. Die Session begann.

Johnny brachte die Zuhörer mit seinem weißen Boxhandschuh zum Lachen, und sie zogen ganz brav mit. Daß einer, der aus purer Blödheit mit einer Hand in einer Drehtür steckengeblieben ist, mit der anderen keine Meisterleistungen produzieren kann, schien ihnen einzuleuchten. Wie lange ihre Geduld vorhalten würde, war allerdings nicht abzusehen, und auch wie lange er selbst würde durchhalten können, wußte er nicht. Masuto stand mit übereinandergeschlagenen Armen und finsterem Gesicht vor den Garderoben, als er die letzte Nummer hinter sich hatte, aber er ließ ihn passieren, ohne etwas zu sagen.

In der Toilette kämpfte Johnny gerade mit der Erkenntnis, daß auch Reißverschlüsse beidhändig bedient werden müssen, als krachend die Tür auflog.

»Du bist wohl wahnsinnig geworden«, schrie Baz ihn an.

Johnny fuhr herum. »Noch nicht, aber viel fehlt nicht mehr. Wenn du mir nicht mit dem verdammten Reißverschluß hilfst, stellen sie mich noch wegen Exhibitionismus vor Gericht.«

Baz zog Johnny den Reißverschluß hoch, als hätte er seinen dreijährigen Sohn vor sich, und wandte sich gleich wieder ab. »Du hättest eben zu Hause noch mal gehen sollen«, sagte er automatisch. Johnny fing an zu lachen, aber da drehte sich Baz um, und er sah bestürzt, wie wütend er war.

»Soll ich das wirklich glauben, was Moosh mir da erzählt hat?«

»Ich weiß nicht. Was hat er dir denn erzählt?« Jetzt plagte

Johnny sich mit dem Rollhandtuch und zerrte so heftig daran, daß es aus der Halterung riß. »Mist.«

»Daß du in einem Anfall von Größenwahn wieder klassische Musik machen willst und wir anderen dasitzen wie bestellt und nicht abgeholt.«

Johnny besah sich den Handtuchhalter und überlegte, ob er den Schaden irgendwie reparieren konnte. Nein, wohl nicht. »Es steht noch nicht hundertprozentig fest.«

»Ja oder nein?«

»Wenn meine Hand wieder ganz in Ordnung kommt, vielleicht.« Er langte nach der Tablette in seiner Tasche.

»Und was wird aus mir?« fragte Baz. Sein Gesicht war blaß und verkrampft. Immer wieder fuhr er sich mit der Zunge über die Lippen.

»Aus dir?« wiederholte Johnny ehrlich überrascht. »Na hör mal, Baz, du bist einer der besten Bläser in der Branche. Wenn du dir einen neuen Pianisten suchst, kannst du dir deine eigene Gruppe zusammenstellen oder kannst bei einer anderen einsteigen –«

»Nein.«

»Wieso nein? Dich nehmen doch alle mit Kußhand.«

»Nein«, wiederholte Baz. »Du weißt ganz genau, daß ich nur mit dir Jazz spielen kann, Johnny.«

Es war ein altes Problem, das sich nicht aus der Welt schaffen ließ. Baz hatte nun einmal die fixe Idee, daß er nur mit Johnny Jazz spielen konnte, was nicht stimmte – aber da Baz davon überzeugt war, kam es auf dasselbe heraus. Er suchte Halt an Johnny, er suchte Halt an der Flasche, er mußte sich immer irgendwo festhalten, weil er Angst hatte, sonst umzufallen. Tatsächlich legten sie in dem Quartett den Part für Baz vorher sorgfältig fest. Er mußte immer wissen, wo es langging, und ohne Vorbereitung brachte er kein Solo zustande. In dieser Beziehung war er nie ein echter Jazzmusiker gewesen. Andererseits war er dadurch, daß er so viele Instrumente beherrschte, ein echter Gewinn für jede Gruppe, die bereit war, sich ein bißchen mehr Zeit für ihn zu nehmen. Das sagte ihm Johnny jetzt, während Baz in dem kleinen, gekachelten Raum hin und her ging und der gesprungene

Spiegel über dem Waschbecken sein Bild in kubistischen Ausschnitten zurückwarf.

»Ich kann nicht«, sagte er immer wieder. »Ich kann nicht.«

»Warum gehst du dann nicht wieder in ein Symphonieorchester? Laynie könnte dir bestimmt –«

»Berlioz und so 'n Mist? Das halt ich nicht aus, das weißt du doch. Ich brauche den Jazz, ich brauche die Freiheit, die er mir gibt, ich verlier sonst den Verstand . . .«

»Dann halt dich an den Jazz, Baz. Du schaffst es auch, wenn du nur –« Er schluckte die Tablette mit Wasser aus einem Pappbecher. »Du mußt nur an dich glauben.«

»Verlaß mich nicht, Johnny«, bettelte Baz. Er packte die Schlinge, in der die verbundene Hand hing. Sein Atem roch nach Alkohol. Johnny runzelte die Stirn. Von einer Sauftour zur nächsten war Baz bisher eigentlich immer trocken geblieben. »Wir haben im November das neue Album vor, wir haben einen Vertrag«, sagte Baz.

»Das Album können wir trotzdem machen, aber danach ist Schluß.«

»Geh nicht weg, Johnny. Nicht jetzt, nicht jetzt . . .« Seine Stimme war ganz hoch und schrill geworden vor Verzweiflung.

Es mußte die verdammte Trinkerei sein. So offen hatte Baz es noch nie gesagt. Benommen von den Schmerzen, den Tabletten und der Erschöpfung versuchte Johnny sich an das zu erinnern, was er über Alkoholismus gelesen hatte. Vernunftwidriges Verhalten war ja wohl ein sicheres Anzeichen für . . .

»Wenn ihr beide miteinander zärtlich werden wollt, dann bitte in eurer Freizeit, aber nicht auf meine Kosten«, ließ Masuto sich von der Tür her vernehmen. »Lassen Sie ihn los, Bennett.« Er befreite Johnny erstaunlich behutsam aus Baz' Umklammerung, lehnte ihn an die Wand wie einen Besenstiel und wandte sich dann Baz zu. »Ich will gar nicht wissen, was hier los war, aber draußen warten meine Gäste, die wollen was hören. Dafür werdet ihr bezahlt, ist das klar? Der Mann hat Schmerzen, Bennett, er ist krank . . .«

»Ich hab's satt, von allen Seiten angebrüllt zu werden«, bestätigte Johnny mit schwerer Zunge. Da gibst du dir die größte

Mühe, und alle sind sie sauer auf dich. Er hatte sie heute abend nicht sitzenlassen. Masuto erkannte das wenigstens noch an, aber Baz und Moosh, die er für seine Freunde gehalten hatte ... Er jedenfalls war immer ihr Freund gewesen oder hatte es zumindest versucht ...

Von unten, stellte er fest, sah alles ganz anders aus. Das Pissoir hatte an der Unterseite einen Sprung, in den Ecken lag Dreck, Baz hatte einen Fleck am Hosenaufschlag. Er wollte nach Hause. Er hatte genug. Aber vielleicht konnte er auch hier schlafen, wenn es niemanden störte, er konnte sich ja schlank machen, und wer aufs Klo wollte, konnte über ihn wegsteigen.

Als er aufwachte, lag er in seinem eigenen Bett, und in seinem Schrank hockte ein Unbekannter und kramte in einer Schachtel.

»Uahuah«, lallte Johnny, und der Mann drehte sich um. Es war gar kein Unbekannter, sondern Detective Inspector Gates, der einen Mokassin mit Goldschnalle in der Hand hielt.

»Guten Morgen.« Gates stand auf und warf den Schuh in den Schrank. »Sie sehen aus wie ein Waschbär.«

»Und Sie wie ein Schuhvertreter.« Johnny versuchte sich aufzurichten und stöhnte, als der Schmerz durch die verbundene Hand zuckte. »Wie sind Sie denn hier hereingekommen?« Und wie war er hereingekommen?

»Mein Sergeant hat mich hereingelassen.« Gates kam zu seinem Bett herüber. »Sie haben auf der Toilette schlappgemacht. Meine Leute haben Sie heimgefahren. Ihre Schuhe sind übrigens freigesprochen.«

»Na wunderbar.« Nächstens würde Gates ihm noch Taxigebühren berechnen, seine Leute verbrachten einen Großteil ihrer Zeit damit, seinen lädierten Luxuskörper in der Gegend herumzufahren.

»Sie sind nicht vorbeigekommen, um sich die Fotos anzusehen«, stellte Gates fest.

»Unverzeihlich.« Eigentlich müßte er jetzt wohl aufstehen. Der Gedanke, die nächsten Jahrzehnte im Bett zu verbringen, war allerdings im Augenblick sehr viel verlockender. »Warum fragen Sie nicht einfach Claverton, wer die beiden sind?«

»Das habe ich bereits getan. Er weiß es angeblich nicht. Er hat sich erkundigt, in welchem Krankenhaus Sie liegen, damit er Ihnen Blumen schicken kann. Ich habe ihm gesagt, daß Sie zu Hause sind, aber keine Besucher empfangen.«

»Da war er bestimmt enttäuscht.«

»Etwas niedergeschlagen, das stimmt.«

Johnny schielte auf die Uhr am Bett. Fast zehn. Dunkel erinnerte er sich, daß sie heute vormittag irgendwo eine Session hatten. Hoffentlich hatten Moosh und Baz einen Ersatzmann gefunden. Jetzt fiel ihm auch ein, was gestern abend im Club passiert war. Ob Masuto sie rausgeschmissen hatte? Wahrscheinlich.

Der Gedanke erleichterte ihn sehr und machte ihm Mut, die Beine über den Bettrand hängen zu lassen. Es fiel nichts ab. Zähneklappernd stellte er fest, daß er nur seine Unterhose anhatte. Sein Körper war mit Riesenflecken übersät, er sah aus wie ein abstraktes Gemälde, verfertigt von einem Schimpansen, der nur Blau, Grün und Rot auf seiner Palette gehabt hatte.

Er stolperte an Gates vorbei in die Küche, hob prüfend den Kessel an – ja, das Wasser reichte noch – und steckte unbeholfen den Stecker in die Dose.

Gates war ihm nachgegangen. »Was werden Sie heute machen?« fragte er, lässig an der Frühstückstheke lehnend.

»Meine Wunden lecken.« Johnny ging an ihm vorbei, um sich den Bademantel zu holen, in den er sich mühsam hineinquälte.

»Kein Konzert in der Albert Hall, keine Single für die Top Ten?«

Johnny warf ihm einen bösen Blick zu. »Hauen Sie ab, Mann.«

»Sie sind ein richtiger Morgenmuffel.«

»Warum schreiben Sie nicht draußen mal eben ein paar Parksünder auf?«

»Weil ich heute frei habe. Ich gehe zu einer Beerdigung. Zu Lisa Kendricks Beerdigung.«

»Ach so. Verdammter Mist.«

»Ich wollte eigentlich fragen, ob Sie mitkommen wollen.«

»Warum?« Er hätte doch nicht aufstehen sollen.

»Um ihr die letzte Ehre zu erweisen. Sagten Sie nicht, daß Sie Lisa Kendrick geliebt haben?«

»Ach, gehen Sie doch zum Teufel.« Johnny zog rasch den heilen Arm weg, als der Kessel plötzlich Dampf in seine Richtung spuckte. Was erwartete der Typ von ihm? Tränen? Beteuerungen? Wut? Ein Geständnis? Ja, das mußte es sein. Die Schraube fester anziehen. Immer fester.

»Kommen Sie mit?« fragte Gates.

»Wohin? Zum Teufel?«

»Zur Beerdigung.«

»Ich weiß nicht. Ich bin doch eben erst aufgestanden.«

»Die Beerdigung ist erst um halb eins«, sagte Gates. »Sie brauchen sich nicht gleich zu entscheiden.«

»Haben Sie vor, hier herumzustehen, bis ich mich entschieden habe? Dann könnten Sie nämlich inzwischen den Toast machen.«

»Warum nicht?« Gates zog den Mantel aus. Johnny sah zu, wie er Brot schnitt und die Scheiben in den Toaster steckte.

»Ich muß mit, ja?« sagte er.

»Es liegt ganz bei Ihnen.« Gates holte die Butter aus dem Kühlschrank. Nächstens zieht er ganz hierher, dachte Johnny.

»Ich hab was gegen Beerdigungen«, murrte er.

»Ich auch. Aber man kann die Leichen nicht einfach so herumliegen lassen, das ist –«

»Halten Sie die Klappe, Mann«, hörte Johnny jemanden brüllen. Das konnte doch nicht er gewesen sein?

»Entschuldigung.« Gates sah ihn prüfend an.

Johnny ließ ihn in der Küche stehen und setzte sich ans Klavier. Er zitterte. Er hörte Gates hin und her gehen, mit Tellern und Besteck hantieren, er meinte ihn atmen zu hören. Er lauerte, der Kerl. Wie eine Katze vor dem Mauseloch.

»Ich habe sie nicht umgebracht«, verkündete er den Tasten.

»Wie meinten Sie?« Gates stand hinter ihm.

»Ich habe sie nicht umgebracht«, wiederholte er lauter, ohne sich umzudrehen.

»Dann ist ja alles in Ordnung.« Aus den Augenwinkeln sah er, daß Gates die Frühstückssachen auf ein Tablett gestellt hatte, das er jetzt zum Couchtisch brachte. Als er den gebutterten Toast roch, wurde ihm ganz schlecht.

Unvermittelt begann er zu spielen, attackierte den Flügel, als ob er ihn beschuldigt hätte, griff nach rechts und nach links, griff zu hoch, griff daneben.

Gates beobachtete vom Sofa aus den Mann am Flügel. Cosatellis Brust war ähnlich kräftig entwickelt wie bei einem Tennisspieler. Auch der nackte, dicht behaarte Schenkel war straff und kraftvoll, die Muskeln spielten, während er das Pedal betätigte. Gates kannte das Stück nicht, erriet aber die Löcher und Lücken, die eigentlich nicht hineingehörten. Die Kraft, die Leidenschaft des Spielers machten großen Eindruck auf ihn. Vielleicht hatte er sich in Cosatelli getäuscht. Vielleicht konnte er doch töten.

Johnny griff den letzten Akkord so hart, daß ihm das Handgelenk weh tat. Er lehnte sich zurück und rieb es an seinem Bein.

Die Stille war fast lauter als die Musik. »Bach«, sagte Gates voller Hochachtung.

Johnny nickte. »Natürlich nicht ganz so, wie der alte Johann Sebastian sich das vorgestellt hatte.« Er wiederholte die eine oder andere Passage, horchte, verbesserte.

Mit einem Schlage verstand Gates den Menschen Cosatelli um einiges besser. Die Musik hatte ihn verändert. Die Symptome waren unverkennbar – Cosatelli war süchtig. Nicht drogen- oder alkoholsüchtig, sondern süchtig nach Musik. Nicht aus Ehrgeiz oder mit Blick auf sein Bankkonto arbeitete er wie ein Wahnsinniger, sondern weil er es nicht lassen konnte. Und der Inspector begriff das Ausmaß der Zerstörung, das Claverton angerichtet hatte. Denn auch er war davon überzeugt, daß es Claverton gewesen war.

Es war dumm von Claverton gewesen. Einen verwundeten Tiger läßt man nicht am Leben.

»Ihr Kaffee wird kalt«, sagte er vorsichtig.

Johnny erhob sich seufzend. »Danke«, knurrte er und setzte sich zu Gates.

»Ich dachte eigentlich, daß Sie nur Jazz spielen«, meinte Gates nach einer Weile.

»Nein.«

»Worin liegt der Unterschied? Rein technisch, meine ich.«

Johnny warf ihm einen schrägen Blick zu. Gates war wirklich

ein sonderbarer Vogel. Eben noch war er auf Mörderjagd gewesen, jetzt wollte er Nachhilfestunden in Musik haben.

»Technisch ist der Unterschied lange nicht so groß, wie allgemein angenommen wird«, antwortete er. »Hauptsächlich liegt er im Rhythmus und in der Phrasierung. Von der Struktur her ist Melodie gleich Melodie, und wer sie geschrieben hat, ist zunächst einmal gleichgültig. Früher hatten Sonaten und Concerti immer auch einen Improvisationsteil, in dem der Künstler mit dem Material des Komponisten anfangen konnte, was er wollte. Nicht anders macht es der Jazzmusiker mit einer Schlagermelodie.«

»Das ist alles?«

Johnny nickte. »Jedenfalls beim Solo. Es ist ein bißchen –«‍ Er überlegte. »Haben Sie mal eine Slalomstrecke gesehen?«

»Sie meinen Ski-Slalom?«

»Ja. Das ist so wie beim Jazz, nur daß Sie da statt der Stöcke mit den Fähnchen so etwas wie ein schriftlich fixiertes Harmoniegerüst haben. Und wenn Sie dann anfangen zu spielen, müssen Sie in der richtigen Reihenfolge und zur richtigen Zeit um die Fähnchen herumkurven. Was Sie zwischendurch machen, ist Ihre Sache. Das ist dann die Improvisation. In der Gruppe wird es ein bißchen komplizierter, denn da kann man nicht einfach nur dem Harmoniegerüst folgen und seinen eigenen Part spielen, man muß sich gleichzeitig auch auf das abstimmen, was die anderen machen. Deshalb braucht ein Musiker nicht nur zwei heile Hände, sondern auch zwei gute Ohren.« Er besah sich seinen weißen Boxhandschuh. »Man muß genau wissen, was die anderen machen und wohin sie fahren, sonst kann man ganz schön Bruch machen.« Er lächelte ein bißchen. »Dann fliegen die Fähnchen in die Gegend, und es gibt kaputte Knochen.«

»Wenn ich Jazz höre, habe ich manchmal den Eindruck, daß genau das passiert ist. Tut mir leid.«

Johnny nickte. »Geht mir auch so. Eigentlich sollte es nicht vorkommen, weil man ja an die Zuhörer denken muß. Allerdings glaube ich fast, daß sie gelegentlich gerade deshalb kommen. Weil sie insgeheim hoffen, daß die Fetzen fliegen. So wie andere Leute zu Autorennen oder Boxkämpfen gehen. Wenn alles hundertprozentig läuft, ist der Kitzel weg.«

»Sterben deshalb so viele Jazzmusiker jung?«

Da sind wir also wieder beim Thema, dachte Johnny. Der Tod war nie weit weg.

»Da hat sich inzwischen viel geändert. Musik ist zum Geschäft geworden. Der eine oder andere aus der Szene nimmt Drogen und trinkt, um den Streß auszuhalten, aber im Grunde sind das nicht sehr viele. Wer heute kassieren will, muß hellwach sein. Studiozeit ist teuer, und die wenigen Jazzclubs, die es noch gibt, kalkulieren scharf. Genommen wird nur, wer zuverlässig ist und seine Verträge einhält. Die Leute, die das große Geld haben, lassen einen Kater, Künstlerlaunen oder schlampige Arbeit nicht durchgehen. Haben sie auch gar nicht nötig. Da steht immer schon wieder der nächste, der nur darauf wartet, daß einer aussteigt – oder ausgestiegen wird. Sehen Sie sich mal die Topleute im Jazz heute an. Das sind zähe Burschen, praktisch veranlagt und auf ihre Gesundheit bedacht. Gut sind sie natürlich außerdem. Und auf zwei, drei Jahre ausgebucht. Darin unterscheiden sie sich nicht von ihren Kollegen vom klassischen Fach.«

»Hört sich an wie eine Ochsentour.«

»Ist es auch. Aber was bleibt, ist ja immer noch die Musik. Wenn du dich hinsetzt und die Lichter ausgehen, bist du frei. Sobald du spielst, kommt niemand an dich heran. Nur dann bist du sicher.« Er trank einen Schluck Kaffee. »Nur dann«, wiederholte er, wie für sich selbst.

Cosatelli hatte noch immer nichts gegessen, aber er schien trotzdem auf seltsame Weise gestärkt, und Gates sah, daß er den Kaffeebecher nicht mehr am Bademantelgürtel abzustützen brauchte, um zu verhindern, daß der Inhalt herausschwappte. Genau das hatte Gates erreichen wollen. Trotzdem war er sich in diesem Augenblick nicht sonderlich sympathisch, weil er wußte, daß er Cosatelli für seine eigenen Zwecke manipulierte.

Johnny machte die Augen zu, lehnte den Kopf gegen die Sessellehne und sprach zur Decke. »Wo ist die Beerdigung?«

Eine simple Frage. Für Gates klang sie fast wie eine Kapitulation.

9

Das Wetter entsprach dem Anlaß. Der Regen fiel stetig und fein wie Nebel und tauchte alles in graues, nasses Elend. Der Leichenbestatter hatte die Verwüstungen, die der Mörder angerichtet hatte, offenbar nicht rückgängig machen können, denn der Sarg war geschlossen.

Der Gottesdienst war kurz gewesen, die Worte leere Formeln, gesprochen von einem Unbekannten, und die Trauergemeinde war ein kümmerliches Häufchen, hauptsächlich Bekannte und Geschäftsfreunde von Claverton. Zwischen all den Kamelhaarmänteln und Kaschmiranzügen war Johnny der einzige, der eine schwarze Armbinde trug. Er hatte Rosa, die sich von ihrer Krankheit offenbar wieder erholt hatte, bitten müssen, sie ihm anzuheften, was sie mit raschen, geschickten Stichen und unter wohlwollendem Nicken getan hatte.

Auf dem Friedhof beugten die kahlen Bäume ihre Häupter tiefer als die Trauergäste. Träge Rinnsale glitten an ihren Zweigen entlang und tropften auf die Schultern darunter. Im Hintergrund spielte der vorüberbrausende Verkehr ein Requiem auf einen Akkord, das nur Johnny und das auf einem Marmorengel in der Nähe sitzende Rotkehlchen zu würdigen wußten. Einen verrückt-sentimentalen Augenblick lang überlegte Johnny, ob dieses vergnügte, freche Geschöpf wohl eine Reinkarnation Lisas war. Es hätte ihr ähnlich gesehen, zu ihrer eigenen Beerdigung in Rot zu kommen.

Claverton hatte Johnny, dem Gates nicht von der Seite wich, zunächst nicht bemerkt. Aber jetzt, als die Erde auf den Sarg fiel, der zwischen ihnen stand, hob er den Blick und erkannte ihn.

Claverton wirkte älter als neulich vor dem Polizeirevier. Tiefe Falten durchfurchten seine Wangen von der Schläfe zum Kinn, und der Schnurrbart war schlecht geschnitten, so daß sein Gesicht eigenartig schief aussah. Der Regen hatte das dichte, graue Haar zu einer flachen Masse zusammengepappt, die ihm in die Stirn hing, und in den Schatten unter den Augen glitzerten Tropfen, von denen nicht ohne weiteres festzustellen war, ob es sich um Tränen oder einfach um Regen handelte.

Eine Art stumpfe und dennoch böse Befriedigung lag in seinem Blick, als er zu Johnnys verbundener Hand hinunter und dann wieder in sein Gesicht sah. In diesem Augenblick wußte Johnny, daß er recht gehabt hatte: Claverton hatte ihm die Schläger geschickt und bedauerte nur, daß sie nicht dazu gekommen waren, ihr Werk zu vollenden.

Dann war auch dieses letzte Ritual vorbei, und die Trauergäste eilten über die nassen Wege zum Tor und zu ihren Autos. Als die Hand nach Johnnys Arm in der Schlinge griff, war Gates sofort auf dem Posten, als habe er nur auf diesen Augenblick gewartet.

»Wie können Sie es wagen, sich hier sehen zu lassen?« zischte Claverton.

»Das reicht, Mr. Claverton«, sagte Gates scharf. Claverton achtete gar nicht auf ihn, er war ganz auf Johnny fixiert. Daß er überhaupt nicht reagierte, schien ihn noch mehr in Rage zu bringen.

»Sie haben Lisa umgebracht, Sie haben Sie mir weggenommen, und jetzt stehen Sie hier herum und freuen sich noch –«

»*Sie* haben *mir* Lisa weggenommen«, verbesserte Johnny ruhig. »Als sie starb, gehörte sie Ihnen; sie wollte Ihnen gehören. Sie haben Lisa glücklich gemacht – oder wußten Sie das nicht? Ich habe sie nie glücklich gemacht.« Und das, begriff er, war die reine Wahrheit.

Seine Worte hatten Claverton offensichtlich unvorbereitet getroffen. Einen Augenblick waren seine Augen ganz leer, dann flammte erneut der Zorn in ihnen auf. »Aber sie kam immer wieder zu Ihnen. Ich habe sie –«

»Was haben Sie, Mr. Claverton?« fragte Gates. »Sie haben Lisa Kendrick beobachten lassen, nicht wahr?« Claverton ignorierte ihn.

»Das stimmt doch, oder?« Er sah noch immer Johnny an.

»Sie haben Lisa zuviel alleingelassen, sie brauchte jemanden, mit dem sie reden konnte.« Das war natürlich gelogen. Weshalb versuchte er, einen Mann zu besänftigen, der in seinem Rachedurst unter Umständen seine Karriere zerstört hatte? Vielleicht, weil Claverton so offensichtlich unglücklich über Lisas Tod war, im Gegensatz zu ihm. Es war das schlechte Gewissen über seine eigene Oberflächlichkeit, das ihn zu einer Lüge getrieben hatte.

Lewis Manvers lachte kurz auf. »Reden? Und das sollen wir Ihnen abnehmen? Lisa war nicht der Typ, der redet, sie war –«

Johnny und Mark Claverton sahen sich an. Sie wußten beide, was sie gewesen war, und sie wußten beide nicht recht, wie sie es leugnen sollten. Johnny machte einen neuen Anlauf.

»Haben Sie schon mal daran gedacht, daß sie vielleicht einfach Spaß daran hatte, mit ihrem neuen Leben, mit den Dingen, die ich ihr nicht hatte bieten können, ein bißchen anzugeben, mich als ein ganz kleines Licht hinzustellen?«

»Dazu gehört ja wohl nicht viel«, sagte Claverton giftig.

Johnny gab es auf. Er hatte getan, was er konnte. »Lassen Sie mich endlich in Ruhe, Sie Fatzke. Erst stellen Sie mich als Mörder hin, dann lassen Sie mir die Hände kaputtschlagen – Sie denken wohl, Sie können sich alles erlauben, nur weil Sie ein Typ aus den sogenannten besseren Kreisen sind? Aber da irren Sie sich. Lisa war nicht vollkommen, aber sie war ein nettes Mädchen, das Sie mit Ihren dreckigen Pfoten und Ihrem dreckigen Geld verhunzt haben.«

»Ich habe sie geliebt.« Claverton war kalkweiß geworden.

»Warum haben Sie Lisa dann nicht geheiratet? Sie hatte Ihr Kind im Bauch, und Sie haben es gewußt. Oder war das der springende Punkt? Haben Sie etwa gedacht, es wäre mein Kind? Jawohl, sie ist zu mir gekommen und hat mit mir geschlafen, aber es konnte gar nicht mein Kind sein, denn ich habe mich sterilisieren lassen. Sie haben Lisa und das Kind umgebracht, und beide gehörten Ihnen.« Jetzt zitterte er wieder, Gates spürte es, sie standen Schulter an Schulter.

Manvers sah Johnny mit plötzlichem Argwohn an, aber sein Blick war kühl und sachlich.

»Komm, Mark, das brauchst du dir nicht länger anzuhören«, drängte er und legte mit einer fast besitzergreifenden Gebärde Claverton die Hand auf den Ärmel. Fast wie Vater und Sohn, dachte Johnny. Dabei ist Claverton zehn, wenn nicht gar fünfzehn Jahre älter.

»Es war mein Kind«, sagte Claverton stumpf.

»Natürlich war es Ihr Kind, Sie Jammerlappen«, fuhr Johnny auf. »Und Lisa hat Sie ehrlich geliebt, ob Sie es nun glauben oder nicht.« Wozu machte er das alles eigentlich? Es änderte nichts mehr. Sie war tot, begann schon zu verwesen, war ein Nichts, eine leere Hülle, fort, unwiderruflich. Und sie stritten sich darüber, wessen Eigentum sie gewesen war, als sei die Rede von irgendeinem Gegenstand und nicht von einer Frau, die im Grunde nur sich selbst gehört hatte.

Claverton machte den Mund auf, würgte, begann zu weinen. Manvers legte ihm einen Arm um die Schulter und sah Johnny böse an. »Haben Sie nicht schon genug Unheil angerichtet? Warum können Sie ihn nicht in Ruhe lassen?«

»Ich –« setzte Johnny an. Claverton schluchzte jetzt hemmungslos und völlig ungeniert, wie ein Kind.

»Komm, Mark, fahren wir heim.« Mit einem letzten wutentbrannten Blick auf Johnny führte er Claverton weg. Gates sah ihnen nach, ohne sich zu rühren.

»Sie wußten also, daß sie ein Kind erwartete«, sagte er schließlich.

»Ja, ich wußte es. Wem sonst hätte sie es erzählen sollen? Sie hat sich so gefreut, sie – Ach, ist ja jetzt egal.«

»Ich habe auch gedacht, es wäre vielleicht Ihr Kind«, sagte Gates. »Warum haben Sie mir das mit der Vasektomie nicht erzählt?«

»Sie haben mich nicht danach gefragt. Sollte ich mir vielleicht ein Schild um den Hals hängen?«

»Ich könnte mir bessere Stellen dafür denken«, meinte Gates und setzte sich nun seinerseits in Bewegung. »Haben Sie was gegen Kinder?«

Johnny überholte ihn, die heile Hand zur Faust geballt. »Ich liebe Kinder, aber ich habe eins, das keinen Vater mehr hat, und das wollte ich nicht einreißen lassen. Ist doch unwichtig.«

Gates faßte neben ihm Tritt. »Da bin ich anderer Meinung. Wenn Sie so weitermachen, habe ich schließlich überhaupt kein Motiv mehr für Sie. War das eben nur Ihre kaputte Hand, die aus Ihnen gesprochen hat, oder glauben Sie wirklich, er könnte sie deswegen umgebracht haben?«

Johnny warf ihm einen raschen Blick zu. »Glauben Sie das nicht?«

»Denkbar wäre es. Hatte sie Angst vor ihm?«

»Sie hatte eher Angst davor, ihm etwas nicht recht zu machen. Sie wäre sehr gern Mrs. Claverton geworden, aber sie hatte wohl wenig Chancen.«

»Er hätte sie gar nicht heiraten können, jedenfalls nicht vor der Geburt des Kindes. Er ist schon verheiratet. Seine Frau lebt zwar schon lange von ihm getrennt, aber sie ist katholisch, und außerdem hat sie die Kontrolle über seine Geschäfte. Und über ihren Bruder.«

»Über diesen glatten Typ, der ständig Claverton am Gängelband führt? Jetzt weiß ich endlich, wer das ist. Sie hat manchmal von Manvers gesprochen. Er hat sie bei Claverton angeschwärzt und ihn in seiner Eifersucht noch bestärkt. Manvers hat ihr angeboten, das Kind abtreiben zu lassen, er hat sie richtig bedrängt. Sie hat sich gequält deswegen, aber der Gedanke, ein uneheliches Kind zu bekommen, war ihr noch schrecklicher.«

»Ziemlich altmodische Einstellung für die heutige Zeit, was?«

»Lisa war nur äußerlich so modern. Im Grunde ihres Herzens war sie stinkbürgerlich. In ihren Augen war es nicht recht, einen Bankert zu haben. Ich bin übrigens derselben Meinung. Wenn sie dann wieder mal anfing zu weinen, habe ich mir ernsthaft überlegt, ob ich sie heiraten sollte, um dem Kind einen Namen zu geben. Ich gehöre nämlich noch zu dieser fast ausgestorbenen Spezies, die man früher den netten anständigen Mann genannt hat.«

»Meine Frau findet, daß ich auch ein netter, anständiger Mann bin«, widersprach Gates friedlich.

»Dann sollten wir vielleicht einen Klub gründen.« Johnny machte längere Schritte, und Gates ließ ihn laufen.

10

Am Montag stellte sich Johnny wieder in Pattinsons Praxis ein. Es war schlimmer, als er gedacht hatte. Die Schwellung war beträchtlich zurückgegangen, aber er mußte immer noch wegsehen, als die Therapeutin den Verband abnahm. Er versuchte sich vorzustellen, daß seine Hand vorübergehend gar nicht zu seinem Körper gehörte, aber der Schmerz erinnerte ihn nachdrücklich daran, daß sie sehr wohl ein Teil seines Selbst war. Nach der Behandlung kam ein frischer Verband um die Hand, und die Polsterung wurde etwas vermindert. Als er heimging, kam er sich verletzlich, schlapp und kindisch vor.

Ein paar Stunden Schlaf halfen. Allerdings nicht viel. Ohne feste Verpflichtungen kam er sich vor wie in einem Niemandsland. Zur Zeit hatte er nur noch einen unerledigten Auftrag herumliegen, ein musikalisches Thema für eine Kinderfernsehreihe über Mathematik und Naturwissenschaften. Er hatte sich gerade das Material dazu vorgenommen, als es klopfte. Jeden anderen Besuch hätte er eher erwartet als die Dame mit den besonderen Beinen. Er warf einen Blick nach unten. Jawohl, ihre Hauptattraktion hatte sie mitgebracht.

»Mr. Cosatelli?«

»Ja.«

»Ich bin Elizabeth Fisher vom Sozialamt.«

»Hat Gates gesagt, ich sei ein Sozialfall?«

Sie lächelte nicht. Im Gegenteil, im Augenblick wirkte ihr freundliches Gesicht eigentlich gar nicht freundlich. Sie trug eine Strickmütze über dem lockigen dunklen Haar und hatte ihre Aktentasche fest unter den Arm geklemmt.

»Ich würde gern mit Ihnen über Gino Pantoni sprechen.«

»Ach so. Kommen Sie doch herein.« Er deutete zum Sofa und schob die Noten zusammen, die dort herumlagen. »Setzen Sie sich. Möchten Sie einen Kaffee oder sonst etwas?«

»Nein, danke.« Sie setzte sich fluchtbereit auf die äußerste Sofakante und stellte die Aktentasche neben ihre Beine. Es waren wirklich phantastische Beine. Schmale Fesseln, runde Waden, eine Ahnung von Fülle oberhalb des Knies. Sie wickelte sich fester in das weite wollene Cape, als habe sie seinen Blick gespürt und als ärgerte sie sich darüber, daß er sie überhaupt als Frau zur Kenntnis genommen hatte.

»Es geht um Gino, sagen Sie?«

»Ja. Sie haben sich wohl neuerdings ein bißchen mit ihm angefreundet.« Es hörte sich an wie ein Vorwurf, und er reagierte scharf.

»Warum nicht? Er ist ein aufgeweckter Junge, er liebt Musik, und ich bin Musiker.«

»Das weiß ich.«

»Und?«

»Ich komme gerade von dort, Mr. Cosatelli. Ich habe die Stereoanlage gesehen, die Sie ihm geschenkt haben. Ein ziemlich teures Geschenk für einen Jungen, den Sie nur relativ flüchtig kennen, finden Sie nicht?«

Sie hatten die Anlage also schon geliefert, das war schnell gegangen. »Er hat mir das Leben gerettet. Ist es verboten, sich dafür zu bedanken?«

»Nein, aber –«

»Hören Sie, Miss Fisher . . .«

»Mrs. Fisher«, verbesserte sie. Er warf einen Blick auf ihre unberingte Hand. »Ich bin geschieden«, fügte sie hinzu und schien sich schon wieder zu ärgern, diesmal über sich selbst.

»Was ich Gino schenke oder nicht schenke, Mrs. Fisher, dürfte Sie kaum etwas angehen. Es sei denn –« Er legte den Kopf schief, dann begann er leise zu lachen. »Es sei denn, daß Sie den finsteren Verdacht hegen, ich wollte ihn verführen.«

Sie wurde rot. »Nein, natürlich nicht«, antwortete sie schnell.

Er lehnte sich zurück und betrachtete sie belustigt. Das wurde ja immer schöner. »Also doch. Rosa hat Ihnen erzählt, daß ich Musiker bin, gutes Mittelalter, alleinlebend – und da wollten Sie nur schnell mal sehen, ob ich schwul bin oder nicht. Womit soll ich Ihnen das Gegenteil beweisen? Mit einem Annäherungsversuch?«

»Sie brauchen nicht gleich beleidigend zu werden.«

»Würden Sie einen Annäherungsversuch als Beleidigung auffassen?«

»Nein, ich meine, ja. Hören Sie auf damit.«

»Womit?« fragte er unschuldig.

»Das wissen Sie ganz genau«, sagte sie zornig. Er fing wieder an zu lachen, und sie merkte, daß sie rot wurde. Was immer Beth Fisher erwartet hatte – den Mann, der ihr gegenübersaß, ganz bestimmt nicht. Er war nicht das, was man einen gutaussehenden Mann zu nennen pflegte, und mit dem blassen, verschatteten Gesicht und der verbundenen Hand war er auch nicht gerade ein Ausbund an strotzender Männlichkeit. Die Nase war lang und unregelmäßig geformt, bestimmt hatte er zweimal im Jahr einen Mordsschnupfen. Der Mund war klein für das kantige Kinn, aber gut geschnitten, die Unterlippe ließ mehr als nur einen Anflug von Sinnlichkeit ahnen. Zwischen den Augenbrauen standen zwei senkrechte Falten, wahrscheinlich war er kurzsichtig und zu eitel, um eine Brille zu tragen. Das glatte Haar war mittelbraun mit ein paar grauen Strähnen. Alles in allem war es völlig unverständlich, weshalb sie auf diese Weise auf ihn reagierte.

»Ich fürchte, die Sache ist sehr viel ernster, als Sie ahnen. Mr. Cosatelli«, hörte sie sich sehr förmlich sagen.

»Welche Sache, Mrs. Fisher?«

»Die Sache mit Gino.«

Sie war ja ganz aus dem Häuschen ... Weshalb eigentlich?

»Ich bin nicht schwul, Mrs. Fisher«, sagte er freundlich.

»Ich bin ein ganz normaler Mann, geschieden wie Sie, und habe eine Tochter, die etwa so alt ist wie Ginos Schwester. Der Junge tat mir leid, schließlich hat er keinen Vater, und –«

»Er hat sehr wohl einen Vater, und Sie können von Glück sagen, daß heute abend nur ich vor Ihrer Tür gestanden habe und daß es nicht Mr. Pantoni war.«

»Ach so, das habe ich nicht gewußt. Ich habe ihn nie im Geschäft gesehen, und da dachte ich –«

»Sie konnten ihn auch nicht im Geschäft sehen, weil er die letzten drei Jahre im Gefängnis verbracht hat. Vor ein paar Wochen ist er herausgekommen. Haben Sie sich Mrs. Pantoni in letzter Zeit mal genauer angesehen?«

»Ja, heute früh, als ich mir bei ihr die Zeitung geholt habe. Wir haben uns gegenseitig zu unseren blauen Augen beglückwünscht. Das kommt davon, habe ich zu ihr gesagt, wenn man eine Kiste mit Konservendosen –« Er unterbrach sich. »Es war gar keine Kiste mit Konservendosen...«

»Nein, es war ihr Mann, Mr. Cosatelli. Er schlägt sie regelmäßig, seit er wieder draußen ist, und da sie sich weigert, ihn anzuzeigen, wird er es wohl weiter tun. Er ist kein sehr angenehmer Mensch.«

»Das scheint mir auch so.« Zorn regte sich in ihm.

»Eben.« Sie streifte die Strickmütze ab. In die dunklen Locken mischte sich hier und da Grau. »Es ist mir jetzt klar, Mr. Cosatelli, daß Sie keine moralische Gefahr für Gino darstellen. Bitte entschuldigen Sie meinen Verdacht, aber ich hatte meine Gründe.«

»Da bin ich aber gespannt.«

Sie holte tief Atem. Ohne die Mütze sah sie jünger aus, aber noch immer müde und viel zu verkrampft.

»Ich kenne die Familie Pantoni seit ungefähr vier Jahren. Gino hatte sich ganz harmlos mit einem älteren Mann angefreundet, einem seiner Lehrer. Der Mann war homosexuell, und eines Tages kam es, wie es kommen mußte...« Sie machte schmale Lippen. »Gino kam völlig verstört nach Hause. Sein Vater – er wohnte damals noch bei ihnen – ist zu dem Lehrer gegangen und hat ihn zusammengeschlagen.«

»Ich kann verstehen, daß –« setzte Johnny an.

»Sicher, daß ein Vater unter diesen Umständen am liebsten zuschlagen würde, ist verständlich. Aber Mr. Pantoni hat es nicht bei dem Wunsch belassen, er hat es getan, und zwar mit Hochgenuß. Wie Sie läßt er seine Hände für sich sprechen. Allerdings aus anderen Beweggründen und mit anderen Ergebnissen.«

»Und wie ging es weiter?«

»Der Mann hat einen unheilbaren Gehirnschaden zurückbehalten, er vegetiert nur noch dahin. Was Pantoni getan hat, war zweifellos eine strafbare Handlung, und er mußte ins Gefängnis. Während seiner Haft wurde die gesetzliche Trennung ausgesprochen, aber weiter will Mrs. Pantoni nicht gehen. Unser Amt war schon vorher eingeschaltet, weil er sie ständig schlug, aber diesen Familienstreitigkeiten ist immer schwer beizukommen. Wenn die Frauen nicht Anzeige erstatten, sind uns die Hände gebunden.« Sie seufzte. »Der Fall landete auf meinem Tisch. Gino ist wirklich ein besonders begabter Junge. Ich kenne zufällig den Leiter der Schule, die er jetzt besucht, und es gelang mir, ihn dort unterzubringen. Er hat sich großartig gemacht.«

»Er mag die Schule.«

Plötzlich lächelte sie und sah mit einem Schlag völlig verändert aus. Ihre Zähne standen ein bißchen schief, was ihrem Gesicht einen leicht lausbubenhaften Zug gab.

»Wenn er so weitermacht, wird er vielleicht nach Cambridge gehen können. Möglicherweise bekommt er ein Stipendium für die ganze Studienzeit.«

»Das freut mich sehr für ihn.«

Sie nickte. »Ja, ich bin sehr stolz auf Gino. Vielleicht verstehen Sie jetzt, daß ich, als ich die Stereoanlage –«

»Natürlich. Tut mir leid, daß ich es Ihnen schwergemacht habe.«

»Ich mache mir nicht nur Sorgen um Gino«, sagte sie zögernd. »Wenn Mr. Pantoni auf falsche Ideen kommt . . . Sie haben schon Ärger gehabt, und als Gino mir erzählte, daß man Sie überfallen hat, dachte ich –«

»Es waren zwei, Mrs. Fisher. Ich weiß, wer sie geschickt hat und warum. Möchten Sie einen Kaffee?«

»Nein, danke, das ist nicht –« Sie begann ihre Sachen zusammenzuklauben.

»Dann muß ich wohl mit dem ganzen Zaun winken. Würde es Ihnen etwas ausmachen, uns beiden einen Kaffee zu machen? Ich habe so das Gefühl, daß ich im Augenblick doch ein Sozialfall bin. Mir fällt nämlich ständig der Kessel auf den Fuß.« Er hob seine verbundene Hand. Das war schamlos geschwindelt, aber er wollte sie noch nicht wieder weglassen.

Sie stand lächelnd auf und ließ ihr Cape aufs Sofa gleiten. Was sie darunter trug, war eigentlich nichts anderes als eine weitere Hülle – ein dickes Wollkleid, unter dem sich etliche Wülste und Vorsprünge abzeichneten. Einige davon waren durchaus reizvoll, andere hingegen verrieten die traurige Tatsache, daß die geschiedene Mrs. Fisher nichts für ihre Figur tat. Die Beine allerdings wirkten im Stehen womöglich noch besser.

»Dann müssen Sie aber auch etwas für mich tun.«
»Was denn?«
Sie wandte sich um. »Erzählen Sie mir etwas über sich.«
»Was wollen Sie wissen?« fragte er verblüfft. »Meine Lieblingsfarbe, meine Hosenlänge, mein –«
»Das überlasse ich ganz Ihnen.«
Er merkte, daß er ihr, aus der Reserve gelockt durch gelegentliche gezielte Fragen aus der Küche, sehr viel mehr erzählte, als er eigentlich vorgehabt hatte. Das Kaffeekochen dauerte ziemlich lange, fand er. Als sie wieder auftauchte, hatte sie nicht nur den Kaffee, sondern für ihn auch ein Sandwich gemacht.
»Wenn Sie mal einen Menschen ins Herz geschlossen haben, sind Sie zu jedem Opfer bereit, was?«
Sie lachte. »Mich hat Ihr vergrämtes Gesicht so gerührt.«
»Damit kriege ich sie früher oder später alle rum.«
Sie hatte seinen Kühlschrank geplündert und eine Kombination aus Käse, Tomaten, Zwiebeln, Paprikaschoten und Salat gezaubert. Es schmeckte großartig, und das sagte er ihr auch.
»Was Sie mit Ihrem jungenhaften Charme erreichen, schaffe ich mit meinen Kochkünsten. Sehr viel mehr habe ich heutzutage eben nicht mehr zu bieten.« Die Bemerkung schien ihm enthüllender als alles, was er ihr verraten hatte.
»Warum haben Sie nichts für sich mitgebracht?«
»Ich habe schon gegessen.«
Wahrscheinlicher war, daß sie wieder mal fastete. »Habe ich den Test bestanden?« fragte er.
»Welchen Test?«
»Den Ersatzvatertest.«
»Sie schalten schnell, Mr. Cosatelli.«
»Das will ich meinen. Wen soll ich jetzt heiraten, Rosa oder Sie?«
»Seien Sie nicht albern.«
»Seien Sie lieber nicht so kratzbürstig.« Noch nie war ihm eine Frau begegnet, die sich so leicht aus der Fassung bringen ließ. Sie war offenbar eine intelligente Person, aber ein Wort hatte genügt, um sie zu verunsichern. Welches war es noch ge-

wesen? Richtig: Heiraten... Na schön, an der Psychomasche konnte er auch stricken. »Sie engagieren sich sehr für Gino?«

»Ja, ich mache mir Sorgen um ihn. Und um Rosa und Theresa auch.«

»Na gut, ich bin gern bereit, mich um Gino zu kümmern, ein Rollenmodell für ihn zu sein, so sagt man wohl heute, nicht wahr, Mrs. Fischer?«

Sie lächelte ein bißchen verlegen. »Beth.«

»Wie meinen Sie?«

»Mein Name ist Beth.« Er lächelte zurück, und sie sah rasch weg und zupfte an einem losen Faden ihres Capes herum. »Ich denke da gar nicht an regelmäßige Seminare oder so. Nur – Gino brauchte einfach auch mal einen Mann, mit dem er reden kann. Ich weiß nicht immer, was ich ihm sagen soll, bei manchen Themen.«

»Beispielsweise Beethoven, die moderne Wirtschaft und die beste Art, ein Mädchen zum Orgasmus zu bringen«, ergänzte er, weil er sehen wollte, wie sie wieder rot wurde. Sie enttäuschte ihn nicht.

»Mit Beethoven habe ich keine Schwierigkeiten, aber Wirtschaft war für mich immer ein Buch mit sieben Siegeln«, sagte sie leichthin.

»Vielleicht sollten wir uns mal zusammensetzen und besprechen, was da zu tun ist. Im Hinblick auf Gino, meine ich.«

»Das wird kaum nötig sein.«

»Mag sein, daß es nicht nötig ist. Aber vielleicht macht es Spaß.« In was ritt er sich da hinein? Eine übergewichtige, verklemmte Sozialarbeiterin. Hatte er nicht schon genug Probleme am Hals?

»Zum Spaß mache ich das alles nun ganz bestimmt nicht«, erklärte sie entschieden und nahm ihr Cape wieder um, das in schützenden Falten an ihr herunterfiel. »Mir geht es nur darum, daß Gino nicht durch seinen Vater oder sonst jemanden ausgerechnet jetzt aus der Bahn geworfen wird. Nächstes Jahr ist er in Cambridge –«

»Und dann haben wir nichts mehr, was uns verbindet«, ergänzte er. Dabei war sie nicht mal sein Typ.

»Was Sie zweifellos erleichtern wird.« Sie angelte eine Karte aus der Aktentasche. »Sie können mich unter einer dieser Nummern erreichen, falls es Schwierigkeiten geben sollte, aber im Augenblick haben Sie sicher genug zu tun.«

Wenn sie so redete, erinnerte sie ihn an seine Geschiedene, die nur aus Kopf, Mund und Regeln für untadeliges Benehmen bestanden hatte. Aber Wendy war nie rot geworden, und gelacht hatte sie auch nicht sehr viel. Bei Mrs. Fisher hatte er das Gefühl, daß sie viel und gern lachen würde, wenn sie erst mal aufgetaut war. Die Frage war, wie man das am besten erreichte.

»Schönen Dank, daß Sie sich so viel Zeit für mich genommen haben. Und für den Kaffee.«

»Jetzt rennen Sie doch nicht ständig vor mir weg.«

»Ich renne nicht vor Ihnen weg, Mr. Cosatelli. Ich renne zu meinem nächsten Fall. Eine ältere Frau mit fortgeschrittener Venenentzündung, die eine weise Stadtverwaltung in eine Hochhauswohnung im sechzehnten Stock eingewiesen hat. Wenn ich nicht für sie einkaufe, hat sie heute abend nichts zu essen. Auf Wiedersehen. Hoffentlich wird Ihre Hand bald besser.«

Das Cape wehte, die Aktentasche stieß mit einem kleinen Bums gegen den Türrahmen, und weg war sie. Die praktischen Schuhe klotzten die Treppe hinunter.

Auch er hoffte, daß seine Hand bald besser werden würde. Daß alles bald besser werden würde. Viel schlechter konnte es kaum noch kommen.

11

Die zweite Behandlung bei Pattinsons Therapeutin war noch unangenehmer. Er hatte gut geschlafen, aber nach der Anstrengung, die es ihn kostete, auch nur den Daumen zu bewegen, war das sehr schnell vergessen.

Er zahlte das Taxi und ging mit gesenktem Kopf die Treppe hinauf. Als er die Tür aufmachte, sah er auf, so daß der Anblick ihn mit voller Wucht traf.

Sie hatten in seiner Wohnung – anders als bei seinen Händen – ganze Arbeit geleistet. Die Polstermöbel waren aufgeschnitten, die Polsterung war im ganzen Zimmer verstreut. Überall war schwarze Farbe ausgekippt, in den Teppich waren Exkremente getreten. Sie hatten sämtliche Platten aus den Hüllen genommen und verbogen, zerbrochen oder mit spitzen Gegenständen zerkratzt. Die Tonbandkassetten waren aufgebrochen, braunes Magnetband ringelte sich über Haufen von zerrissenen Noten. Und an den Bechstein waren sie mit einer Axt herangegangen. Er stand wie ein toter Elefant auf einem Bein, die Drahteingeweide quollen hervor, und die Hälfte der Tasten war verschwunden.

Nach einem fassungslosen Blick in die Runde ging er rückwärts wieder hinaus und setzte sich auf die oberste Treppenstufe. Dort saß er lange. Dann erhob er sich mit steifen Bewegungen, ging langsam die Treppe hinunter und betrat die Telefonzelle gegenüber von Rosas Geschäft.

Gates mochte Johnny nicht wieder in die Wohnung lassen, solange dort die Spurensicherung noch bei der Arbeit war. Also saß er auf dem Beifahrersitz von Gates' Wagen und rauchte dessen Zigaretten, bis sein Hals wund war. Nach zwanzig Minuten kam Gates herunter und setzte sich ans Steuer. Aber er ließ den Motor nicht an. Er besah sich den überquellenden Aschenbecher und die leere Schachtel auf dem Sitz, dann bot er Johnny seine Packung an. Der schüttelte den Kopf.

»Es ist hauptsächlich das Wohnzimmer«, berichtete Gates. Er nahm den Aschenbecher heraus; während er den Inhalt aus dem Fenster kippte, ging die Straßenbeleuchtung an. »Sie könnten heute nacht dort schlafen, aber ich würde es Ihnen nicht empfehlen. Gehen Sie zu Bekannten.«

»Okay«, sagte Johnny mit einer Stimme, die klang, als käme sie von weit her.

Gates sah ihn an. »Ich gebe Ihnen die Adresse einer Firma, die Ihre Wohnung wieder in Ordnung bringen wird. Sie haben sich auf mutwillig zerstörte Wohnungen spezialisiert und sind damit ganz gut ins Geschäft gekommen. Versichert sind Sie ja wohl. Den Flügel können sie stückweise herausholen. Wie haben Sie ihn eigentlich da hochgekriegt?«

»Sie haben die Fenster herausgenommen und ihn mit einem Kran hochgehievt«, sagte Johnny stumpf. »Danach haben sie die Fenster wieder eingesetzt.«

»Das werden sie wohl diesmal genauso machen müssen. Ein Jammer.«

»Neulich haben Sie gesagt: Es tut mir leid.«

»Ich weiß. Eins klingt so dumm wie das andere«, gab Gates zu. »Wir müssen wissen, wer in den letzten Tagen bei Ihnen war, damit wir Ihren Besuchern die Fingerabdrücke abnehmen und sie eliminieren können. Vielleicht stoßen wir auf Spuren, die wir schon in unserer Kartei haben.«

»Kartei? Daß ich nicht lache. Sie wissen genau, daß es wieder Claverton war.«

»Wenn er es war, und wenn wir eine Spur finden, die zu ihm führt –«

»Wetten, daß ich vor Ihnen da bin?«

Gates drehte sich zu ihm um. »Das würde ich Ihnen nicht empfehlen. Es wäre aus den verschiedensten Gründen die schlechteste Taktik, die sich denken läßt.« Er warf einen Blick auf Johnnys verbundene Hand. »Außerdem – was könnten Sie ihm schon tun?«

»Ich könnte ihm zunächst mal die Fresse eintreten«, erklärte Johnny.

»Das will ich nicht gehört haben. Bitte überlassen Sie die Sache uns.«

Johnny sah aus dem Fenster. Die Straße war leer, die Geschäfte waren geschlossen, der Verkehr praktisch gleich Null. Auf der anderen Straßenseite kam gerade Gino, die Schultasche über der Schulter, nach Hause.

»Es gibt noch eine andere Möglichkeit«, sagte Johnny widerstrebend. Er berichtete Gates von Beth Fishers Besuch und von Ginos Vater.

Gates überlegte. »Er scheint mir eher der Typ, der eine persönliche Konfrontation suchen würde, aber ich frage mal bei seinem Bewährungshelfer nach.«

»Können Sie das machen, ohne daß der Junge oder seine Mutter es erfahren? Gino weiß nicht, daß ich über die Familienverhältnisse im Bilde bin.«

»Ich werde es versuchen.«

»Wenn es wirklich Pantoni war, kommt er zurück in den Knast, und sie haben eine Weile Ruhe vor ihm«, überlegte Johnny. »Gebrauchen könnten sie es.«

»Sie übrigens auch. Die Ruhe, meine ich.« Gates drückte seine Zigarette aus. »Ich habe gesehen, daß im Gästezimmer Damenkleider hängen«, sagte er beiläufig.

»Sie gehörten Lisa. Sie wollte die Klamotten immer mitnehmen, aber er hat ihr wohl alles gekauft, was sie brauchte.«

»Hat sie sonst etwas bei Ihnen deponiert, nachdem sie zu Claverton gezogen war?«

»Nein, bis auf die Babysachen. Als sie merkte, daß sie schwanger war, hat sie in ihrer Begeisterung einen ganzen Stapel Babywäsche gekauft, aber dann hat sie wohl kalte Füße gekriegt. Jedenfalls hat sie die Sachen kurz entschlossen zusammengepackt und zu mir gebracht.«

»Was hat sie denn so gekauft?« fragte Gates scheinbar ganz nebenbei.

Johnny zuckte die Schultern. »Keine Ahnung. Ich habe sie gefragt, ob sie mir das Zeug nicht mal zeigen will, aber sie war in einer ganz komischen Stimmung und hat Auflüchte gemacht. Wahrscheinlich war ihr dieser plötzliche Überschwang des Muttergefühls ein bißchen peinlich. Ich habe sie dann nicht weiter bedrängt. Die Sachen waren in einem kleinen Koffer, sie hat ihn zu ihren Kleidern gestellt. Er war doch noch da, oder?«

»Ein kleiner Plastikkoffer mit Enten und Teddybären darauf?«

»Ganz recht.«

»Ja, der ist noch da.«

Johnny machte ein verlegenes Gesicht. »Am besten schaffe ich ihn zum Roten Kreuz oder so. Und ihre eigenen Sachen auch.«

»Wäre eine nette Geste.«

Johnny schwieg einen Augenblick. »So wie es da oben aussieht, möchte ich nicht wieder hinauf. Das muß doch nicht sein, oder?«

Gates schüttelte den Kopf. »Es hat keine Eile. Wenn Sie mir sagen, was Sie brauchen, kann einer meiner Leute einen Koffer für Sie packen. Am besten sagen Sie Ihren Freunden oder Bekannten gleich Bescheid.«

»Ich gehe in ein Hotel, ich möchte nicht, daß noch jemand in die Sache hineingezogen wird.«

»Sie kapseln sich gern ein bißchen ab, was?«

»Im Augenblick klappt das nur nicht so recht. Ständig rückt mir jemand auf die Bude.«

Nachdem er seinen einzigen »überlebenden« Anzug im Schrank und die anderen Sachen in der Kommode verstaut hatte, blieb ihm nichts weiter als der Blick aus dem Fenster. Es dämmerte über dem Fluß, der Himmel hatte einen Lavendelton, und in der Royal Festival Hall am anderen Ufer wurde es lebendig. Die hohen Fenster glänzten goldfarben, und gerade jetzt gingen die Flutlichter auf den Terrassen an, so daß es aussah, als schwebe der Bau über der spiegelnd-schwarzen Wasserfläche. Spielzeugkleine Gestalten bewegten sich unten auf dem Embankment, und zwischen den kahlen Zweigen, und auf der weißen Brücke sah man die Scheinwerferkegel des dichten Feierabendverkehrs aufblinken.

Er erreichte Laynie noch im Büro, sie wartete gerade auf ein Taxi. Er erzählte ihr, was geschehen war, und bat sie, sich mit der Versicherung in Verbindung zu setzen, er traute sich das im Augenblick einfach nicht zu.

»Sag mal, Laynie, als du neulich mit dem Staubtuch herumgewütet hast, wo hast du da Cymru hingesetzt?«

»Wen bitte?«

»Du weißt schon, meinen Glücksbringer. Ich glaube, er stand auf dem Flügel.«

»Da war er nicht. Hat er ihn dir nicht zurückgegeben?«

»Wer?«

»Baz. Du hattest ihn bei dem Wohltätigkeitsdinner stehenlassen, und ich hatte ihn gebeten, ihn dir gleich zu bringen, weil ich weiß, wie verrückt du dich mit dem Ding hast. Er hat es mir versprochen.«

»Wahrscheinlich hat er's vergessen. Kein Wunder, daß seither alles schiefgeht.«

»Komm, Johnny, sei nicht kindisch.«

»Sei froh, daß es kein Teddy ist.« Cymru war ein kleiner Drachen aus Messing, den er einmal zu Weihnachten in seinem Strumpf gefunden hatte. Es war der einzige Punkt, in dem er abergläubisch war.

»Bei Gessler hattest du ihn auch nicht mit, und da warst du gut, John.«

Natürlich hatte sie recht. »Als die beiden Gorillas mich zusammengeschlagen haben, hatte ich ihn auch nicht mit«, konterte er.

»Ein sehr überzeugender Beweis.«

»Jedenfalls brauche ich ihn jetzt. Ich rufe gleich mal Baz an.«

Seine Frau meldete sich.

»Tag, Molly. Kann ich bitte Baz sprechen?«

»Er ist nicht da, Johnny. Wie geht's dir denn?«

»Man schlägt sich so durch. Wann kommt er? Spielt er irgendwo?«

»Nein, ich erwarte ihn eigentlich bald zurück.«

Plötzlich hörte er im Hintergrund Baz, der eins der Kinder anschrie und gleich darauf durchdringendes Geheul. Jetzt schwindelte Molly also auch für ihn.

»Es ist wegen meines Glücksbringers. Laynie sagt, sie hätte Baz gebeten, ihn mir zurückzubringen, aber ich finde ihn nicht. Kannst du ihn mal fragen, ob er ihn noch hat?«

»Ja, sicher. Du, es tut mir alles so leid, Johnny.« Sie schien an Tränen zu schlucken, und im Hintergrund heulte wieder jemand. Es hörte sich an wie der Fünfjährige.

»Ja, mir auch«, sagte er, weil ihm nichts Besseres einfiel.

»Ich sage ihm, daß er ihn dir vorbeibringen soll, wenn er ihn noch hat«, versprach Molly mit einer Spur von Trotz in der Stimme. Johnny sah förmlich, wie sie Baz anfunkelte.

»Schönen Dank. Übrigens, ich bin nicht in meiner Wohnung, sondern in einem Hotel. Ich lasse die Wohnung renovieren.« Was ja nicht gelogen war. »Er soll ihn bei Laynie abgeben, ja?« Wenn Baz nicht mit ihm sprechen wollte, sollte er seinen Willen haben.

»In Ordnung.« Er wollte schon auflegen, aber da sagte sie: »Du,

Terry Wogan hat heute früh im Radio *Samba Break* 6 gebracht und was Nettes dazu gesagt. Johnny, ich wünschte –«

Aber er erfuhr nicht mehr, was sie wünschte, denn plötzlich quiekte sie überrumpelt auf, und dann wurde abrupt aufgelegt.

Er trat wieder ans Fenster. Die Dunkelheit hatte sich vertieft, und die Festival Hall sah aus wie ein in Glitzerpapier gewickeltes Geburtstagsgeschenk. Er versuchte die verbundene Hand zu krümmen. Der Schmerz trieb ihm kalten Schweiß auf die Stirn, aber er machte es noch einmal, er mußte wissen, ob sie sich wirklich bewegt hatte. Vielleicht hatte er noch eine Chance. Vielleicht hatten der dicke Price-Temple und Laynie recht. Aber beide waren im Augenblick nicht greifbar, um ihm Trost zuzusprechen. Noch nie war er sich so verlassen vorgekommen.

Er wandte sich ab, versetzte dem Stuhl vor dem Schreibsekretär einen wütenden Tritt – und mußte lachen. Es hörte sich ein bißchen dünn an in dem stillen Raum. Eigentlich war es auch nicht besonders komisch. Er hatte an *Stompin' at the Savoy* denken müssen. Ob Benny Goodman die Cosatelli-Version gutgefunden hätte? Wahrscheinlich nicht. Kein Swing darin.

12

Gates und Dunhill betrachteten den kleinen blaugelben Koffer, dessen Entchen und Teddys sich unter dem kalten Lampenlicht des Labors recht seltsam ausnahmen.

»Was wollten sie denn mit den Babysachen?« wunderte sich Dunhill.

»Um die ging's ihnen gar nicht«, gab Gates zurück. Er sah den Mann im weißen Kittel an. »Meinen Sie, daß Sie uns etwas über den Inhalt werden sagen können?«

Der Techniker schien nicht sehr optimistisch zu sein. »Das Ding ist neu und sieht sehr sauber aus. Wenn wir überhaupt was finden, dann nur durch eine mikroskopische Analyse.«

»Wir haben Fingerabdrücke gesichert. Von Lisa Kendrick und einer zweiten Person«, meinte Gates.

»Wahrscheinlich Cosatelli«, vermutete Dunhill.

»Nein, das habe ich natürlich sofort geprüft. Die Leute, die den Koffer leergemacht haben – wer immer es auch gewesen sein mag –, sind unter Umständen davon ausgegangen, daß Cosatelli den Inhalt gesehen hat. Das Ding stand lange genug bei ihm herum. Verständlich, wenn er neugierig geworden wäre.«

»Er sagt, daß er nicht hineingesehen hat.«

»Ich weiß. Aber Claverton weiß das nicht.«

Dunhill machte ein unzufriedenes Gesicht. »Sie lassen doch Cosatelli noch beobachten?«

»Natürlich.«

»Vielleicht hat er uns angeschwindelt, als er gesagt hat, es wären Babysachen drin. Vielleicht hat *er* den Koffer leergemacht, und zwar schon vor längerer Zeit. Ein paar von den Fingerabdrücken waren schon ziemlich verwischt.«

»Ich weiß.«

»Warum haben Sie ihm dann nicht härter zugesetzt?«

»Weil ich ihn, falls er nichts weiß, nicht mißtrauisch machen wollte. Und falls er doch etwas weiß –«

»Ja?«

»Falls er etwas weiß, bin ich gespannt, was er jetzt unternimmt.«

Bis auf die morgendlichen Besuche in Pattinsons Praxis hielt sich Johnny in seinem Zimmer auf, schlief, aß, sah fern und verschlang dutzendweise Taschenbücher. Er ließ sich einen Flügel bringen, machte die Themenmelodie für die Fernsehserie fertig und schickte sie ab. Am Samstag war er soweit, daß er am liebsten die Wände hochgegangen wäre und sich am Kronleuchter geschaukelt hätte; es war nur keiner da, und er hätte sich auch nicht festhalten können.

Die Schwellung war fast weg, und der scharfe Schmerz war einem dumpfen Druck gewichen, der fast noch schlimmer war. Die Schwellung war so etwas wie ein Polster gewesen, geblieben war die steife, blaugrün verfärbte, klauenförmig gekrümmte Hand. Laynie hatte Maurer und Tapezierer zum Renovieren der Wohnung aufgetrieben, und ihm blieb nur die noch wichtige Entscheidung zu treffen, welche Farbe die Wände haben sollten.

Bei der Vorstellung, noch wochenlang so herumsitzen und nachdenken zu müssen, bekam er eine regelrechte Gänsehaut. Selbst die Pracht des Savoy tröstete ihn nicht darüber hinweg, insbesondere in Anbetracht der Dinge, über die er nachdenken mußte.

Nach dem Essen brachte er sich aus der Halle die Zeitungen mit und verbrachte eine wenig anregende Stunde damit, sie durchzublättern. Auch andere Leute hatten offenbar Probleme. Alles in allem aber hatte er das Gefühl, daß er mit dem fallenden Pfund oder einer treulosen Ehefrau oder festgefahrenen Friedensverhandlungen besser fertig geworden wäre als mit der Frage, ob die letzten Jahre seines Lebens überhaupt einen Sinn gehabt hatten oder ob jemand ihn so sehr haßte, daß er ihm aus purer Bosheit die Hände und die Wohnung zertrümmert hatte. Oder mit der Überlegung, daß er immer noch wegen eines Mordes festgenommen werden konnte, den er nicht begangen hatte.

Der einzige Artikel, den er bis zu Ende gelesen hatte, handelte von einem Mann, der wegen Belästigung und ungerechtfertigter Verhaftung einen Prozeß gegen die Polizei angestrengt hatte. Der Bericht hatte Johnny zwar interessiert, aber nicht gerade aufgeheitert.

Gereizt suchte er in den im Zimmer verstreuten fliegenden Blättern herum, bis er die Unterhaltungsseite des *Guardian* gefunden hatte. Mißgelaunt ging er die Spalten durch. Disneys Schneewitchen? Nein, danke. Ein Schwedenporno? Nein, danke. Zu frustrierend.

Dann stutzte er, sah genauer hin. Gastspiel Ashkenazy und Previn mit dem London Symphony Orchestra. Das Vierte Klavierkonzert von Rachmaninow. Er glaubte nicht mehr an Zufälle.

War es Einbildung oder das schwarze Kleid, oder war sie wirklich eine Spur schlanker geworden? Am Telefon war sie zurückhaltend gewesen – sie wußte wohl nicht recht, worauf er aus war und wieso er wirklich angerufen hatte –, aber schließlich hatte sie sich überreden lassen. Als er sie jetzt im Foyer stehen sah, war er froh darüber. Sie sah sich um, beobachtete die Türen und hatte ihn noch nicht bemerkt.

Es war – selbst mit diesem Ausdruck leichter Besorgnis – wirklich ein nettes Gesicht. Das Grau in ihrem Haar hatte einen silbrigen Schimmer, und die Augen wirkten mit Make-up riesengroß in dem blassen Gesicht. Die Beine waren in schwarzem Nylon eine Sensation.

Dann wandte sie sich unerwartet um und sah, wie er sich zwischen den schwatzenden Grüppchen hindurchschob, die noch einen Augenblick müßig herumstanden, ehe sie sich in Zuhörer verwandelten. Im Saal begann das Orchester zu stimmen.

»Beth?«

»Guten Abend.« Sie versuchte ein Lächeln. »Wie ich sehe, ist Ihre Hand besser.«

Er hob sie ein wenig, und sie besahen sich die elastische Binde, die nicht zu seinem neuen anthrazitfarbenen Anzug paßte. »Ich wollte mir eigentlich einen schwarzen Lederhandschuh zulegen, aber das hätte so finster ausgesehen.«

»Kann ich mir vorstellen.« Jetzt gelang das Lächeln schon besser. »Es war sehr nett, daß Sie an mich gedacht haben . . .«

»Purer Egoismus. Ich wollte Sie wiedersehen.«

Damit brachte er sie so nachdrücklich aus der Fassung, daß ihr um ein Haar der Mantel aus der Hand gefallen wäre. Er brachte ihn zur Garderobe, steckte die Marke ein und nahm leicht ihren Arm.

»Gehen wir hinein. Previn fängt gern pünktlich an.«

»Kennen Sie ihn?«

»Ich habe mal mit ihm gespielt, es ist schon lange her. Warum?«

Sie sah ihn von der Seite an. »Es ist so merkwürdig, wenn man mit jemandem zusammen ist, der . . . Dirigenten sind irgendwie so überlebensgroß. Wie Filmstars. Gar nicht wie ganz gewöhnliche Leute, die Freunde haben und Witze erzählen und –«

»– und mit beiden Beinen zugleich in die Hosenbeine fahren«, ergänzte er und dirigierte sie zu ihren Plätzen. »Warum eigentlich nicht? Manche haben sogar Schuppen. Oder Verdauungsbeschwerden.«

Sie blätterte das Programm durch. »Und Ashkenazy kennen Sie auch?«

»Nur ganz flüchtig.«

»Und wie ist er?«

»Liebenswürdig, witzig und ein ausgesprochener Familienmensch.«

»Und genial.«

»Das auch. Er lächelte ihr zu, und sie sah rasch nach unten.

»Es tut mir leid. Ich benehme mich wie ein altmodischer Backfisch, was? Tut mir leid, ich bin sonst eigentlich nicht so linkisch.«

»Sind Sie sonst so ehrlich?«

Sie sah ihn verblüfft an. »Nein.«

»Sehr gut. Der jungenhafte Charme, den Sie mir neulich unterstellt haben, tut demnach seine Wirkung.«

»Hm . . . Sie sagen, daß Sie ihn hören wollen, weil Sie vielleicht im August dieses Konzert spielen werden?«

»Vielleicht. Es steht noch nicht fest.«

Plötzlich war ihr Blick ausgesprochen durchtrieben; sie hatte sich offenbar wieder gefaßt. Leider. »Soll ich daraus schließen, daß Sie auch genial sind? Oder trifft auf Sie nur das mit den Schuppen und den Verdauungsbeschwerden zu?«

»Wenn ich das Konzert spiele, dann an einem Mittwoch, und das ist eigentlich mein genialer Tag.«

»Warum gerade Mittwoch?«

Die Lichter gingen aus. »Weil ich am Dienstag das Blut schöner Jungfrauen zu trinken pflege.«

Ihre Antwort kam aus der Dunkelheit. »Da müssen Sie aber in letzter Zeit unter ziemlichem Durst gelitten haben.«

Das Konzert begann mit der Ouvertüre aus *Figaros Hochzeit*, die er nicht besonders schätzte; sonst hätte er wohl ihre Reaktion nicht so deutlich wahrgenommen. Sie ging so vollkommen in der Musik auf, daß ihr Körper sich leise im Takt mit ihr bewegte. Er spürte, wie ihre Finger die einzelnen Instrumente »nachspielten«. Es war, als ob die Musik direkt in ihren Körper einging und durch diese zarten Bewegungen von Hand, Knie und Kopf wieder austrat. Liebe zur Musik war in diesem Fall kein leeres Wort – sie reagierte auf die Töne wie auf eine leidenschaftliche Umarmung. Das Phänomen fesselte ihn mit der Zeit weit mehr, als das, was sich im Orchester tat. Bei Debussys *Images* war der Reflex noch ausgeprägter.

»Das hat Ihnen gefallen«, stellte er in der Pause fest.

»Ja. Ihnen nicht?«

»Es hat mich nicht ganz so heftig gepackt wie Sie.«

Sie runzelte die Stirn. »Haben Sie etwas gegen Debussy?«

»Ganz im Gegenteil. Aber ich glaube nicht, daß ich ihm so nahe bin wie Sie. Welches Instrument spielen Sie?«

»Grammophon.« Sie lachte.

»Offenbar kennen Sie aber die Partitur sehr gut.«

»Ach so.« Sie sah zu Boden und begann an ihrem Programmheft herumzuspielen. »Ich habe also wieder gezappelt. Dabei versuche ich es mir abzugewöhnen. Kindisch, so etwas.« Sie war so unverhältnismäßig verlegen, daß es ihm schon leid tat, davon angefangen zu haben.

»Zappeln ist nicht der richtige Ausdruck, glaube ich. Es ist eher, als wenn man auf die Bremse tritt, während ein anderer fährt.«

»Tut mir leid, wenn es Sie gestört hat«, erklärte sie steif.

Er griff nach ihrer Hand. »Es hat mich überhaupt nicht gestört. Ich mache es ja selber dauernd, die meisten Musiker machen es, manche mehr, manche weniger. Das ist ganz unwillkürlich. Ich habe es nur erwähnt, weil Sie das ganze Stück kennen und nicht nur Teile daraus. Sie sind der geborene Dirigent.«

»Sehr komisch.«

»Herrgott noch mal, das sollte ein Kompliment sein. Ein guter Dirigent weiß, was bei jedem einzelnen Instrument läuft, das ganze Stück hindurch. Bernstein läßt es sich anmerken, die meisten anderen versuchen sich zu beherrschen, weil sie die Musiker nicht aus dem Konzept bringen wollen. Das ist kein Talent, es ist einfach ein – ein Zustand.«

»Wie Asthma?«

Er lachte. »Wenn Sie so wollen . . .«

Ihre Hand entspannte sich etwas, und er fuhr rasch fort: »Nehmen Sie Gino. Gino ist auch ein Musiknarr, aber er reagiert nur mit dem Intellekt. Er nimmt die Musik auseinander, analysiert sie – wie eine Physikaufgabe.«

»Tun Sie das nicht?« Auf der Bühne schoben sie gerade den Flügel an seinen Platz.

»Ich mache beides. Oder sagen wir: Ich kann beides, das habe ich gelernt. Beth Fisher, sehen Sie mich an, wenn ich mit Ihnen spreche.« Als sie sich nicht rührte, nahm er ihr Kinn, drehte ihr Gesicht zu sich herum und gab ihr einen leichten Kuß auf den Mund. »So, und jetzt freuen Sie sich an der Musik und zappeln Sie, soviel Sie wollen.«

Hinter ihm räusperte sich jemand. Die halbe Reihe stand neben ihnen Schlange und besah sich das kleine Zwischenspiel, mit dem sie den Zugang zu den übrigen Plätzen blockierten.

»Pardon.« Verlegen stand er auf und ließ sie durch. Bis sich alle zurechtgesetzt hatten, war es im Zuschauerraum wieder dunkel geworden, und das Gesicht von Beth war nicht zu erkennen. Er nahm wieder ihre Hand, aber sie bewegte sich nicht, und das war auch ganz gut so, denn bei dem Rachmaninow gab es für ihn genug zu zappeln. So gut war er auch, verdammt.

Sie vermied es, ihn anzusehen, während sie nach dem Konzert auf die Straße traten. Draußen war es überraschend warm, und auf seinen Vorschlag hin gingen sie zu Fuß über die Brücke, statt sich in das allgemeine Taxigerangel zu stürzen. Es war nicht weit zum *Savoy*, wo er zum Abendessen einen Tisch im Grill Room bestellt hatte.

Auf der Mitte der Brücke blieben sie stehen und besahen sich London, das von hier aus bei Nacht zweifellos am eindrucksvollsten wirkt. Das schwarz glänzende Band des Flusses erstreckte sich nach rechts und nach links, flußaufwärts zum Parlament, flußabwärts zum Tower und dann zum Meer. Mit kehligem Tuckern fuhr ein Schlepper unter der Brücke hindurch, und das beleuchtete Zifferblatt von Big Ben schwamm wie ein Mond in den Takelagen des Embankment. Trotz des Verkehrs, der an ihnen vorüberflutete, war es still hier oben, wie verzaubert. Und plötzlich empfindlich kalt. Der Wind, der vom Fluß heraufwehte, brachte noch einen Hauch von Winter mit; die Auspuffgase eines vorbeifahrenden Busses hingen wie Rauch in der Luft.

Beth fröstelte. »Gehen wir weiter.«

»Romantisch sind Sie aber auch nicht ein bißchen«, neckte er sie. »Nach all dem, was ich Ihnen hier biete, könnten Sie wenigstens sagen: Danke, John.«

»Danke, John.«

»Na also.« Als er behutsam einen Arm um sie legte, merkte er, daß sie sich wieder versteifte. »Sagen Sie mal, muß das sein?«

»Was?«

»Daß Sie scheuen wie ein wildes Pferd, wenn ich Sie nur anfasse.«

»Unsinn.« Er ließ seinen Arm liegen, wo er war. »Sie haben mich erschreckt, das ist alles«, fügte sie in etwas zu beiläufigem Ton hinzu.

Er lächelte. Und dann verlor sich das Lächeln, machte einem anderen Ausdruck Platz. Und dann zog er sie an sich und küßte sie. Ziemlich lange und ziemlich ausführlich. So lange, bis sie ihren Widerstand aufgab und er nicht mehr Ellbogen und Knie fühlte, sondern nur die weiche Wärme einer Frau, die sich an ihm festhielt und ihn wiederküßte. Wieder rumpelte ein Zug über die flußaufwärts gelegene Hungerford Bridge, und er ließ seine Lippen zu der Mulde hinter ihrem Ohr wandern. »So ist es schon besser.«

»Ja«, antwortete sie. Und damit war ja auch alles gesagt.

Seine Wange war rauh, der Mantelstoff roch nach Aftershave, chemischer Reinigung, feuchter Luft und Mann. Als sie die Augen wieder aufmachte, sah sie die graue Neonskulptur auf dem Dach der Hayward Gallery, die sich himmelwärts reckte. Die letzten Nachzügler aus dem Konzert gingen eilig an den beiden vorbei, die dort am Brückengeländer standen.

Und dann mußte sie niesen.

Zuerst dachte sie, daß ihn ein Kälteschauer schüttelte, aber dann merkte sie, daß er lachte. Er trat einen Schritt zurück, ohne sie loszulassen, und sah ihr ins Gesicht. »Entweder reagierst du auf mich allergisch, oder du kriegst in Kürze eine doppelseitige Lungenentzündung. Beides wirft kein gutes Licht auf mich. Komm jetzt.« Während er ihren Arm nahm, überlegte er, daß er eigentlich schon ein bißchen alt für romantische Anwandlungen war. Weshalb reagierte er überhaupt plötzlich auf diese Weise! Es war eigentlich nicht sein Stil. Aber sie war ja auch eigentlich nicht sein Typ.

Sie waren schon fast am anderen Ende der Brücke, als Beth plötzlich stehenblieb, die Hand an die Wange legte und zum Himmel aufsah. »Oh...«

Er musterte sie verblüfft. »Was ist?«

»Verdammte Tauben.«

»Laß mal sehen. Ja, in London bist du vor diesen Biestern nie sicher...« Er griff nach seinem Taschentuch – und hielt mitten in der Bewegung inne.

Auf ihrer Wange war eine schmale Blutspur, und in diesem Augenblick bildete sich ein kleiner Tropfen und rann an einem Fältchen unter ihrem Auge entlang. Über dem Ohr hatte sie ein Stück Beton im Haar. Er drehte sich rasch um und sah die Brücke entlang. Hinter einem Bus staute sich eine lange Schlange von Personenwagen. Als er sich gerade wieder Beth zuwandte, kam von der Brüstung her ein zweiter Splitter geflogen, der eine weiße Narbe in dem grauen Mauerwerk hinterließ und mit einem schwirrenden Laut das metallene Geländer traf.

Jemand schoß auf sie. Oder vielmehr auf ihn.

Das war so ungeheuerlich, daß er einen Augenblick keine Worte fand und Beth nur stumm anschaute. Ein zweiter roter Tropfen verband sich mit dem ersten, und sie nahm ihm das Taschentuch aus der Hand und wischte an ihrer Wange herum. Ehe sie sehen konnte, was sie da in den Stoff wischte, griff er nach ihrer Hand und setzte sich in Trab.

»Machen wir einen Dauerlauf, da wird uns schön warm...«

»In diesen Schuhen?« protestierte sie. »Bitte, John...«

»Bewegung ist gesund«, stieß er hervor und zog sie die Treppe hinunter zum Embankment. Dort war es dunkler. Statt frischer Luft schlug ihnen der Geruch von Urin und Unrat entgegen. Jammernd stolperte sie hinter ihm her. Auf dem ersten Treppenabsatz zog er sie an sich und hielt sie trotz der Schmerzen in seiner Hand fest, bis sie unten waren. In dem Torweg zur Straße blieb er unvermittelt stehen und sah hinaus.

Auf der Brücke waren keine Menschen in ihrer Nähe gewesen. Hatte er mit seinem Entschluß, zu Fuß zu gehen, die Kriminalbeamten überrumpelt, die ihn observieren sollten? Steckte ihr Wagen noch hinten im Stau? Abgesehen von dem Betonsplitter war nichts zu sehen gewesen, sie hatten keinen Grund zu der Annahme, daß irgend etwas nicht in Ordnung war. Wahrscheinlich hatten sie nicht einmal bemerkt, daß Beth und er die letzten paar Meter bis zur Treppe im Laufschritt zurückgelegt hatten. Sonst wären sie jetzt schon hier. Gehört hatte er die Schüsse nicht; demnach hatte sein Angreifer in einem der vorübergefahrenen Wagen gesessen und hatte mit Schalldämpfer gearbeitet.

Wenn er sich nicht mit einem Gewehr auf dem Laufsteg der Hungerford Bridge oder auf dem Dach der Festival Hall postiert hatte. Er hatte mal gelesen, daß es Gewehre gab, die auch auf diese Entfernung treffsicher waren.

Beth stand keuchend neben ihm und beschwerte sich lautstark, aber er hielt sie noch immer fest, sah hinunter zur Straße und zu den letzten, ungeschützten Stufen, und wußte nicht recht, ob er weitergehen oder hier warten sollte. Drüben an der Brücke war das schwimmende Pub vertäut, er sah, wie sich die Leute hinter den erleuchteten Fenstern der Bars und Restaurants bewegten. Auch an Deck waren ein paar dunkle Gestalten zu sehen, meist Paare, die sich mal schnell auf ein paar Schmuseminuten herausgewagt hatten; zum Trinken war es draußen zu kalt. War einer von denen da unten bewaffnet? Wenn die Schüsse von unten gekommen waren, würde das erklären, daß der Splitter Beth' Wange getroffen hatte. Und dann waren sie eine ideale Zielscheibe, sobald sie hinaus ins Freie traten.

Die Ampeln schalteten auf Rot, ein Doppeldeckerbus bremste scharf und nahm ihnen die Sicht auf das umgebaute Schiff.

»Jetzt«, sagte er, sprang, Beth mit sich ziehend, die letzten Stufen hinüber und rannte zu den Victoria Embankment Gardens hinüber. Es war nicht weit, und während der Verkehr wieder anrollte, tauchten sie in den Schatten der Büsche und Bäume. Vor der Zentrale der Electrical Engineers Society stolperte Beth und stieß einen kleinen Schmerzenslaut aus, aber er blieb erst stehen, als sie den Hintereingang des Savoy erreicht hatten. Der verblüffte Pförtner grüßte, während sie an ihm vorbei in die Halle stürmten. Dort machte Beth sich los und sank keuchend und wimmernd auf ein Sofa.

»Alles in Ordnung?« Er ließ sich neben sie fallen.

»Ich glaube, ich habe mir bei der letzten Hürde den Knöchel verstaucht. Haben wir gewonnen?«

»Das wird wohl erst das Zielfoto entscheiden. Welches Bein ist es?«

»Das rechte . . . autsch!«

Er strich leicht über den rechten Knöchel und spürte die Schwellung unter dem Strumpf. »Ja, tatsächlich. Tut mir schrecklich leid, Beth.«

»Ich konnte ja nicht ahnen, daß du Angst vor Tauben hast.«

Sie versuchte, den Knöchel zu bewegen, und sog scharf die Luft ein.

»Habe ich ja gar nicht. Es war nur – eine Laune.«

Sie wischte sich mit dem Handrücken den Schweiß von der Stirn. »Red keinen Unsinn. Du zitterst ja. Heraus mit der Sprache. Bist du vor einem gehörnten Ehemann davongelaufen?«

»Sei nicht albern.«

»Es fällt mir schwer, John.«

Er hob resignierend die Hände. »Komm mit, ich habe eine elastische Binde in meiner Hausapotheke.«

»Das ist bedeutend orgineller als der uralte Spruch von der Briefmarkensammlung.«

»Sei nicht blöd, ich –«

»Erst albern, dann blöd – du hast wirklich heute deinen charmanten Tag.«

»Herrgott, jetzt hör mal zu . . .«

»Schon gut, John«, sagte sie zerknirscht. Er sah so verstört, so entnervt aus, daß sie ihm am liebsten den Kopf gestreichelt und ihn getröstet hätte, aber sie wußte nicht recht, wie sie es anstellen sollte, ohne sie beide in Verlegenheit zu bringen. »Jetzt komm, sag mir, was los ist.«

»Kann ich etwas für Sie tun, Sir?« Es war der Pförtner, der mit einem sonderbaren Gesichtsausdruck zu ihnen herübersah.

»Nein . . . ja . . .« Johnny erhob sich rasch. »Ich habe die Suite

408 und 409. Wo ist der nächste Lift? Die Dame hat sich den Fuß verstaucht.«

Der Pförtner klapperte ein paarmal mit den Augendeckeln. Er hatte Johnny zwar noch nie gesehen, aber der wußte, wieviel eine Suite mit Blick auf den Fluß im Savoy kostete.

»Gleich hier links, Sir, es ist nicht weit. Soll ich helfen?«

»Vielleicht ...« Beth hinkte mühsam neben ihm her, sie traute sich nicht, den immmer mehr anschwellenden Fuß zu belasten.

»Ich könnte einen Rollstuhl bringen«, fing der Pförtner an.

»Nein, nein, es geht schon«, wehrte Beth hastig ab. »Wirklich ...«

»Dann lassen Sie mich den Hotelarzt rufen«, sagte der Pförtner, während Johnny einen Arm um Beth' Taille legte.

Johnny sah sie an. »Möchtest du einen Arzt?«

»Bloß nicht. Es ist nur –«

Unvermutet beugte sich Johnny zu ihr herunter und nahm sie auf den Arm. »Setz mich sofort ab«, sagte sie wütend. Ein Page drehte sich nach ihnen um und glotzte.

»Sei still«. Johnnys Stimme klang ein bißchen gepreßt. »So was mache ich nur einmal im Jahr, ich bitte mir also etwas Respekt aus. Noch ein Wort, und ich laß dich auf deine vier Buchstaben fallen.«

Sie machte den Mund auf, aber dann hielt sie sich doch nur an seiner Schulter fest, als er schwankend vor dem Lift stehenblieb und mit dem Ellbogen den Rufknopf drückte. Die Türen glitten auseinander, er setzte sie nicht besonders sanft auf dem kleinen Klappsitz ab, dann wandte er sich um und drückte den Knopf zum vierten Stock. Er gab sich große Mühe, nicht allzu asthmatisch zu pusten, und wischte sich mit dem Ärmel über die Unterlippe.

»John«, sagte sie kleinlaut, während der Lift sich in Bewegung setzte.

»Was ist?« Er wandte sich nicht um.

»Hast du auch ein Bruchband in deiner Hausapotheke?«

Er schloß die Augen, lehnte sich gegen die Holztäfelung des Aufzugs und fing an zu lachen. Der Lift hielt. Zum Glück war der Gang leer. Er sah sie an. »Auf geht's. Zeig mal, wie du hüpfen kannst. Ich habe lange genug den Herkules gespielt. Jetzt bist du dran.«

Mit großen Augen sah sie sich in dem in Weiß und Wedgwood-Blau gehaltenen Raum mit den eleganten Sofas und Sesseln um.

»Willkommen in meiner Höhle«, sagte er ironisch und schloß mit einem schnellen Schnurzug die Vorhänge.

»Wie schade. Die Aussicht ist so schön.«

»Ein andermal.«

»Wieso glaubst du, daß ich ein andermal wieder aufkreuze?«

»Wie meinst du?« Er spähte durch einen Vorhangspalt und hörte gar nicht richtig zu.

»Ich will ja nicht leugnen, daß du mir einiges geboten hast«, fuhr sie fort, mühsam zu der mit blauem Samt bezogenen Chaiselongue hoppelnd. »Ein Starkonzert, einen Kuß im Dunkeln, einen neuen Weltrekord im Dreihundert-Meter-Sprint . . .«

»Ich –« Er unterbrach sich, als es klopfte. Rasch zog er den Mantel aus und schaltete, während er zur Tür ging, alle Lichter ein. Beth sah sich um, das Stimmengemurmel draußen nur nebenbei registrierend. So also lebten die Reichen. Worauf hatte sie sich da nur eingelassen?«

Mit einem unbestimmten Lächeln auf den Lippen erschien er wieder in der Tür. »Das war der stellvertretende Geschäftsführer. Er wollte wissen, ob wir wirklich keinen Arzt brauchen. Ich habe gesagt, sie sollen das Essen hier oben servieren.« Er streckte ihr eine Speisekarte hin. »Was hättest du gern?«

»Eine Erklärung bitte. Mit viel Butter.«

Er blieb einen Augenblick stehen, dann legte er die Speisekarte auf den Schreibtisch. »Zieh deine Strümpfe aus.«

»Wie bitte?«

»Damit ich deinen Knöchel bandagieren kann, du Schaf.«

Sie hörte ihn nebenan im Schlafzimmer geräuschvoll Schubladen öffnen und schließen und zog rasch den Rock hoch.

Als er zurückkam, blieb er wie angewurzelt in der Tür stehen und glotzte wie ein Kretin. Da saß sie, seine verklemmte Sozialarbeiterin, fummelte an einem schwarzen Strumpfhaltergürtel herum, rollte behutsam einen schwarzen Nylonstrumpf über ein langes, wohlgeformtes Bein und sah so sexy aus wie das Girl auf der Mittelseite des *Playboy*.

»Ich wäre soweit, Dr. Welby«, sagte sie ein bißchen zu lustig.

Er kniete sich hin und bandagierte rasch und geschickt – trotz seiner verbundenen Hand und eines leichten Anfalls von erotischem Tatterich – ihren Knöchel. Sie hatte einen kleinen Fuß mit hohem Spann, der mühelos in seine Handfläche paßte. Als er fertig war und die Enden mit den kleinen Metallspangen befestigt hatte, streifte er ihr den Strumpf über den Fuß und rollte ihn nach oben ab. Auf halber Höhe bremste sie ihn. »Danke, den Rest mache ich allein.«

Er sah auf, und in seinen Augen blitzte es trotz aller Müdigkeit belustigt auf. »Das habe ich mir leider schon gedacht.« Er stand auf und griff sich die Speisekarte. Als er sich umwandte, war die Schau vorüber, und die Knie waren wieder brav unter dem Kleidersaum versteckt. Er streckte ihr die Speisekarte hin.

»Eine Erklärung«, erinnerte sie ihn energisch.

Er setzte sich seufzend in einen Sessel, die Speisekarte unbeholfen zwischen den Knien haltend. »Schau dich mal im Spiegel an.«

Stirnrunzelnd drehte sie sich um. »Das – das ist ja Blut.«

»Jemand hat auf uns geschossen. Auf mich«, verbesserte er rasch. »Jemand hat versucht, mich umzubringen. Der Schuß ist fehlgegangen, und dich hat ein Stückchen Waterloo Bridge erwischt.«

»Ruf die Polizei«, verlangte sie. Er sah so blaß aus, so gedrückt und niedergeschlagen, daß sie seinen Anblick kaum ertragen konnte und doch immer wieder hinsehen mußte, ob sie wollte oder nicht.

»Das wird nichts helfen.« Und dann erzählte er ihr alles. Mit gepreßter Stimme und in abgerissenen, jagenden Sätzen. Es war wie eine Beichte, wie das Bekenntnis einer abscheulichen Sucht, von der er nicht lassen konnte.

»Dann ruf wenigstens Inspector Gates an«, sagte sie, als er fertig war.

»Wozu? Ich habe keine Beweise. Eine Schramme in deinem Gesicht und zwei Kratzer an der Brücke.«

»Aber deine Hand ... deine Wohnung ... das gehört doch alles dazu.«

»Wahrscheinlich.«

»Er muß dir Polizeischutz geben, das ist seine Pflicht.« Sie begriff nicht, weshalb er einfach so dasaß, ohne sich zu rühren.

»Ich nehme das selbst in die Hand«, erkärte er schließlich. Das klang sehr abschließend. »Glaub mir, ich hätte dich nie angerufen, wenn ich auch nur geahnt hätte, daß Claverton –«

»John, du mußt –«

»Ich muß gar nichts«, fuhr er auf, dann schloß er die Augen und ließ die Schultern nach vorn sinken. Aber das war gleich wieder vorbei. »Doch, ich muß mich jetzt endlich um unser Essen kümmern.«

»John, wenn ich dich störe, wenn du möchtest, daß –«

»Ich möchte, daß wir versuchen, die ganze dumme Geschichte zu vergessen und etwas in den Magen bekommen. Falls du keine Angst hast, vergiftet zu werden.«

»Aber doch nicht im Savoy, John!«

»Eben«, meinte er mit gezwungener Munterkeit. »Dann fangen wir am besten ganz oben an und essen uns durch die ganze Speisekarte.«

Sie versuchten so zu tun, als sei alles in Ordnung. Sie versuchten, das Essen zu genießen, versuchten, sich gegenseitig zum Lachen zu bringen. Sie erzählten sich Geschichten aus ihrem Leben, stritten freundschaftlich über Bagatellen und vermieden geflissentlich die beiden Fragen, die sie am meisten beschäftigten: Ob Claverton es schaffen würde, ihn umzubringen, und ob sie als Nachtisch miteinander ins Bett gehen würden.

Beth zerkrümelte einen Cracker und sah über Tischtuch und Tafelsilber hinweg zu Johnny hinüber. Sie wünschte sich, daß er sie bitten möge zu bleiben. Diesen Mann, sagte etwas in ihr, diesen Mann könnte ich lieben. Aber ich bin fast vierzig, ich bekomme einen Hängebusen und habe ein Doppelkinn, ich habe seit fast sechs Jahren nicht mehr mit einem Mann geschlafen. Wahrscheinlich ist es einfach Torschlußpanik. Mit vierzig verliebt man sich nicht mehr wie ein Backfisch. Man beobachtet sich, man kennt die Probleme, man weiß aus Erfahrung, daß so etwas nur Kummer und Sorgen bringt. Ich muß ganz locker sein, ganz cool. Und wenn er mich fragt, ob ich bleiben will, muß ich so tun, als ob man mich so etwas jeden Tag fragt. Hoffentlich, hoffentlich mache ich es richtig.

Aber er fragte nicht. Er schenkte den letzten Wein ein und sah, daß ihre Hand zitterte, als sie nach dem Glas griff. Verdenken konnte er es ihr nicht; er hatte sie ausgeführt und sie geküßt, durch seine Schuld war sie beschossen worden und hatte sich den Knöchel verstaucht, und jetzt saß sie allein mit ihm in seiner Hotelsuite, aufgedreht vom Wein und von steigender Erregung.

Aber so leicht wollte er es sich nicht machen. Nicht mit ihr. Diese Frau, sagte etwas in ihm, diese Frau ist leicht verwundbar und er wollte ihr nicht weh tun, auf gar keinen Fall. Wenn es nur um Sex gegangen wäre – da gab es ein Dutzend Nummern, die er hätte anrufen können, Nummern, zu denen ein Dutzend Namen gehörten, die ihm erst wieder einfielen, wenn er in seinem Adreßbuch nachsah. Nein, diese Frau begehrte er viel zu sehr, um sie heute bei sich zu behalten. Er würde alles kaputtmachen, sie würde sich noch den anderen Knöchel verstauchen oder – schlimmer noch – ihr Ego. Er war verwirrt wie ein Teenager und hatte eine Mordswut auf sich. In deinem Alter müßtest du eigentlich vernünftiger sein, in deinem Alter steht man nicht mehr auf Kitsch und Rosen und Gedichte bei Nacht. Wenn du die Frau bumsen willst, dann sag es, verdammt noch mal. Aber er brachte es nicht heraus.

Statt dessen ertappte er sich dabei, daß er sich bei ihr entschuldigte. »Diese dumme Geschichte da, Beth ... Ich kann dir beim besten Willen nicht sagen, wie sie ausgeht. Kann sein, daß sie sich noch eine Weile hinzieht, kann sein, daß sie morgen schon ausgestanden ist. Ich möchte dich da nicht hineinziehen, aber ich möchte dich gern wiedersehen, wenn –«

»Wenn die Luft nicht mehr so bleihaltig ist«, führte sie den Satz für ihn zu Ende. »Das wäre nett, John. Ruf mich an, dann ziehe ich meine Turnschuhe an, und wir können den Rekord noch einmal angehen.«

Sie denkt, ich will mich mit Anstand aus der Affäre ziehen,

überlegte er. Sie denkt, ich will sie abwimmeln. »Wir können alles noch einmal angehen.«

»Warum nicht?« sagte sie mit sachlicher Sozialamtsstimme. »Aber es ist spät geworden. Du brauchst deinen Schlaf. Vielen Dank für den schönen Abend.«

»Sei nicht so verdammt höflich«, fuhr er auf.

»Du hast angefangen.«

Sie sahen sich an und wußten, daß in diesem Augenblick alles auf der Kippe stand. Die Stille dehnte sich, versickerte und ließ sie auf dem trockenen zurück. Schließlich stand er auf, bestellte ein Taxi und brachte sie hinunter. Als er durch die weiträumige, leere Halle zum Lift zurückging, merkte er, daß niemand ihn ansah. Überall Fünf-Sterne-Diskretion. Wie sich das für ein großes Hotel gehörte.

Und das Hotel konnte nichts dafür, daß er sich so klein vorkam.

13

»Scheidung?« fragte der kleine Mann und griff nach einem ledergebundenen Notizbuch, das genauso aussah wie das, mit dem Inspector Gates immer herumhantierte.

»Nein.« Johnny tippte mißtrauisch den trüben Eiswürfel an, der auf seiner Cola schwamm. »Jemand versucht mich umzubringen, und langsam wird mir das lästig.«

R. Priddy, Privatdetektiv, verlor schlagartig seine gute Laune. Er nahm einen großen Schluck Bier, sah mit scharfen schwarzen Augen, die wie für ein anderes Gesicht gemacht schienen, über den Glasrand, dann stellte er das Glas mit einem Ruck ab und leckte sich die Oberlippe. »Ich darf annehmen, daß Sie die Polizei bereits verständigt haben?«

»Natürlich«, sagte Johnny unfreundlich.

»Und?«

»So einfach liegen die Dinge nicht.« Und wieder erzählte er seine Geschichte, aber diesmal ohne die Hemmungen, die ihm bei Beth zu schaffen gemacht hatten. Priddy hörte aufmerksam zu, machte sich aber keine Notizen, als habe er den Auftrag bereits abgeschrieben.

»Es wäre hinausgeworfenes Geld, Mr. Cosatelli«, sagte er schließlich. »Ich bin ein reiner Ein-Mann-Betrieb und könnte Ihnen nicht den Schutz geben, den –«

»Ich will keinen Schutz.«

Priddy runzelte die Stirn. »Was denn?«

»Ich will wissen, warum Mark Claverton so große Angst vor mir hat.«

»Das verstehe ich nicht.«

»Eben, ich auch nicht. Er hat sich gerächt, indem er mir die Hand kaputtgemacht hat, und damit es sich auch richtig lohnt, hat er mir auch noch die Wohnung kaputtgemacht. Aber er gibt noch immer keine Ruhe. Er hat alles getan, damit die Polizei mich als Lisas Mörder verhaftet –«

»Und warum hat die Polizei das nicht getan?«

»Weil ich es nicht war«, antwortete Johnny mit steinernem Gesicht. Priddy nickte, aber man merkte, daß er die Aussage nicht akzeptierte, sondern lediglich zur Kenntnis nahm. »Claverton glaubt, daß ich sie umgebracht habe; ich hingegen glaube, daß er es war. In dieser Beziehung sind wir also quitt. Beweise gibt es, wie Inspector Gates immer wieder vesichert, weder für die eine noch für die andere Vermutung. Alles klar?«

»So weit, so gut. Und weiter?«

»Er mag gute Gründe dafür haben, daß er mich haßt. Er mag gute Gründe dafür haben, daß er mir das Leben zur Hölle machen will. Aber ich sehe keinen Grund dafür, daß er mich ins Jenseits befördern möchte. Diesen Grund sollen Sie finden.«

»Ich verstehe nicht –«

»Ich möchte, daß Sie alles über Mark Claverton in Erfahrung bringen, was es über ihn zu wissen gibt. Ich möchte, daß Sie so lange wühlen, bis Sie etwas gefunden haben, womit ich ihn unter Druck setzen kann.«

»Unter Druck setzen?‹

Johnny hatte den Eindruck, daß Priddy mit ihm sprach wie mit einem Kind, das nicht recht weiß, was es redet. »Jawohl, ich brauche etwas, was ich schriftlich fixieren und bei meiner Bank hinterlegen kann mit der Anweisung, es im Falle meines Todes zu öffnen, etwas, womit ich zu Claverton gehen und sagen kann: Laß mich in Ruhe, dann halte ich den Mund. Ein Druckmittel.«

Priddy lächelte kurz und hielt sich an sein Bier. Johnny hatte seinen Namen aufs Geratewohl aus dem Branchentelefon gefischt und einen Jim Rockford oder Lew Archer erwartet. Statt dessen saß da ein dickliches Männchen Ende Fünfzig mit einer kahlen Stelle auf dem grauen Krauskopf und einem Mostrichflecken auf dem Schlips.

»Wissen Sie, was ich hauptsächlich mache?« fragte Priddy.

Johnny schüttelte den Kopf, und Priddy lächelte wieder. »Ich mache im Auftrag von Finanzierungsgesellschaften Jagd auf säumige Zahler und lasse unbezahlte Wagen und Fernseher wieder abholen. Früher hatte ich außerdem eine Menge Scheidungsfälle, aber nachdem die neuen Bestimmungen in Kraft getreten sind, warten die meisten lieber zwei Jahre ab, statt sich die Mühe zu machen, Mann oder Frau im falschen Bett zu erwischen. Ihr Fall hat gewissermaßen den Reiz der Neuheit, das gebe ich zu, aber ich bin nach wie vor der Meinung, daß es hinausgeworfenes Geld wäre. Nicht nur, weil ich alles, was die Polizei schon gemacht hat, noch einmal nachvollziehen müßte, und so was haben die Cops nicht gern, sondern weil trotz allem die Möglichkeit besteht, daß dieser Claverton ein völlig unbescholtener Bürger ist. Es könnte sein, daß ich wochen- oder monatelang herumschnüffeln müßte und trotzdem mit leeren Händen ankäme. Hinzu kommt, daß das, was Sie vorhaben, Erpressung ist, und in der Beziehung haben sich die Bestimmungen nicht geändert. Und für den Fall, daß ich einer strafbaren Handlung auf die Spur komme, müßte ich sowieso die Polizei einschalten, weil ich gern meinen Beruf behalten möchte. Ich habe nur den einen.«

Johnny nickte seufzend. »Können Sie mir jemanden empfehlen, der bereit wäre, den Fall zu übernehmen?«

»Ich habe ihn noch nicht abgelehnt. Ich wollte das alles erst loswerden, damit Ihnen beim Scheckausschreiben der Kugelschreiber leichter in der Hand liegt. Es wird nämlich ein teurer Spaß werden.«

»Das ist mir klar.«

»Ich verlange dreißig Pfund pro Tag, dazu Spesen, das Doppelte für Wochenenden. Als Spesen gelten, falls nötig, auch Schmiergelder, Bewirtung und Beruhigungspillen. Schläge teile ich nicht aus und stecke sie auch nur ungern ein, und wenn es so aussieht, als könnte es dazu kommen, lege ich den Fall nieder.«

»Sonst noch was?« fragte John trocken.

»Ja. Die Aufklärungsrate der Polizei bei Mordfällen ist hoch, aber die Cops rechnen nicht in Wochen oder Monaten, sondern in Jahren. Ich kann nur hoffen, daß Ihnen die Tapete hier gefällt. Es ist nämlich durchaus drin, daß Sie noch eine ganze Weile in diesen vier Wänden zubringen müssen.«

»Sehr optimistisch scheinen Sie nicht zu sein.«

»Bin ich auch nicht. Zunächst einmal würde mich interessieren, warum die Cops Sie frei herumlaufen lassen. So wie ich das sehe, haben Sie Anspruch auf Polizeischutz.«

»Gates scheint es nicht so zu sehen.«

»Wundert Sie das nicht?«

»Ich weiß nicht recht. Bisher habe ich ja keine einschlägigen Erfahrungen. Müßte mich das wundern?«

»Sehr«, sagte Priddy. »Weiß die Polizei, daß Sie hier wohnen?«

»Ja. Gates hat mich hergefahren, als die Spurensicherung mit meiner Wohnung fertig war.«

»Interessant.«

»Ich glaube, er hat auch mit dem Hoteldetektiv gesprochen, und ich habe den Eindruck, daß ich weiter observiert werde, aber es sind immer andere Gesichter, so daß ich mich dafür nicht verbürgen kann.«

»Das ist immerhin etwas. Die Leute, die Sie observieren, sind hier im Hotel?«

Johnny sah sich im Restaurant um. »Kann sein. Aber sie tragen kein Schildchen am Revers.«

Priddys Gesichtsausdruck wurde etwas milder. »Jetzt hören Sie mal zu, mein Junge. Ich weiß, wie Ihnen zumute ist. Aber Frust ist was sehr Gefährliches, der treibt einen zu Sachen, die man sonst nie machen würde.«

»Beispielsweise dazu, einen Privatdetektiv anzuheuern.«

»Unter anderem.«

»Ich möchte zur Abwechslung mal jemanden auf meiner Seite haben«, erklärte Johnny unglücklich. »Und ich möchte zur Abwechslung mal selber etwas tun, statt ständig nur hilflos herumzusitzen.«

Priddy nickte. »Und genau darauf warten sie natürlich.«

»Wer?«

»Die Bullen. Gates ist nur ein kleines Licht, aber so gehen sie meistens vor, wenn sie keine handfesten Beweise haben. Sie verunsichern den Verdächtigen, setzen ihn unter Druck und machen ihn immer mehr verrückt, bis er ausflippt. Und inzwischen sammeln sie in aller Ruhe das Beweismaterial, das sie brauchen.«

»Ihrer Meinung nach glaubt also Gates nach wie vor, ich hätte Lisa umgebracht?«

»Sieht mir ganz danach aus. Wenn ich Sie wäre, würde ich das Spiel nach ihren Regeln spielen und keine neuen erfinden.«

»Wollen Sie nun für mich arbeiten oder nicht?« fragte Johnny scharf.

»Doch, will ich. Ist mal was anderes als alten Autos hinterherzulaufen. Ich erstatte Ihnen täglich telefonisch und einmal in der Woche schriftlich Bericht. Mit dem schriftlichen Bericht bekommen Sie eine detaillierte Abrechnung.«

Johnny holte das Scheckbuch aus der Tasche. »Reichen zweihundert als Vorschuß?«

»In Ordnung.« Priddy sah zu, wie Johnny das Scheckbuch unbeholfen mit der verbundenen Hand festhielt. »Können Sie sich das auch wirklich leisten? Ich will ja nicht indiskret sein, aber wenn Ihre Hand nicht wieder in Ordnung kommt, brauchen Sie vielleicht –«

»Auch für den Fall, daß ich nie mehr Klavier spielen kann, Mr. Priddy, bekomme ich meine zwanzigtausend im Jahr immer zusammen, ich brauche mich nur hinzusetzen und Reklameliedchen und Popschlager zu schreiben.« Er steckte das Scheckbuch wieder ein. »Nein, Geld habe ich genung, nur nützt mir das im Augenblick nicht viel.«

»Ich hätte fünfzig pro Tag verlangen sollen«, meinte Priddy

melancholisch. Und dann grinste er. »Ich könnte das Honorar in Musikstunden investieren. Daß ich im falschen Geschäft bin, weiß ich ja schon lange.«

»Sehen Sie, das ist der Unterschied zwischen uns. Ich habe das nämlich erst vor kurzem kapiert«, meinte Johnny. »Möchten Sie noch ein Bier?«

»Jetzt wissen wir also, was er vorhat«, sagte Dunhill.

»Wissen wir das wirklich?« wandte Gates ein. »Es steht noch nicht fest, was er von diesem Priddy will. Als Leibwächter hat er ihn jedenfalls nicht engagiert, er treibt sich überall herum, nur nicht vor dem Savoy.«

»Wir könnten uns Priddy ja mal vornehmen«, schlug Dunhill vor.

Gates schüttelte den Kopf. »Er war früher bei der Metropolitan Police, ich habe mich erkundigt. Dort mußte er seinen Hut nehmen. Wegen Unregelmäßigkeiten im Dienst.«

Dunhill hob eine Augenbraue. »Schmiergelder?«

»Nein, es ging um nicht ganz astreines Beweismaterial in einem Fall, der auf der Kippe stand.«

»Ein Cowboy also.«

»Jetzt nicht mehr. Er ist danach zu einer Firma für Objektschutz gegangen, hat ein paar Jahre für eine Versicherung gearbeitet und war dann Werkschutzleiter für eine Elektronikfirma in Slough. Dort haben sie ihn gefeuert, weil er zu ehrlich war. Er hat die firmenüblichen Diebereien so unerbittlich verfolgt, daß die Gewerkschaften gemault haben. Die Firma hatte die Wahl, entweder Diebstähle als unvermeidliche Unkosten oder Priddy als Fehlinvestition abzuschreiben. Da hat es ihn zum zweitenmal erwischt.«

»Ganz schön frustrierend«, meinte Dunhill.

»Eben. Seither ist er selbständig und hält sich dank seiner Beziehungen so einigermaßen über Wasser, aber Reichtümer erwirbt er nicht gerade.«

»Wie mag Cosatelli auf ihn gekommen sein?«

»So wie ich Cosatelli kenne – und ich kenne ihn im Grunde genommen überhaupt nicht –, verdankt Priddy den Auftrag schlicht und einfach der Tatsache, daß er sein Büro auf dem Strand hat, nur ein paar Schritte vom Savoy entfernt.«

»Erstaunlich gute Adresse dieser Priddy«, sagte Dunhill. »Sind Sie ganz sicher, daß er nicht –«

Gates lächelte. »Der Strand hat eine gute und eine weniger gute Seite. Priddys ›Büro‹ ist eine drei mal drei Meter große Bude im oberen Stockwerk eines Abrißhauses.«

»Das paßt zu ihm. Typen wie Priddy werden die Bagger des menschlichen Fortschritts auch bald abreißen. Wie alt ist er eigentlich?«

»Achtundfünfzig.« Gates, der sich die auf seinem Schreibtisch gestapelten Akten vorgenommen hatte, stutzte plötzlich. »Wann ist das gekommen?«

»Weiß nicht.« Dunhill sah ihm über die Schulter. »Wahrscheinlich heute vormittag zusammen mit dem anderen Zeug da.« Er stieß einen leisen Pfiff aus, nachdem er den Laborbericht über den kleinen Koffer gelesen hatte, der Johnny von Lisa Kendrick anvertraut worden war. »Also haben die Leute von C 11 mit Claverton recht gehabt.«

»Sieht so aus.« Gates packte den Bericht wieder zu dem übrigen Wust. »Sieht ganz so aus.

14

Zunächst hatte er die Suite im Savoy nur genommen, weil er sich das schon immer gewünscht hatte. Zum ersten- und zweifellos zum letztenmal würde er in dem Stil leben, der nach gängiger Meinung als Markenzeichen erfolgreicher Musiker gilt. Er persönlich allerdings war durchaus nicht der Ansicht, daß dieser Lebensstil sinnvoll für sie war. Die rauhe Wirklichkeit, mit der jeder Profimusiker konfrontiert wird – eine verwirrende Abfolge von Flughäfen, Busbahnhöfen, bestenfalls nichtssagenden und schlimmstenfalls schmuddligen Hotelzimmern, schlecht gestimmten Instrumenten, nicht auffindbaren Partituren, immer höheren Schmutzwäschebergen, die einen früher oder später nächtens in den Waschsalon trieben und um den dringend benötigten Schlaf brachten –, erzeugt eine starke nervliche Anspannung, die sich nur durch die Musik neutralisieren läßt. Und das wiederum führt zu einer tiefen Dankbarkeit gegenüber der Musik, die einen immer wieder zurechtrückt.

Jetzt war er besonders froh darüber, daß er seiner sentimentalen Eingebung gefolgt war. Wenn er nicht wollte, brauchte er den ganzen Tag keinen Fuß vor die Tür seiner Luxusherberge zu setzen. Das Savoy, geübt im diskret-beschützenden Umgang mit großen Filmstars und mit kleinen orientalischen Potentaten, schaffte es spielend, auch einen mittelgroßen exzentrischen Musiker von der Außenwelt abzuschirmen, ohne daß es ihm an irgend etwas fehlte. Vormittags kam die Therapeutin ins Hotel, andere Besucher wurden erst nach vorheriger Anmeldung und Personenbeschreibung vorgelassen. Das Essen brachte ihm immer derselbe Ober; Johnny machte erst auf, wenn er draußen seine Stimme hörte.

Er stellte fest, daß das ständige Bedientwerden auch seine Nachteile hatte. Man konnte sich nicht einmal dadurch ablenken, daß man sich ein Ei kaufte und es selber kochte. Immerhin war freiwillige Einzelhaft unter diesen Umständen einer unvorhergesehenen und unfreiwilligen Befreiung von allen irdischen Sorgen bei weitem vorzuziehen.

Moosh kam zweimal vorbei, um ihm seine Jazzflucht auszureden. Laynie kam vorbei, um sich zu überzeugen, daß ihr Zureden genützt hatte. Baz ließ sich weder sehen noch hören. Offenbar nahm er Johnnys Entscheidung noch immer persönlich. Moosh erzählte, daß er viel trank, und setzte hinzu, er habe das Gefühl, daß er Molly ein- oder zweimal verprügelt habe. Johnny hatte ein schlechtes Gewissen, aber ihm waren im Augenblick die Hände gebunden.

Er hatte sich von einem Pagen einen elektrischen Wasserkessel besorgen lassen, weil er mit seinen ewigen Kaffeewünschen nicht ständig die Ober auf Trab halten wollte. Er kam sich einigermaßen schäbig vor, wenn er das Ding in Gang setzte; zumindest aber konnte er Priddy sofort eine Tasse anbieten, als dieser drei Tage später bei ihm aufkreuzte.

Priddy sah zu, wie er Kessel, ein Glas Pulverkaffee und das Instantmilchpulver aus dem Kleiderschrank holte.

»Heimlicher Säufer, was?« stellte er fest.

»Hätte ich gewußt, daß Sie kommen, hätte ich einen Kuchen gebacken. Ich denke, Sie wollten mir telefonisch Bericht erstatten.«

Priddy seufzte. Sein Klient machte offenbar keine Konzessionen mehr an seine Umgebung, er lief in Jeans und zerknautschtem Sewatshirt herum, eine Wolke von Zigarettenrauch hing in der eleganten Suite, und auf dem Flügel lagen Apfelsinenschalen. Auf einem der zierlichen Tischchen quäkte ein Kassettenrecorder. Priddy war kein großer Kenner klassischer Musik; was da quäkte, klang nervös und überhastet. Er setzte den Hut ab, legte ihn auf den Boden und nahm Johnny den Kaffeebecher ab.

»Schauen Sie sich das an«, sagte er und deutete auf seinen Kopf mit der kahlen Stelle, während Johnny sich ans Klavier setzte. »Sehen Sie die Beulen?«

Johnny konnte außer blanker rosa Haut nichts entdecken. »Hat Claverton etwa –«

»Nein, nicht Claverton. Ich habe mir an einer Mauer den Kopf eingerannt, das ist alles.« Er nahm einen Schluck Kaffee und verzog das Gesicht. »Haben Sie keinen Zucker?« Er stand auf und sah zum Kleiderschrank hinüber.

»Zucker ist nicht gut für Sie«, erklärte Johnny streng, und Priddy setzte sich wieder hin.

»Was tun Sie dann auf Ihre Cornflakes?« wollte er wissen.

»Rosinen. Manchmal Bananen. An einer Mauer, sagen Sie?«

Priddy schüttelte zwei Süßstofftabletten aus einem Plastikbehälter, den er aus der Manteltasche geangelt hatte. »Ich spreche von der sehr hohen, sehr breiten, sehr undurchlässigen Mauer, die dank der Polizei, dank Claverton selbst und dank einer dritten Person, die ich noch nicht habe ausmachen können, die Aktivitäten von Mark Claverton und Genossen umgibt.«

»Wie meinen Sie das?«

»Will ich Ihnen sagen. Wenn ich Geschäftsunterlagen einsehen will, sind sie ›nicht greifbar‹. Wenn ich Leute befrage, die eigentlich was über Claverton wissen müßten, werden sie schweigsam oder ruppig und werfen mich raus. Nicht mal meine Spitzel beißen an. Ich komme einfach nicht von der Stelle.«

»Nichts?«

»Nichts, was Ihnen weiterhelfen könnte. Claverton hat eine Galerie in der Bond Street, eine zweite in Hampstead. Dort verkauft er Antiquitäten und Bilder zu saftigen Preisen. Er hat ein großes Haus in der Nähe von Maidenhead, in einem Nest mit dem schönen Namen Dorney Reach. Aus den Nachbarn war nichts herauszukriegen.«

Johnny trank seinen Kaffee und besah sich den Teppich. »Was ist mit den Hausangestellten?«

»Sie meinen, ich hätte den falschen Akzent?« Priddy schüttelte den Kopf. »Ich bin nicht Spitze in meiner Branche, das habe ich auch nie behauptet, aber welche Rolle ich vor welcher Tür zu spielen habe, soviel habe ich inzwischen gelernt. Mittlerweile hätte eigentlich selbst ich bei dem Kerl ein Haar in der Suppe finden müssen.«

Johnny sah auf. »Sie haben auch was gegen ihn.«

»Ich habe was gegen Mauern. Das eine sag ich Ihnen: Keiner zieht Mauern um Leute, die nichts zu verbergen haben. Irgendwas ist da faul, Claverton hat eindeutig Dreck am Stecken, aber was Genaues weiß ich nicht.«

»Und Sie haben auch keinen Riecher?«

Priddy schnaufte verächtlich. »Einer wie Kojak hat Riecher, ich habe nur Hühneraugen. Entweder handelt er mit Fälschungen oder er betreibt noch ein Geschäft, das ihm auch ohne ein vornehmes Aushängeschild in der Bond Street Geld einbringt.«

»Zum Beispiel?«

»Es gibt sieben Todsünden. Suchen Sie sich eine aus.« Priddy rührte seinen Kaffee mit dem Kugelschreiber um und nahm einen Schluck. »Wenn es um Wirtschaftsbetrug oder einen Schwindel großen Stils geht, können Sie mir gleich einen Jahresvertrag geben. Sie haben sich einen denkbaren unerfreulichen Gegner ausgesucht.«

»Ausgesucht dürfte kaum das richtige Wort sein. Ohne Lisa wären wir einander nie über den Weg gelaufen.«

»Sie muß schon eine tolle Frau gewesen sein, wenn sie erst Sie und dann einen Typen wie Claverton gefesselt hat«, tastete Priddy sich vor.

»War sie auch. Bildhübsch, clever, sexy ... aber ohne Illusionen, was ihre eigene Person betraf. Sie war grundehrlich. Auch das ist, wenn Sie wollen, eine Art von Unschuld.« Plötzlich mußte er an Beth denken. »Daß diese Mischung Claverton gereizt hat, verstehe ich schon. Mir ging es ja ebenso.«

»Aber nur vorübergehend.«

Johnny überlegte. »Sie hat mich nicht eigentlich gebraucht. Und ich sie auch nicht. Es war alles sehr sachlich. Man hatte jemanden, mit dem man ins Bett ging, und man wußte, mit wem man abends essen würde.«

»War ihre Beziehung zu Claverton genauso?«

»Nein. Ich glaube, sie hat ihn wirklich geliebt. Sie wünschte sich das Kind. Nicht irgendeins. *Sein* Kind.«

»Ich denke, sie war so clever ...«

»Waren Sie schon mal verliebt?«

»Klar.«

»Und waren Sie in diesem Zustand clever?«

»Nicht sehr«, räumte Priddy ein. »Das kann ich sogar beweisen. Mit der Scheidungsurkunde.«

»Eben«, sagte Johnny. »Aber gegen Claverton kam sie einfach nicht an. Sie war wild darauf, Clavertons Frau zu werden, zum Schluß war das schon fast eine fixe Idee. Vielleicht ist sie ihm zu sehr auf die Nerven gegangen, vielleicht ...« Er sah Priddy an, ohne ihn wahrzunehmen. »Sie hat nicht ausdrücklich von Babysachen gesprochen. ›Ein bißchen was für die Zukunftssicherung‹, so hat sie sich ausgedrückt.«

»Was meinen Sie?« Priddy lehnte sich vor.

Johnny erzählte ihm von dem Koffer, den Lisa bei ihm deponiert hatte. »Aber Gates hat ja gesagt, daß er noch da war.«

»Gesehen haben Sie ihn nicht?«

»Nein. Ich wollte nicht noch einmal in die Wohnung, und er meinte, das ginge in Ordnung. Sie haben ein paar Sachen für mich zusammengepackt und sie mir heruntergebracht.«

»Von dem Opfer eines Einbruchs verlangen sie sonst immer eine Liste der fehlenden Gegenstände.«

»Das sei nicht eilig, meinte Gates. Ich habe gedacht, daß er mich schonen will.«

»Schonung ist für Cops ein Fremdwort. Besonders im Hinblick auf einen Mordverdächtigen«, erklärte Priddy entschieden. »Der Koffer war also noch da ... Und der Inhalt auch?«

»Von dem Inhalt hat er nichts gesagt.«

»Die Cops durchsuchen Ihre Wohnung, packen Ihre Sachen, lassen Sie ohne Polizeischutz herumlaufen, und sobald Sie sich abends aus dem Hotel wagen, veranstaltet jemand ein Scheibenschießen auf Sie«, meinte Priddy nachdenklich. »Wo ist Ihr Koffer? Zeigen Sie mir, was Ihnen die Cops eingepackt haben.«

»Er ist unter dem Bett«, sagte Johnny einigermaßen verblüfft. »Sie haben eingepackt, worum ich sie gebeten habe, alle Sachen, die nicht ruiniert waren, meinen Rasierapparat ... Alles andere, Zahnpaste und dergleichen, habe ich mir kaufen müssen.«

Priddy holte den Koffer hervor und untersuchte alles, besonders den Koffer selbst, sorgfältig und ohne Ergebnis.

»Was hatten Sie denn erwartet?« fragte Johnny.

»Keine Ahnung. Wenn wir nur wüßten, was sie da bei Ihnen untergestellt hatte ... was Clavertons Leute suchten ... was Gates gesucht – oder gefunden – hat ...«

»Aber das wissen wir eben nicht.« Johnny knallte ärgerlich die Schranktür zu.

»Deshalb brauchen Sie nicht gleich aggressiv zu werden. Soll ich diesen blödsinnigen Auftrag wirklich weiterführen?«

»Jawohl, Sie sollen diesen blödsinnigen Auftrag weiterführen«, murrte Johnny. »Ich will nach Hause, sobald ich wieder ein Zuhause habe, ich will wieder ein normals Leben führen, ich will nicht ewig in einem Luxusschuppen hocken und Daumen drehen.«

»Schon gut.« Priddy setzte den Hut auf. »Scheint Ihrem Charakter wirklich nicht besonders zu bekommen. Ich ruf Sie morgen an.«

»Danke.«

»Zahlen tun Sie.«

»In jeder Beziehung«, sagte Johnny und machte die Tür unsanft hinter ihm zu.

In den letzten Tagen hatte er erfolglos versucht, Beth zu erreichen. An diesem Abend, kurz nach elf, meldete sie sich endlich. Er hatte Zeit genug gehabt, sich einen Eröffnungszug zurechtzulegen. Statt dessen platzte er heraus: »Wo zum Teufel hast du gesteckt?«

Pause. »John?«

»Nein. Dschingis Khan. Ist dir klar, daß ich seit Sonntag ungefähr fünfzigmal bei dir angerufen habe? Ich denke, du führst ein so häusliches Leben?«

»Tu ich auch. Es ging nur in letzter Zeit ein bißchen hektisch zu. Wie geht es dir?«

»Gut.« Dümmer geht es wohl nicht, dachte er erbittert.

»Ich habe am Montagvormittag bei dir angerufen.«

»Da war ich wohl gerade beim Arzt. Wo brennt's denn?«

»Ach . . . eigentlich nirgends. Ich meine –«

Jetzt war sie wieder ganz durcheinander. Geschah ihr recht. »Die Sache hat sich geklärt. Irgendwie.«

»Ach so.« Rätselhaft. Aber mehr würde er offensichtlich nicht aus ihr herausbekommen. »Ich wollte dich fragen, ob du morgen abend mit mir essen willst.«

»Ist die Luft demnach schon weniger bleihaltig?«

»Keine Ahnung. Ich habe die Nase noch nicht aus dem Fenster gehängt. Aber wir wären hier völlig sicher, das verspreche ich dir.«

»Morgen geht es leider nicht.«

»Übermorgen?«

»Nein, daß paßt auch nicht.«

Na ja, zu verdenken war es ihr nicht. »In Ordnung, Beth. Tut mir leid, daß ich noch so spät angerufen habe.«

»Sei doch nicht gleich eingeschnappt. Ich kann wirklich nicht.«

»Ich bin nicht eingeschnappt, ich wollte dich einfach wiedersehen. Aber es ist nicht weiter wichtig. Tschüß, Beth.«

»John, ich –«

»Jetzt mach bloß kein Drama daraus. Ich werde dich nicht noch einmal belästigen.«

»Aber ich lasse mich *gern* von dir belästigen.«

»Dann vielleicht nächste Woche.« Nächstes Jahr, nie . . .

»Schön, ich freue mich.« Sie legte unvermittelt auf.

Er starrte lange den Hörer an, legte auf, starrte die Wände an, die Decke, den Fußboden, sein eigenes dummes Gesicht im Spiegel.

Sie meldete sich nach dem sechsten Klingeln mit ihrer Telefonnummer. Ihre Stimme klang halb erstickt.

»Was ist denn passiert, Beth?«

Und da heulte sie los. So laut, daß sein Trommelfell dröhnte.

»Ich habe so schreckliche Angst, Johnny.«

Ihm wurde eiskalt. Sie waren am Samstagabend zusammen gesehen worden. Die Kerle waren ihrem Taxi gefolgt, hatten herausbekommen, wie sie hieß und wer sie war ...

»Hat jemand dir was getan?« fragte er zornbebend.

»Nein, nein, nicht mir. Es ist wegen Gino. Ich habe versucht, dich anzurufen, weil ich dachte, du könntest vielleicht ... du hättest vielleicht ...« Sie war drauf und dran, vollends die Fassung zu verlieren. Noch nie in seinem Leben war er sich so hilflos vorgekommen.

»Ist er krank? Verunglückt? Was ist los, Beth?«

»Das ist es nicht, das heilt ja wieder ... Aber was er gesagt hat ... ich kann nicht ... dieser Mann ... niemand kann.«

Hoffnungslos. Eine Frau in diesem Zustand mußte man in die Arme nehmen und ganz festhalten. Aber sie beobachteten das Hotel, sie warteten nur darauf, daß er sich wieder herauswagte. Wenn sie durch seine Schuld zu Beth fanden oder wenn sie auch ihre Wohnung beobachteten in der Hoffnung, er würde zu ihr kommen ...

»Beth, jetzt hör mal ganz ruhig zu. Du wohnst in einem mehrstöckigen Haus, nicht?«

Schnief. »Ja.«

»Gibt es da einen Hintereingang? Oder einen Seiteneingang?«

»Warum?« Schnief, schnief.

»Weil ich zu dir komme.«

Schnief. Schluchz. »Zu mir?«

Neulich hatte sie eigentlich einen ganz intelligenten Eindruck gemacht. »Sag mir nur, wie ich ins Haus komme, ohne gesehen zu werden, alles andere überlaß mir.«

Er ging zum Fenster, schaute durch einen Vorhangspalt. Es war ein langer Weg bis zur Straße hinunter. Das Savoy würde es nicht gern sehen, wenn er das Bettzeug aus echt irischem Leinen zusammenknotete und sich an der Fassade herunterließ. Und bestimmt ließ Claverton nicht nur den Vorder- und den Hintereingang, sondern auch sein Fenster beobachten. In luftiger Höhe hängend würde er ein ideales Ziel abgeben.

Welche Möglichkeiten gab es noch? Den Hoteldetektiv? Er sah förmlich sein Gesicht vor sich. Jemand vesucht Sie umzubringen, Mr. Cosatelli? Warum haben Sie das nicht gleich gesagt? Ja, wahrscheinlich hätte er das tun sollen, aber dazu war es jetzt zu spät.

Er sah auf die Uhr. Es war nach Mitternacht. Er machte das Fenster auf, um ein bißchen frische Luft und einen klaren Kopf zu bekommen. Von unten drang leise Musik zu ihm hinauf. Er machte das Fenster weiter auf, runzelte überlegend die Stirn, dann lächelte er. So schnell kriegten sie einen Johnny Cosatelli nicht klein.

Im River Room drängelten sich etliche Starlets, wenige Produzenten und eine Schar nassauernder Betrunkener. »Premierenparty für *The Bitch meets the Stud*« stand auf dem Schild an der Tür. Johnny kämpfte sich bis zur Bar durch. Als sie mit der Nummer fertig waren, gab er dem Trompeter einen Rippenstoß.

»Hey, Johnny, wie geht's?«

»Ich bin in der Klemme, Harry. Wann macht ihr Schluß?«

»Sehr bald. Warum?«

»Da draußen wartet jemand, dem ich lieber nicht begegnen möchte. Darf ich Ihren Instrumentenkasten tragen, Mister?«

»Du hast dich nicht verändert. Wieder mal die falsche Puppe erwischt?«

Johnny zog ein Gesicht. »Die Puppe ist in Ordnung, aber mit ihrem Mann ist nicht gut Kirschen essen.«

»Schwerer Brocken?«

»Und ob. Ich brauche was von euren Klamotten, damit ich durch die Halle komme.«

Harry deutete auf seine Kollegen. »Kein Problem. Heikel darfst du allerdings nicht sein.«

Johnny sah sich erst jetzt die Band richtig an und schnappte nach Luft. »Was sollen die denn darstellen?«

»Rate mal.«

»Sieht aus, als hätte jemand mit geschlossenen Augen in einem türkischen Freudenhaus die Kleiderkammer geplündert.«

»Du hättest uns erst gestern abend sehen sollen«, grinste Harry. »Da haben wir in Wimbledon für die *Sons of the Purple Plains* zum Ball aufgespielt. Hast du schon mal mit einem schweren Colt am Gürtel *Goodbye Old Paint* als Bossa Nova gespielt?«

»Kann mich nicht erinnern.«

»Na also. Dann kannst du nämlich überhaupt nicht mitreden.«

Zwanzig Minuten später nahm Johnny die letzte Perlenkette ab und zog sich das rote Paillettenbolero aus, das er sich von dem Saxophonisten geborgt hatte. Als der VW-Bus den Marble Arch umrundete, stieß er an den Krummsäbel des Gitarristen.

»Willst du das Ding nicht ablegen?« fragte er.

»Nee, was denkst du denn? Damit will ich doch morgen meine Rosen beschneiden.«

»Wo soll ich dich absetzen?« erkundigte sich Harry, der am Steuer saß, während Johnny sich die Jacke anzog.

»Kannst gleich hier halten. Schönen Dank noch, Harry.«

»Morgen abend tragen wir ganz gewöhnliche blaue Anzüge«, meinte er. »Wahrscheinlich kriege ich keinen vernünftigen Ton raus. Bis bald, Sunnyboy.«

Johnny sah dem Bus nach, der sich wieder in den Verkehr einfädelte, und winkte einem Taxi. Der Taxifahrer hielt und bedachte ihn mit einem sonderbaren Blick. »Was hat der Kleine für hübsche Haare«, sagte er.

Johnny schickte dem VW-Bus einen wütenden Blick nach und nahm die blonde Lockenperücke ab. Na warte, Harry, das wirst du mir noch büßen.

Er stieß sich in dem Bauhof, den er in der Dunkelheit überqueren mußte, an einem Holzstoß ein Schienbein wund und verlor beinah einen Schuh, als er sich über den Zaun in das Buschwerk schwang, das im Sommer wohl etwas Gartenähnliches darstellte, aber jetzt, Anfang März, ein wüster Dschungel war. An der hinteren Fassade waren rostige Gerüste angebracht, offenbar wurde gerade das Dach repariert. Sie hatte versprochen, ihm die Haustür aufzuschließen. Er duckte sich unter dem Gerüst hindurch, machte die Tür auf und schloß hinter sich ab. So leise wie möglich stieg er die läuferbelegte Treppe hinauf.

Sie hatte sich Mühe mit ihrem Make-up gegeben, aber er bot wohl einen recht traurigen Anblick, denn die Tränen begannen schon wieder zu fließen. Er zog sie an sich, machte die Tür mit dem Fuß zu und schaffte es, sie ins Wohnzimmer und auf die Couch zu bugsieren, die vor dem vollgestopften Bücherregal stand. Langsam faßte sie sich wieder. Sie griff sich eine Handvoll Kleenex-Tücher aus einer Schachtel, die auf einem Beistelltisch stand, und begann, sich gleichzeitig das Gesicht abzuwischen und sich zu entschuldigen – zwei Tätigkeiten, die sich eigentlich gegenseitig ausschlossen. Er warf seine Jacke auf die Couch, setzte sich neben sie und zählte langsam bis hundertneun.

Sie hatte sich an seine Anweisungen gehalten und die Vorhänge vorgezogen. Das Zimmer war nicht sehr groß und ziemlich voll, aber es gefiel ihm. Es war so wie Beth selbst: Ein bißchen durcheinander, ein bißchen vergammelt, aber im Grunde genommen vernünftig und liebenswert.

»So, und jetzt leg los«, sagte er, als er den Eindruck hatte, daß die Fluten zum Stillstand gekommen waren. Unterbrochen von gelegentlichen Schniefern und Hicksern kam die Geschichte heraus.

Am Sonntagabend war, betrunken und aggressiv, Ginos Vater aufgetaucht. Er hatte die Kasse geplündert, dann war er auf der Suche nach weiterem Bargeld durch die kleine Wohnung gestürmt. Er hatte die Stereoanlage entdeckt, die Johnny seinem Sohn geschenkt hatte, und sie kurz und klein geschlagen. Dann hatte er sich Mrs. Pantoni vorgenommen mit der Begründung, sie habe zugelassen, daß Gino wieder in schlechte Gesellschaft geraten sei. Als Gino versucht hatte, sich einzumischen, hatte er ihn zusammengeschlagen. Die Tochter war mit einem Freund ausgegangen, und auch für dieses Vergehen mußte Mrs. Pantoni büßen. Er hatte ihr einen Wangenknochen gebrochen und zwei

Vorderzähne ausgeschlagen. Als er dann schließlich ging, war er die Treppe heruntergefallen, aber leider heil geblieben.

Doch das, erklärte Beth, war noch nicht das Schlimmste. Das Schlimmste war, daß Gino nicht mehr zur Schule ging, sondern sich ganztags um den Laden kümmerte. Er wollte seine Mutter nicht allein lassen, sie hatte ja schließlich nur ihn. Ende der Geschichte, Ende eines begabten Jungen namens Gino.

Sie war so wütend, daß jeder Trostversuch sinnlos gewesen wäre. Er stand auf, begann im Zimmer auf und ab zu gehen und bedauerte, daß er nicht zu Hause war, weil er liebend gern alle möglichen Gegenstände an die Wand geworfen hätte.

»Hat sie jetzt endlich Anzeige erstattet?« wollte er wissen.

»Ja. Wir haben einen Gerichtsbeschluß erwirkt, der ihm jeden Kontakt mit seiner Familie untersagt, aber verhaften können sie ihn erst, wenn er sich nicht daran hält. Gino darf nicht von der Schule abgehen, John. Er hat so große Fähigkeiten, so viele Möglichkeiten –«

»Und einen so gemeinen Hund von Vater.«

»Du hättest nicht kommen sollen«, sagte Beth. »Wenn dir etwas passiert wäre, nur weil ich mich nicht beherrschen konnte ...«

»Ich mache uns einen Kaffee.« Er sah sich suchend nach der Küche um. Sie lief an ihm vorbei ins Schlafzimmer, wahrscheinlich, um ihr Make-up zu reparieren. Er hielt sie nicht auf. Sie brauchte diese Zuflucht, und er brauchte Zeit, um sich wieder zu beruhigen.

Als sie wieder hereinkam, stand der Kaffee schon auf dem Tisch. Johnny trat, den Becher in der Hand, an das Schallplattenregal. Beth sah ihn an. Sie hatte eigentlich gehofft, daß sie ihn nach dem einen gemeinsam verbrachten Abend attraktiver in Erinnerung behalten hatte, als er wirklich war. Jetzt mußte sie feststellen, daß Erinnerung und Wirklichkeit sich deckten.

»Wie du siehst, ist es mit meinem musikalischen Geschmack nicht weit her«, sagte sie und setzte sich wieder auf die Couch.

»Warum? Er ist nur ein bißchen ungewöhnlich.« Klassikplatten standen neben Filmmusik, Jazz gesellte sich zu Pop, balinesische Gamelanmusik zu Folksongs, dann kam wieder Klassik.

Viel Bach und Mozart. Danach eine große zeitliche Lücke bis zu den Impressionisten. Die Modernen fehlten ganz. Er wandte sich um.

»Was machen wir nun mit Gino?« fragte er.

»Viel können wir im Grunde nicht machen«, räumte sie ein. »Vielleicht, wenn er sich alles noch einmal in Ruhe überlegt hat . . . Ich weiß nicht. Es tut mir leid, daß ich vorhin einfach losgeheult habe. Verglichen mit dem, was du durchmachst, ist das mit Gino fast unwichtig.«

»Völlig unwichtig«, sagte er schroff. »Nein, so meine ich es nicht, aber –« Er setzte sich neben sie und stellte seinen Becher auf den Boden. »Als Vorwand kam er mir gerade recht . . .« Sie schwieg.

Er stand wieder auf und ging zu dem Plattenregal hinüber. »Da ich nun schon hier bin, kannst du mir vielleicht erklären, was du an balinesischer Gamelanmusik findest. Um ehrlich zu sein, ich habe noch nie welche gehört.« Er legte die Platte auf, machte sich kurz mit den Bedienungsknöpfen vertraut und setzte den Plattenspieler in Gang. Nach dem ersten Stück sah er sie an. »Kommt es später noch besser?«

Sie konnte oder wollte ihn nicht ansehen. »Eigentlich nicht. Es ist ein erworbener Geschmack. Wie beim Kaffee. Ich mache noch welchen. Leg was anderes auf.« Sie griff sich seinen Becher und floh in die Küche. Die fernöstliche Musik verstummte, ein Mozart klang auf. Sie war dabei, die Becher zu spülen, als er plötzlich hinter ihr stand.

»Es tut mir leid, das mit Gino, wirklich. Vielleicht kommt er wieder zur Vernunft, wenn man ihn sich selber überläßt.« Er sah zu, wie sie endlos in den Bechern herumwischte, und kam sich ausgesprochen dämlich vor. »Tja, dann kann ich ja wieder gehen, wenn wir nichts weiter –«

»Du solltest nicht wieder gehen, und das weißt du auch ganz genau.«

»Warum läufst du dann alle zwei Minuten aus dem Zimmer? Hast du Angst, ich könnte mich auf dich stürzen?«

Sie krampfte die Hände um die Kante der Spüle, bis die Knöchel weiß hervortraten. Und dann sagte sie gepreßt, hilflosen

Zorn in der Stimme: »Nein. Aber ich habe Angst, daß ich mich auf *dich* stürzen könnte.«

Er machte die Augen zu und spürte, wie sich etwas in ihm löste. »Warum eigentlich nicht?« fragte er leise. »Ich verspreche dir, daß ich nicht schreien werde.«

Sie rückte sofort ganz dicht an ihn heran, und er begriff, daß sie sich ihres Körpers schämte. Dabei konnte sie, wenn ihr das so wichtig war, mit ein paar Wochen Diät ihre Figur wieder in Ordnung bekommen. Ihre Brüste waren voll und noch fest, ihre Hüften breit und tief. Er begann für seine Verhältnisse sehr sanft und merkte zu seiner eigenen Überraschung, daß es ihm einzig und allein darum ging, sie glücklich zu machen. Da war kein Ehrgeiz, eine große erotische Schau abzuziehen oder einen komplizierten Stellungskrieg auszufechten, da war nur eine große Zärtlichkeit, als er ihre Sehnsucht spürte, und eine große Geduld, die sein eigenes Begehren im Zaum hielt.

Als er einen Augenblick den Kopf hob und in dem schwachen Lichtschein, der von der Diele hereinfiel, ihr Gesicht sah und ihre geschlossenen Augen, als er das Stöhnen hörte, das in ihr aufstieg, erkannte er ihr fassungsloses Staunen. Ein Staunen, das nicht ihm galt, sondern ihr selbst und dem jähen, unerwarteten Ausbruch ihrer Gefühle.

Ihre rückhaltlose Hingabe an die Musik neulich hätte es ihm sagen müssen, irgend etwas hätte es ihm sagen müssen: Was sie fürchtete, war ihre eigene Leidenschaft, eine wilde, blinde Leidenschaft, die nur er stillen konnte. Und die er stillte. Endlich, stoßweise atmend, noch immer schweißfeucht, auf seinen Schutz vor der Nacht vertrauend, schlief sie ein.

Auch er staunte. Nicht über sie. Über sich selbst und das, was ihm in diesem stürmisch-zerwühlten Bett widerfahren war.

Er streichelte ihre Brüste, sah die silbrige Spur der Schwangerschaftsstreifen, die von dem dunklen Umkreis der Brustwarzen ausging, sich über die Bauchwölbung hinzog. Zwei Kinder hatte sie geboren, die jetzt auswärts studierten, sie unausgefüllt, einsam zurückgelassen hatten. Ihr Ex-Mann, der gefühllose Klotz, hatte ihr offenbar die Überzeugung eingeimpft, daß sie eine

Null war. Dabei konnte sich ein normaler Mann eigentlich gar nichts Besseres als sie wünschen. Sie hatte Verstand, sie hatte Humor. Und wenn man die verhüllenden Kleider und Capes, die Aktentasche, die praktischen Schuhe wegnahm, blieb ein Wesen übrig, das verletzlich und sehr liebenswert war. Was sie brauchte, war jemand, der ihr das sagte. Immer wieder. Er hatte gute Lust, sich freiwillig für diese Aufgabe zu melden.

Als er aufwachte, sah er zuallererst die Sonne, die durch gelbe Vorhänge schien und einen Regenbogen auf die gegenüberliegende Wand malte. Dann sah er ihr entspanntes, blasses Gesicht in den Kissen, sah das dunkle Haar, die glänzende Nase, verschmiertes Augen-Make-up auf einer Wange. Um gar nicht erst wieder Befangenheit aufkommen zu lassen, begann er sie zu streicheln, und als sie aufwachte, war sie schon fast da, und für höfliche Konversation blieb keine Zeit.

Hinterher frühstückten sie im Bett und teilten sich Toast und Morgenzeitung wie ein altes Ehepaar. Nach einer Weile legte sie die Zeitung hin und stand auf.

»Was ist denn?« fragte er faul, während sie zielbewußt zum Kleiderschrank marschierte.

»Ich muß zur Arbeit.«

»Ruf einfach an und sag, du hast Aussatz oder so was.«

Sie wandte sich um, einen Armvoll Kleider an den nackten Körper gedrückt. »Geht nicht. Am zehnten haben wir Lagebesprechung, sie warten auf meinen Bericht.« Sie setzte sich auf die Bettkante und begann, das Kleid aufzuknöpfen. »Ich komme wieder, so schnell ich kann.«

»Ach ja?«

Sie sah auf. Er hatte sich auf einen Ellbogen gestützt und musterte sie mit einem recht sonderbaren Blick. »Ich meine, ich könnte wiederkommen, wenn –«

»Du gehst also davon aus, daß du so phantastisch im Bett warst, daß ich nicht auf dich verzichten kann? Daß ich dich für unwiderstehlich halte und nach einer Nacht mein ganzes Leben mit dir verbringen möchte?« stellte er spöttisch fest.

Sie wurde rot. »Aber nein . . .«

»Du darfst gern davon ausgehen. Es ist nämlich die Wahrheit ...« Er machte sich daran, ihr seine Meinung handgreiflich klarzumachen. Alles gut und schön, murmelte sie in seinen Nakken, aber trotzdem müsse sie jetzt zum Dienst. Er richtete sich auf. »Weiß du, was dir fehlt, mein Kind? Das rechte Gefühl für Romantik.«

Sie strich mit den Fingerspitzen über seine Wangenknochen. »Im Gegenteil, ich bin sogar sehr romantisch veranlagt. Weißt du, daß du ein richtig schönes Gesicht hast?«

»Natürlich. Es hat die knorrige Majestät einer alten Sykomore.«

Sie zog die Falten um Augen und Mund nach. »Einer sehr alten Sykomore.«

»Hm.« Er rollte sich auf den Rücken, und betrachtete die Decke. Sie mußte mal wieder gestrichen werden. »Da du offenbar entschlossen bist, meine Bemerkung von vorhin zu ignorieren, möchte ich gern das Problem kurz mit dir diskutieren, ehe du gehst.«

Beth fror, als er sie nicht mehr mit seinem Körper zudeckte. Sie hatte seine Bemerkung ignoriert, weil sie fest davon überzeugt war, nicht richtig gehört zu haben. »Diskutieren?«

»Ganz recht. Ich sage etwas, und dann sagst du etwas, und ich sage, du sollst still sein. Kann's losgehen?« »Meinetwegen.«

Er hatte die ganze Nacht darüber nachgedacht. Trotzdem war er seiner Sache nicht ganz sicher. Er holte tief Atem. »Ich könnte mir vorstellen, daß es Leute gibt, die glauben, meine Gefühle für dich daraus erklären zu können, daß mein Leben zur Zeit eine einzige Katastrophe ist. Hört sich gar nicht so abwegig an. Ich glaube es zwar nicht, weil ich mich besser kenne, als andere Leute mich kennen, aber wir müssen die Möglichkeit zumindest ins Auge fassen, nicht?«

»Ich –«

»Sei still. Vielleicht sollten wir also das alles gar nicht so wichtig nehmen und es bei dieser Nacht bewenden lassen, aber das wäre mir nicht recht. Ich würde gern weitermachen, vielleicht eine ganze Weile, vielleicht für immer – obgleich ich mich da im Augenblick noch nicht festlegen will. Vielleicht stellt sich ja noch heraus, daß du scheußliche Angewohnheiten hast, die ich nicht hinnehmen kann, beispielsweise eine Vorliebe für Schokoladeneis mit Tomatensoße. Und vielleicht ist es dir ja auch nicht recht, wenn ich in der Badewanne mit Schlachtschiffen spiele. Auch diese Möglichkeit müssen wir ins Auge fassen, nicht?«

»Wir –«

»Sei still. Ich habe dir erzählt, daß ich wieder klassische Musik machen will. Es kann sein, daß ich mich dann wieder in den nervösen, egoistischen, besessenen Typ verwandele, der ich in Wirklichkeit bin. Wenn meine erste Frau diesen Widerling nicht ertragen konnte, wird es dir vermutlich genauso gehen. Vielleicht bist du härter im Nehmen, aber andererseits hast du offenbar ziemlich nah am Wasser gebaut, und wenn du so weitermachst, bekomme ich von der vielen Feuchtigkeit Rheuma in der Schulter und kann keinen Bach mehr spielen. Ich bringe nämlich den alten Bach ganz gut, du mußt mich gelegentlich mal hören.«

»Du –«

»Sei still. Ich sage das alles nach so kurzer Bekanntschaft nur deshalb, weil ich erstens solche Gefühle nicht gewohnt bin und du zweitens offenbar unheimliche Angst hast, du könntest keinen guten Eindruck machen und zu besitzergreifend sein. Und ich möchte nicht, daß du Angst hast. Ich habe den Eindruck, daß du mich brauchst und daß ich dich brauche. Eigentlich ist also alles ganz einfach, oder?«

»John –«

»Warte mal, ich muß überlegen, ob ich noch was vergessen habe.« Er sah ein paar Sekunden zur Decke. »Wenn du willst, kann ich es auch anders aufziehen – mit Blumen und Konfekt und Verabredungen unter der Normaluhr und so, aber sehr gern täte ich das nicht. Nicht, daß ich mir das nicht zutraue oder daß ich dir nicht gelegentlich mal eine Osterglocke gönne, aber so wie jetzt finde ich es eigentlich viel netter. Und jetzt bist du dran.«

»Ich liebe dich.« Da war es heraus – sie hatte es nicht mehr aufhalten können.

Schweigen.

»Nein, noch nicht«, sagte er schließlich leise. »Aber es kann sein, daß du mich mit der Zeit lieben lernst, denn ich bin im Grunde gar nicht übel. Genau wie du. Du bist wieder dran.«

»Ich liebe dich.«

Plötzlich war er über ihr, die Hände links und rechts aufgestützt, und sah auf sie herab. »Dann geh jetzt endlich in dein Büro und laß mich ein bißchen schlafen, damit ich einigermaßen frisch bin, wenn du nach Hause kommst. Ich bin ein alter Mann, und du bist ziemlich anstrengend.«

»Ist die Diskussion vorbei?«

»Die Diskussion ist vorbei. Alles andere fängt erst an.«

»Und du gehst davon aus, daß ich zu all dem ja sage.«

»Ganz und gar nicht. Ich warte auf deine Gegenargumente.«

Sie seufzte, hob die Hände, und begann an den Fingern abzuzählen. »Erstens –« Er wartete. »Ich habe keine.«

Plötzlich ließ er sich über sie fallen und hielt sie ganz fest, ohne etwas zu sagen. Und Beth begriff, daß er nur deshalb so viel Unsinn geredet hatte, weil er Angst gehabt hatte. Er hatte tatsächlich Angst gehabt, sie könnte ihn abweisen.

Bis sie sich angezogen und geschminkt hatte, war er eingeschlafen. Er sah sehr verwundbar aus, wie er da lag, nur halb zugedeckt, zerstrubbelt, die heile Hand flach ausgestreckt, mit der Handfläche nach oben, wie es Kinder tun. Der Schein trog natürlich. Sie wußte, daß kein Kind sie ansehen würde, wenn er die Augen aufmachte. Unglaublich, daß sie plötzlich wieder einen Mann im Bett hatte. Und was für einen Mann. Anspruchsvoll, humorvoll, begabt, gutaussehend. Er gehörte ihr. Und jemand versuchte ihn umzubringen.

»John?« Er reagierte sofort. Nein, das waren keine Kinderaugen.

»Ich schließe von außen ab. Dann kommst du zwar nicht heraus, aber es kann auch niemand herein. In Ordnung?«

»Bleib bei mir«, sagte er leise, machte die Augen zu und rollte sich zusammen.

»Hast du gehört, was ich eben gesagt habe?«

»Einverstanden. Das schönste Gefängnis in der ganzen Stadt.«

Er griff sich ihr Kissen und drückte es mit seligem Lächeln an sich. Sie sah ihn noch einen Augenblick an, seufzte und ging dann entschlossen zur Tür. »Ich vesuche, bald wieder hier zu sein.«
»Ich warte auf dich«, rief er ihr nach.
Aber er hatte nicht auf sie gewartet.

15

Den Vormittag verbrachte er damit, Beth' Wohnung zu erkunden, um mehr über diese Frau zu erfahren, in die er sich so unerwartet und unerklärlich verliebt hatte. Ihre Kleidung war unscheinbar, ihre Unterwäsche ein Traum aus Spitzen. Sie hatte Schuhgröße fünfeinhalb, benutzte Fluorzahnpaste und schien, nach dem Aufgebot von Ölen und Essenzen zu urteilen, viel Zeit im Bad zu verbringen. Im Tiefkühlfach lag eine Flasche Weißwein neben den Möhren und Erbsen, sie aß Unmengen von Fruchtjoghurt und buk offenbar ihr eigenes Brot, denn im Gemüsefach lag außer einer grünen Paprikaschote, die schon bessere Tage gesehen hatte, ein Würfel frischer Hefe. Nein, diese Frau konnte man unmöglich sich selbst überlassen. Irgend jemand mußte es ihr abgewöhnen, guten Wein im Tiefkühlfach zu malträtieren. Er hatte sich das Foto der Kinder angesehen, das auf dem Schreibsektetär stand, und hatte versucht, sich vorzustellen, was sie wohl von ihm halten mochten (vermutlich nicht viel, sie hatten nicht ihre Augen und ihren Mund) – und dann läutete das Telefon.
Es war Priddy.
»Warum zum Teufel haben Sie das Hotel verlassen? Was ist das für eine Nummer?« Vor der Telefonzelle hörte man ein Kind plärren.
»Ich bin bei einer Bekannten. Und wo stecken Sie?«
»Einkaufszentrum Maidenhead. Claverton ist mit unbekanntem Ziel verreist.«
»Woher wissen Sie das?« Johnny zog die Telefonschnur auf ihre ganze Länge aus und stellte die Stereoanlage leiser.
»Weil er, als ich vor seinem Haus den Mann vom Wasserwerk

spielte, mit seinem Partner herauskam und dieser Bulle von Chauffeur zwei Koffer in den Rolls hievte. Dann sind sie abgebraust. Ich habe auch mit dem Milchmann gesprochen. Sie haben die Milch bis zum Montag abbestellt. Wenig später erschien die Haushälterin, ebenfalls mit einem Koffer, sie hat sich ein Taxi in die Stadt genommen. Woraufhin ich mit meinem bekanntermaßen rasiermesserscharfen Verstand gefolgert habe, daß die liebe Ferienzeit angebrochen ist.«

»Ob Gates das weiß?«

»Wahrscheinlich. Warum?«

»Wird Clavertons Haus außer von Ihnen noch von anderen Leuten beobachtet?«

»Nicht daß ich wüßte. Warum?« wiederholte Priddy.

In der Leitung erklang der gefürchtete Piepton, und er hörte Priddy fluchend nach weiterem Kleingeld kramen. »Geben Sie mir Ihre Nummer, ich rufe zurück.«

Priddy hob beim ersten Klingeln ab. Das Gör draußen greinte immer noch, und Johnny stellte sich vor, wie Priddy von ungeduldigen Müttern belagert wurde, die sich vor der Telefonzelle angelagert hatten wie Treibholz.

»Hat er noch andere Hausangestellte, Wachmänner oder dergleichen?« fragte Johnny, noch ehe Priddy sich hatte melden können. Er hatte keine Vorstellung davon wie groß Clavertons Grundstück sein mochte.

»Zweimal die Woche kommt ein Gärtner, der war gestern da.«

Priddy atmete schwer. »Sie haben doch nicht vor –«

Genau das hatte er vor.

Zunächst brauchte er einen fahrbaren Untersatz. Sein Führerschein steckte irgendwo in der Wohnung, im Zweifelsfall unter den Abdeckfolien der Maler und Tapezierer. Ein Leihwagen fiel somit flach. Laynie fuhr nicht Auto. Er rief bei Moosh an. Ihr Mann sei heute früh weggefahren, gab Mrs. Moosh leicht besorgt Bescheid. Er hatte versprochen, sie anzurufen, hatte sich aber bisher noch nicht gemeldet.«

»Wird schon noch kommen«, tröstete Johnny.

»Hoffentlich. Mr. Masuto will ihn sprechen, er hat schon zweimal angerufen. Als ich ihm sagte, daß Maurice nicht da ist, wurde er richtig böse.«

»Mach dir nichts draus, das hat er so an sich. Wie geht's dir denn? Das Baby kommt bald, nicht?«

Sie lachte. »Nach dem, was der Arzt gesagt hat, sollte es schon seit gestern da sein.«

»Und was sagst du?«

»Nächste Woche. Irgendwie hab ich das Gefühl, daß es noch nicht ganz fertig ist.«

»Sag mir Bescheid, wenn es soweit ist. Du weißt ja, daß ich immer gern der erste mit meinem Blumenstrauß bin.«

»In Ordnung. Und paß schön auf dich auf, John.«

»Mach ich. Du auch.« Und auch Moosh konnte diesen frommen Wunsch gebrauchen, wenn Charley Masuto böse auf ihn war.

Nachdenklich legte er auf. Natürlich konnte er ins Hotel zurückfahren und sich dort einen Wagen besorgen lassen. Aber das kostete Zeit, und die hatte er nicht. Also blieb ihm nur noch eine Möglichkeit.

»Johnny! Wie gut, daß du kommst. Vielleicht kannst du ihn zur Vernunft bringen«, begrüßte ihn Molly an der Tür, packte seinen Arm und zog ihn in die Diele.

»Zur Vernunft? Wieso?«

Aus der Küche kam ein Krachen, er hörte ein Crescendo wüster Verwünschungen und erkannte Baz' Stimme. Der Jüngste stürzte in die Diele, warf seiner Mutter einen verängstigten Blick zu und rannte dann auf seinen stämmigen Beinchen heulend die Treppe hoch.

»Er kann unmöglich zum Vorspielen fahren, wenn er –«

»Was denn? Los, sag's schon«, zeterte Baz von der Küchentür her.

Johnny sah zu ihm hinüber, aber in dem Dämmerlicht der Diele konnte er sein Gesicht nicht erkennen. Erst als er ein paar Schritte näher herangekommen war, erkannte er, daß in den großen grauen Augen ein kalter Glanz stand. Wie Eis, unter dem ein Feuer brannte.

»Da schau her, Judas persönlich«, sagte Baz giftig. »Was zum

Teufel willst du hier? Hast wohl gehofft, ich bin weg vom Fenster, damit du meine Alte deiner Sammlung einverleiben kannst?«

»Nein«, sagte Johnny ungerührt. »Ich wollte dich fragen, ob ich deinen Wagen haben kann.«

»Meinen Wagen? Zur Fahrt in die Höhen des Genies, von denen Laynie immer faselt, was? Das hast du dir so gedacht.« Baz schwankte und stützte sich rasch an der Wand ab. »Ich brauch ihn selber. Hau ab. Klau dir einen.«

In Mollys Augen stand Angst, und sie hielt noch immer Johns Arm fest.

»Überlaß ihn mir, Molly. Kümmere du dich um Davy.« Johny schob sie sanft zur Treppe.

Baz blickte Johnny unverwandt an. Der sah nicht nur seinen Haß, er spürte ihn förmlich.

»Du bist ja wohl das Letzte«, sagte Johnny wütend. »Hast du nicht gesagt, du würdest das Zeug nie mit nach Hause bringen?«

»Ist schließlich meine Bude. Hau ab.« Baz machte Anstalten, sich auf ihn zu stürzen. Da schlug Johnny ihm hart ins Gesicht. Einen Augenblick sah Baz ihn mit offenem Mund an, dann begann er unvermittelt zu weinen. Seufzend schob Johnny ihn ins Wohnzimmer und machte die Tür zu. Baz taumelte zum Sideboard, griff nach der Whiskyflasche und einem Glas und schenkte sich ein. Die Hälfte ging daneben.

»Davon wird es nicht besser«, sagte Johnny.

»Das verstehst du nicht, du Judas.«

»Ich verstehe das sehr gut, Baz. Es ist ja nicht das erste Mal.«

Baz ließ sich in eine Sofaecke fallen und legte den Arm um die Flasche wie um einen Teddybär. »Hast du schon 'ne Neue, Johnny?«

»Was für eine Neue?«

»Neue Puppe. Eine buddelst du ein, die nächste wartet schon. War ja nie ein Problem für dich.«

»Bist du nicht ein bißchen alt für Penisneid? Was ist denn bloß los mit dir? Wieso bringst du plötzlich meine Frauen aufs Tapet? Die haben dich doch bisher nicht gestört.«

»Wohl haben sie mich gestört. Immer schon. Weißt du ganz genau.«

»Tut mir leid, Baz, ich kann dir nicht helfen. Ich konnte es nie.«

Baz packte wieder das heulende Elend. »Du Dreckskerl.«

Jedes weitere Wort war hier sinnlos. Hoffentlich hatte Molly nichts mitgekriegt. Schlimm genug, daß ihr Mann Alkoholiker war. Inzwischen war Baz soweit, daß er daraus gar kein Hehl mehr machte. Das andere, das, was er bisher noch erfolgreich hatte verbergen können, das, was ihn vielleicht erst zur Flasche getrieben hatte, jene Neigung, mit Fernfahrern ins Bett zu gehen, machte Johnny viel größere Sorgen. Er selbst hatte nur durch Zufall davon erfahren.

Bristol, vor vielen Jahren. Er hatte ein Konzert geschmissen. Nicht in der Größenordnung einer Katastrophe, er war nur im Brahms-Konzert vom zweiten direkt zum vierten Satz übergegangen, und Orchester und Dirigent hatten ihn über ihre Notenpulte hinweg fassungslos angestarrt. Passiert war es ihm, weil er müde war, weil er es hinter sich haben wollte, weil ihn alle möglichen Probleme bedrängten, mit denen er immer schwerer fertig wurde. Nach fünf Takten hatte er sich unterbrochen, hatte getan, als schösse er sich eine Kugel in den Kopf, die Leute hatten gelacht, und er hatte noch einmal von vorn angefangen. Mit dem dritten Satz. Eine warme, menschliche Geste, die zweifellos beim Publikum gut angekommen war. Aber das war kein Trost für ihn gewesen.

So etwas wie Trost hatte er in einer Sauftour gesucht, was er, je mehr der Druck von außen sich verstärkte, immer häufiger zu tun pflegte. Diesmal, in der fremden Stadt, war er versehentlich in eine Schwulenbar geraten, eine aggressive Tunte hatte ihn angesprochen, und er hatte viel zu scharf reagiert. Der abgewiesene Freier war mit einer abgebrochenen Flasche auf ihn zugestürzt, und dann war plötzlich aus dem Schatten Baz aufgetaucht, hatte sich zwischen sie geworfen, und den Schlag mit seinem eigenen Leib aufgefangen. In dem Lärm und Durcheinander war es ihnen irgendwie gelungen, sich gegenseitig herauszuhauen und ins nächstgelegene Krankenhaus zu fahren. In der Unfallstation war Johnny umgekippt: Akute Alkoholvergiftung. Erst zwei

Tage später hatte Baz ihn besucht. Vorher hatten sie sich nur flüchtig gekannt. Jetzt kannten sie sich für Baz' Geschmack ein bißchen zu genau.

Johnny solle sich da nichts Falsches denken, sagte er, er ginge nicht gewohnheitsmäßig in solche Pinten, nur sei seine Ehe im Augenblick so schwierig, und manchmal ... manchmal ... Aber ich kämpfe dagegen an, hatte er beteuert, ich komme auch darüber weg, es ist nur ein vorübergehende Phase. Ich liebe meine Frau, ich würde ihr nie weh tun, ich tu's auch nie wieder. Nur solle Johnny um Gottes willen nichts verraten. Diese Absicht hatte Johnny nie gehabt, er war schon froh, daß in seinem Gesicht noch alles an der richtigen Stelle saß.

So war ihre Freundschaft entstanden. Manchmal hatte er das Gefühl, daß Baz gern mehr gewollt hätte, aber er wußte wohl, daß jede Andeutung in dieser Richtung alles zwischen ihnen kaputtgemacht hätte. Soweit er wußte, hatte Baz seine Neigung überwunden, aber manchmal war es kritisch, und dann half nur noch eine durchzechte Nacht, in der Baz sich bei Johnny alles vom Herzen redete, was jener eigentlich gar nicht hören wollte. Vielleicht, überlegte Johnny jetzt, hatte er sich falsch verhalten. Vielleicht hatten diese selbstquälerischen Beichten Baz nur noch abhängiger von ihm gemacht.

»Wo sollst du denn vorspielen?« fragte Johnny.

Baz wandte den Blick ab. »Nirgends. Ich hab das Molly nur erzählt, damit ich rauskomme. Ich muß raus, Johnny. Es ist diesmal schlimm. Ganz schlimm.«

John sah verstohlen auf die Uhr. Diesmal hatte er keine Zeit für das übliche Ritual. Priddy wartete. Er griff sich die Whiskyflasche, goß einen tüchtigen Schluck in das Glas und drückte es Baz in die Hand. »Jetzt laß dich richtig vollaufen und hau dich hin, Baz. Reden können wir später, wenn es sein muß.«

»Nein, das verstehst du nicht, Johnny. Er will Geld. Er sagt, daß er alles verrät. Ich hab das alles ja nicht gewollt. Großer Gott, ich wollte es nicht, aber du hast ja nicht ... Es ist deine Schuld ... Wenn du nicht ... du hättest ...«

»Meine Schuld?« fuhr Johnny auf. »Also jetzt möchte ich wirklich wissen, was zum Teufel daran meine Schuld sein soll.«

»Du verstehst das nicht...« Baz versuchte aufzustehen, fiel aber gleich wieder in die Kissen zurück.

»Nein, das verstehe ich wirklich nicht. Du brauchst Hilfe, Baz, du mußt mit jemandem reden, der dir wirklich helfen kann, ich kann das nicht mehr. Du mußt –«

»Halt die Klappe, halt doch endlich die Klappe«, brüllte Baz. Diesmal kam er tatsächlich hoch. Er taumelte quer durchs Zimmer auf Johnny zu, die Flasche in der Hand, eine Whiskyspur durchs Zimmer ziehend. »Ich hab es ja nur gemacht, weil du... weggegangen bist, und sie hat gesagt, ich kann nicht –«

»Natürlich kannst du, Molly liebt dich, Baz. Wenn du dir nicht mehr ständig einredest, daß du ohne mich keinen Jazz spielen kannst, und wenn du Molly und dir selber gegenüber in dieser anderen Sache mal ganz ehrlich bist, könntet ihr vielleicht –«

»Es ist zu spät, Johnny, verstehst du das nicht? Zu spät. Du mußt mir helfen, Johnny, du mußt.« Er ließ die Flasche fallen, packte Johnny an den Jackenaufschlägen und schüttelte ihn. »Ich muß zahlen, damit er den Mund hält, ich muß –«

Johnny machte sich los. »Wenn du Geld brauchst, gebe ich es dir, das ist doch klar, Baz.« Jetzt kaufe ich mich mit Geld von meinen Verpflichtungen los, dachte er angeekelt.

»Aber im Grunde ist es dir ganz egal, nicht? Ob ich in der Gosse lande, das ist dir scheißegal, wenn du dir nur nicht deine verdammte Karriere verderbe, deine große Chance.« Baz schrie immer lauter, der letzte Rest von Selbstbeherrschung drohte ihn zu verlassen.

Plötzlich ging die Tür auf. Molly erschien. »Schluß Baz, laß ihn los«, sagte sie zutiefst erschrocken.

Baz fuhr zu ihr herum. »Hau ab, geht dich nichts an, hau ab, verdammte Schlampe, laß uns in Ruhe.«

Blind vor Wut wollte er sich auf Molly stürzen. Johnny tat das einzig Mögliche. Er griff sich die Whiskyflasche und schlug sie Baz über den Kopf. Er stürzte hin wie ein Sack.

Mit einem Aufschrei lief Molly zu ihm.

Johnny ließ die Flasche fallen. »Tut mir leid, Molly. Ehrlich, es tut mir wahnsinnig leid.«

»Schon gut, was solltest du denn machen«, sagte sie leise. »Niemand kann ja was machen, es wird jeden Tag schlimmer.«

»Wie lange ist er denn schon so?« Johnny hockte sich neben sie und versuchte, Baz eine Hand unter die Schultern zu schieben. So konnten sie ihn nicht liegenlassen.

»Betrunken? Oder wütend?«

»Beides.« Sie war immer so hübsch gewesen, weich und warm, wie Beth. Jetzt war ihr Gesicht schmal und spitz, von Scham und Schmerz gezeichnet.

»Er kann nicht schlafen, er hat Alpträume, schreckliche Alpträume, und immer kommst du darin vor, wie du wegläufst, wie dich alle möglichen Leute verfolgen, Drachen und Ungeheuer – weiße Mäuse sind wohl aus der Mode gekommen. Er wacht auf und ruft, so sollst stehenbleiben. Anscheinend bildet er sich ein, daß du ihn haßt, daß du seinetwegen wegläufst.«

»Ich laufe ja nicht weg, Molly, ich bin ja hier«, sagte Johnny gereizt. Sie fing an zu weinen, und er kam sich sehr gemein vor. Er griff nach ihrer Hand. »Ich bin immer für dich da, Molly, wenn du mich brauchst. Wenn ihr beide mich braucht.«

Sie schüttelte den Kopf. »Nein, du kannst nicht dein ganzes Leben lang ihn oder mich beschützen, du hast ja deine eigenen Sorgen.«

Das stimmte leider. »Bringen wir ihn nach oben«, sagte er rasch. Er wollte vermeiden, daß sie weitersprach, er wollte gar nicht hören, was sie wußte oder vermutete. Gemeinsam schafften sie es, Baz zu Bett zu bringen. Johnny betrachtete noch einen Augenblick das weiße, verschwitzte Gesicht auf den Kissen, die dunklen Schatten unter den geschlossenen Augen, die langen, knochigen Hände, die schlaff auf der Decke lagen.

»Ist es wirklich meine Schuld, Molly? Glaubst du, es würde etwas helfe, wenn ich bei dem Quartett bleiben würde?«

»Ich weiß es nicht, Johnny. Ich weiß nur, daß er völlig verändert ist, seit – « Sie unterbrach sich, sah ihn rasch von der Seite an. »Aber das kannst du nicht machen, du hast diese Chance ...«

Er hob die verbundene Hand. Die elastische Binde war an den Rändern schon ein bißchen angeschmuddelt. »Es gibt nicht viel klassische Musik für eine Hand, ich habe unter Umständen nur noch ein ziemlich begrenztes Repertoire.«

Er holte die beiden Saxophone, die Trompete, Oboe, Flöte und Posaune hinter den Sitzen hervor und fuhr den Spitfire aus der Garage. Es sei »zu spät«, hatte Baz gesagt. Vielleicht hatte er recht, vielleicht war es für sie alle schon zu spät. Träume waren etwas für Sportwagenfahrer, vielleicht wurde es wirklich Zeit, daß sie vernünftig wurden, vernünftige Wagen fuhren und sich mit vernünftigen Erwartungen zufriedengaben. Er griff nach der Sitzverstellung. Baz saß seiner langen Beine wegen immer ganz weit hinten. John zog den Sitz nach vorn bis zum Anschlag, saß aber danach immer noch nicht bequem. Er fuhr den Wagen nicht zum erstenmal und war mit ihm bisher immer gut zurechtgekommen. So sehr er auch zog und ruckelte, der Sitz rührte sich nicht von der Stelle. Verärgert stieg er aus, hockte sich hin und tastete unter dem Fahrersitz herum. Irgend etwas blockierte die Sitzführung. Durch das Hin- und Herrutschen hatte er etwas eingeklemmt, was ganz nach einem Stück Musikinstrument aussah. Das zerquetschte Stückchen Messing glänzte wie Gold in seiner Hand.

Der Sitz glitt jetzt ganz leicht nach vorn. Er legte das zerquetschte Stück Messing in das Handschuhfach, zu den Straßenkarten und unbezahlten Strafzetteln. Wenn er den Wagen nahm, wußte er zumindest, daß Baz nicht, geladen wie er war, durch die Gegend kurvte und am Ende noch jemanden über den Haufen fuhr. Wenigstens ein kleiner Trost.

16

Skindles war nicht das, was man ein Spezialrestaurant für vegetarische Küche nennen konnte, aber da es das einzige Lokal in Maidenhead war, das Johnny kannte, hatten sie sich dort verabredet. Er sah, daß es Priddy gelungen war, einen Tisch am Fenster mit Blick auf den Fluß zu ergattern. Wahrscheinlich war es am Mittwochabend nicht so überlaufen. Seine Hand schmerzte vom ständigen Schalten des Spitfire, und während er sich zwischen den Tischen hindurchschob, war er sich durchaus der peinlichen Tatsache bewußt, daß er mit Beth' kleinem Ladyshave nicht sauber rasiert war und seine Sachen durch das Herumliegen in ihrem Schlafzimmer nicht gerade besser geworden waren. Wenigstens sauber war er. Es sollte ja Leute geben, die für den echt lässigen Look ein Vermögen ausgaben. Er konnte schließlich nichts dafür, daß seine Falten nicht ganz so symmetrisch waren wie die von Gucci.

Er zog sich einen Stuhl heran und ließ seinen Blick, während er sich setzte, über die wenigen anderen Gäste gleiten. »Blöde Idee«, maulte er, die Serviette auseinanderfaltend. »Wir hätten uns draußen auf dem Parkplatz treffen und von dort gleich weiterfahren sollen.«

Priddy sah ihn an. »Ein anständiges Essen können Sie mir ruhig noch gönnen, ehe es in den Knast geht. Und was blöde Ideen angeht, schießen eindeutig Sie den Vogel ab.«

Der Kellner erschien, nahm Johnnys Bestellung auf Perrier mit einem Spritzer Zitrone entgegen, schob ihm eine Speisekarte hin und entfernte sich beleidigt. Perrier war entweder nicht fein oder nicht einträglich genug. »Haben Sie schon bestellt?« fragte Johnny, während er ziemlich verzweifelt die lange Liste von Steaks, Koteletts und Bratenstücken durchging.

»Nein, ich habe mich inzwischen friedlich vollaufen lassen«, erklärte Priddy und goß Johnny einen Schluck Wein ein, ehe er die Hand über sein Glas hatte legen können. »Was ich Ihnen auch empfehle. Vielleicht kann ich Ihnen die Sache ausreden, wenn Sie einen in der Krone haben!«

»Ich trinke sehr wenig.« Johnny grinste. »An Ihrer Stelle würde ich es mal mit Logik versuchen.«

»Nicht gerade meine Stärke.«

»Um so besser. Meine auch nicht.«

»Ist mir schon aufgefallen«, erklärte Priddy mit Nachdruck.

Der Kellner erschien wieder mit gezücktem Stift, und sie mußten bestellen. Priddy nahm Lendenstück New Yorker Art. John entschied sich für einen Teller mit allen Gemüsebeilagen, die heute angeboten wurden, und eine Kartoffel in Folie. Daraus entwickelte sich eine längere Diskussion zwischen ihm und dem Ober, die Priddy noch in seiner Überzeugung bestärkte, daß er einem bedenklich verrückten Typ gegenübersaß. Als der Ober sich geschlagen gab und kopfschüttelnd davonging, lächelte Johnny. »Daß die Leute immer nur in festgefahrenen Bahnen denken können . . .« Dann sah er Priddys Gesicht. »Sie brauchen nicht mitzufahren, geben Sie mir einfach das Material, und –«

»– und Sie stecken in der Klemme, ehe Sie es noch bis über den Rasen geschafft haben«, orakelte Priddy. Draußen wurde es dunkel, und in dem Wasser, das in kleinen Kräuselwellen unter dem Brückenbogen hervorkam, blinkte der Widerschein der Lichter vom anderen Ufer auf. Die dunklen Umrisse der Bäume waren voller Knospen. Vielleicht würde er im Sommer einmal mit Beth herfahren, und sie würden an einem der Tische draußen im Garten sitzen und den Schiffen zusehen, die auf den Durchlaß durch die Schleuse warteten. Ob sie schon wieder zu Hause war? Ob sie seinen Zettel gefunden hatte? Alle seine Zettel?

»Sie wissen genau, daß niemand mehr im Haus ist?«

Priddy nickte und wischte sich Fleischsaft von der Unterlippe.

Johnny verteilte saure Sahne über seiner gebackenen Kartoffel. »Was meinen Sie, wohin könnte er gefahren sein?«

»In Bristol ist übers Wochenende eine große Antiquitätenmesse, wahrscheinlich paßt er dort auf seine Rosettis auf.«

»Worauf?«

»Seine Spezialität sind spätviktorianische Gemälde, wußten Sie das nicht? Und primitive Kunst aus Südamerika. Dazu die üblichen georgianischen Nippes, Standuhren und Delfter Krüge.«

Johnny sah ihn verblüfft an. »Wo haben Sie denn das alles aufgegabelt?«

»Bei einer Versicherung kriegt man eine Menge wertloser Informationen mit. Ich habe für eine der ganz Großen gearbeitet, ehe ich mich selbständig gemacht habe.«

Johnny hörte die bemühte Beiläufigkeit aus Priddys Antwort heraus. Ob sie ihn dort gefeuert hatten? Es ging ihn natürlich nichts an, aber daß Priddy schließlich vor seinem Vorschlag, in

Clavertons Haus einzubrechen, kapituliert hatte, wurde dadurch verständlicher.

»Wann machen wir es?« fragte Johnny nervös.

Priddy lächelte. »Später. Wenn die Nachbarn schlafen. Wenn sie alle damit beschäftigt sind, eine Frau zu bumsen, die nicht die eigene ist.«

Beth betrachtete den Zettel, den sie auf dem Tisch im Wohnzimmer gefunden hatte. Die Überschrift – in dicken Druckbuchstaben – lautete: WEISST DU, WIEVIEL EIN SCHLÜSSELDIENST VERLANGT, WENN JEMAND NICHT REIN, SONDERN RAUS WILL?

Darunter stand: Bei mir hat sich etwas Dringendes ergeben. Ich rufe dich an, sobald ich kann. Wenn wir Glück haben, ist die ganze Geschichte morgen ausgestanden, und wir können da weitermachen, wo wir heute früh aufgehört haben. Mir ist immer noch schleierhaft, wie das alles so schnell mit uns gekommen ist, aber daß es eine gute Sache ist, das weiß ich, und in unserem Alter hat man keine Zeit zu verschenken. Mach dir keine Sorgen. John.

Mach dir keine Sorgen? Leicht gesagt. Sie machte sich Sorgen. Sie sorgte sich, während sie die Lebensmittel wegräumte, die sie für ihn gekauft hatte. Sie sorgte sich, während sie sich auszog und weder in dem duftenden Bad noch in dem bequemen Kaftan die gewohnte Entspannung fand. Sie sorgte sich, während sie das ordentlich gemachte Bett zurückschlug und ihren Vibrator – ohne Batterien – darin fand mit einem Zettel, der – allerdings in sehr viel anschaulicheren Ausdrücken – besagte, daß sie dieses Ding jetzt wohl nicht mehr brauchte. Sie sorgte sich, während sie den Schrank aufmachte, um sich ein paar Kekse zu holen und von einem Reisregen überschüttet wurde, ausgelöst von einer genialen Höllenmaschine, die er aus Papier und Klebeband zusammengebastelt hatte. Auf dem dazugehörigen Zettel stand: Nur zur Übung. Sie sorgte sich, während sie die Hausapotheke im Badezimmer öffnete, um sich ein Aspirin herauszuholen, und darin eine alberne Zeichnung von einer dicken Person fand. Die Unterschrift lautete: Du bist rund – na und?

Die Wohnung war voll von ihm, und doch war sie ihr noch nie so leer vorgekommen. Sie sorgte sich noch immer, als unten der Summer ertönte. Sie lief in die Diele und drückte den Sprechknopf. »John?«

Aber von unten antwortete eine Frauenstimme. Eine amerikanische Stimme. »Mein Name ist Laynie Black, Mrs. Fisher. John hat mich gebeten, auf dem Heimweg bei Ihnen etwas abzugeben.«

Beth brauchte einen Augenblick, um sich zu besinnen. Richtig, Johns Agentin.

»Mrs. Fisher?« sagte die amerikanische Stimme. »Darf ich heraufkommen?«

»Entschuldigen Sie bitte ... Ja, natürlich.« Sie drückte den Türöffner. Als Laynie den letzten Treppenabsatz bewältigt hatte, sah sie auf und holte tief Luft.

»Hoffentlich sieht der Mietvertrag auch regelmäßig Sauerstofflieferungen vor.«

Das also war Johns sagenhafte Agentin. Große Augen, kurzes, warmherziges Lächeln. Nicht der gepflegte Schick, den sie erwartet hatte. Ein einfacher Tuchmantel, kein Make-up. War das wirklich die Frau, vor der Konzertunternehmer zitterten?

»Holen Sie John, das letzte Stück muß er mich tragen.«

»Er ist nicht da«, sagte Beth und brach zu ihrem größten Entsetzen in Tränen aus. Laynie Blacks Reaktion war typisch für ihre Abneigung gefühligen Situationen gegenüber.

»Scheiße. Wo steht Ihr Gin?«

»Im Schrank über der Spüle.« Beth wischte sich die Nase an ihrem Ärmel ab und suchte erfolglos in ihrem Kaftan nach einem Kleenextuch. »Entschuldigen Sie bitte.«

»Flennen Sie ruhig, es stört mich nicht. Vielleicht leiste ich Ihnen nach einem Drink sogar Gesellschaft. Vielleicht aber auch erst nach dem dritten. Setzen Sie sich irgendwohin, der Teppich wird sonst naß.« Sie ließ ihre Aktentasche fallen und verschwand in der Küche. Nach einer Weile kam sie ins Wohnzimmer und drückte Beth ein Glas in die Hand.

»Hier. Im allgemeinen schreie ich nicht schon vor der Begrüßung nach Alkohol, aber es war ein elender Tag heute.« Sie ließ sich in einen Sessel fallen und kramte in ihrer Handtasche, bis sie Zigaretten und Feuerzeug gefunden hatte. Wie alt mochte sie sein? Fünfzig – dreißig – neunzig? In dem dichten Haar waren graue Strähnen, die Hände waren, wenn man genau hinsah, ganz leicht arthritisch verdickt. Als ihre Zigarette endlich brannte, streckte Laynie mit einem ärgerlichen Seufzer die Beine aus und besah sich die über den eleganten Pumps leicht angeschwollenen Knöchel. »Mann, tut das gut, wenn der Schmerz nachläßt.« Sie trank ein gutes Drittel ihres Gins auf einen Zug. Dann sah sie zu Beth hinüber, und da war wieder das kurze, warmherzige Lächeln. »Guten Tag, Beth Fisher.«

»Guten Tag.« Beth kam sich sehr töricht vor, aber irgendwie war es nicht so schlimm, weil ihren Besuch das nicht weiter zu stören schien.

»Er macht Ihnen demnach schon jetzt das Leben schwer ...«

»Nein, er ist wundervoll, aber ich weiß nicht, wo er steckt, und dieser Kerl versucht ihn umzubringen, und ich habe solche Angst, daß er es auf eine Kraftprobe ankommen läßt und daß ihm noch mehr passiert und –«

»Stop«, befahl Laynie. »Immer schön eins nach dem anderen, und zwischendurch nicht vergessen, Luft zu holen, klar? Jetzt noch mal ganz langsam zum Mitschreiben.« Als Beth mit ihrer Erläuterung fertig war, sah Laynie plötzlich älter aus. »Ich hätte wissen müssen, daß irgendwas nicht in Ordnung ist. Er machte am Telefon so einen vergnügten Eindruck. Wenn er vergnügt ist, stimmt was nicht, dann ist er in Wirklichkeit nämlich kreuzunglücklich.«

»Wirklich?« sagte Beth, die selber kreuzunglücklich war. »So gut kenne ich ihn noch nicht.«

»Hm. Sie sollen also Ihre Erfahrungen mit ihm erst nach der Heirat sammeln. Typisch.«

»Heirat?« stieß Beth hervor.

»Ja, das hat er mir am Telefon gesagt.« Laynie verdrehte verzweifelt die Augen, als Beth wieder in Tränen ausbrach. »Geht das schon wieder los? Sie stecken mich noch an, und neulich hat mir jemand erzählt, daß Weinen dick macht. Schluß jetzt.«

Beth hörte zu ihrer eigenen Überraschung auf zu weinen. Laynie musterte sie mit unverhohlener Neugier. »Spielt er Ihnen schon dumme Streiche?« erkundigte sie sich.

»Ja. Woher wissen Sie . . .«

»Weil er das nur mit Leuten macht, die er mag. Mich hat er damit fix und fertig gemacht. Mal hat er sich, als ich zum Essen war, in mein Büro geschlichen und hat alles, was auf meinem Schreibtisch lag, auf der Schreibtischplatte festgeklebt. Ich hätte ihn umbringen können. Sie sind ganz anders, als ich Sie mir vorgestellt hatte.«

»Wirklich?«

»Ja, zum Glück. Ich war sehr gespannt darauf, die Frau zu sehen, die aus dem kaltschnäuzigen John Cosatelli den sentimentalen Trottel gemacht hat, der mir heute am Telefon etwas von einem Häuschen im Grünen vorgefaselt hat. Jetzt ist mir doch ein Stein vom Herzen gefallen. Sie sehen ganz brauchbar aus, wenn Sie nicht gerade heulen wie ein Schloßhund. Es ist nicht so leicht mit ihm, wie es zuerst scheint. Er ist ein verflixt komplizierter Mensch.«

»Nein, das ist er nicht«, widersprach Beth. »Er will nur die Zügel in der Hand behalten. Er will wissen, wer du bist und was du bist, und wenn er das weiß, sollst du so bleiben, wie du bist, und um alles andere will er sich kümmern dürfen.«

Laynie war wie vor den Kopf geschlagen. Um das herauszubekommen, hatte sie Jahre gebraucht. Diese Person hatte es buchstäblich über Nacht geschafft. »Wie alt sind Sie?« wollte sie wissen.

»Neununddreißig. Meistens jedenfalls.«

Laynie nickte und versuchte, sich die beiden zusammen vorzustellen. Beth Fisher war beileibe keine Schönheit, aber sie besaß eine Wärme, die keine seiner früheren Freundinnen gehabt hatte, von seiner ersten Frau ganz zu schweigen. Beth war fast ein bißchen wie Johnny selber. Eine rauhe Schale schützte ein verletzliches Innenleben, und darunter wiederum steckte jener eiserner Wille, der sich nur bei Genies und geborenen Überlebenskünstlern findet.

»Es müßte klappen mit Ihnen«, urteilte sie. »Wo könnte er stekken, was meinen Sie?«

»Wenn ich das wüßte . . .« Beth sah Laynie an. »Sie sagten, daß er Sie gebeten hat, etwas abzugeben. Ob uns das weiterhilft?«

Laynie lachte kurz auf. »Kaum.« Sie erhob sich ächzend, holte ihre Aktentasche aus der Diele, setzte sich wieder und kramte darin herum. »Er hat gemeint, daß Sie beide jetzt ein bißchen Glück gebrauchen können.«

Der kleine Messingdrache lag kalt in Beth' Handfläche und sah sie unter schweren Lidern aus rätselvollen Augen an.

»Es ist sein Glücksbringer. Und das hier . . . Er meinte, wenn Sie es sehen, würden Sie entweder lachen oder rot werden.«

Laynie beugte sich vor und schob eine Langspielplatte über den Teppich. Beth machte große Augen. Beim Essen im Savoy hatte sie ihm von der liebenswerten Gewohnheit ihres Ex-Mannes erzählt, ihre Lieblingssachen kaputtzumachen, wenn sie Streit miteinander hatten, darunter war auch die beste Aufnahme des G-Dur-Klavierkonzertes von Ravel gewesen, die sie je gehört hatte. Sie hatte versucht, die Platte wiederzubeschaffen, aber sie war nicht mehr lieferbar, und sie hatte sich mit dem Michelangeli zufriedengeben müssen. Den Namen des Solisten hatte sie vergessen, aber auf dem Cover war ein Bild von Bäumen und einem Sonnenuntergang gewesen.

Die Schrift war in Weiß eingedruckt. Ravel: Klavierkonzert in G-Dur. Rachmaninow: Klavierkonzert Nr. 4 in g-Moll. Philharmonia Orchestra. Dirigent: Luigi Fermi. Solist: John Owen Cosatelli. »Er hat bestimmt gedacht, daß ich ihm Honig um den Mund schmieren will. So ein überheblicher Kerl.«

Laynie verschluckte sich fast an ihrem Drink.

Beth drehte die Platte um. Von dem Foto, das zu dem Plattentext gehörte, sah John sie an. Die Haare waren länger, und er hatte keine Falten im Gesicht. John im Frack, einen Ellbogen auf den Flügel gestützt, sehr ernsthaft und sehr, sehr jung.

»In dem Rachmaninow hat er zweimal böse gepatzt«, sagte Laynie. »Aber der Ravel ist in Ordnung. Er war bei dieser miesen Firma unter Vertrag, ehe ich ihn übernahm. Natürlich ging der Laden pleite, und bis alles abgewickelt war, machte er schon Jazz, und niemand wollte ihn mehr für klassische Sachen haben. Von Price-Temple hat er Ihnen erzählt?«

Beth nickte. »Aber nur kurz. Ich verstehe nicht ganz –«

Sie zuckte zusammen, als wieder der Summer ertönte. »Das muß er sein.«

Laynie hörte sie eine ganze Weile draußen sprechen. Als sie zurückkam, wirkte sie enttäuscht und ratlos.

»Ist es –?«

Beth schüttelte den Kopf. Schritte näherten sich der Tür.

»Nein, es ist nur Gino«, sagte sie bedrückt.

»Gino? Wer zum Teufel ist Gino?« fragte Laynie.

17

Es war sehr dunkel und still am Fluß. Und feucht. Und kalt. Sie hatten die Wagen am Ende der Sackgasse abgestellt, die zu Clavertons Haus führte, und das Grundstück durch das Tor betreten, weil es, wie Priddy sagte, keinen anderen Zugang gab, sofern Johnny nicht gerade Lust hatte, durch den Fluß zu schwimmen.

Clavertons Haus war ein großer alter Kasten von viktorianischer Pracht mit gepflegten Glyzinien, die sich an dem anmutigen weißen Spalier rechts und links der Säulenhalle über der Auffahrt entlangrankten.

Im Schutz der Bäume pirschten sie sich nach hinten. In der Ferne hörte man ein kleines Boot flußabwärts tuckern. Eine Ente oder eine Ratte planschte an der morastigen Rasenkante unter den Trauerweiden. Johnny zuckte zusammen und stieß gegen Priddy, der sich an einem Weidenzweig festhalten mußte, um nicht umzufallen.

»Warten Sie hier. Ich sehe mich rasch noch mal um. Daß wir es überhaupt machen, ist dumm genug. Blindlings vorzupreschen wäre sträflicher Leichtsinn.«

Priddy lief geduckt über den Rasen; er sah aus wie eine Spinne mit Buckel. Als er das Haus erreicht hatte, knipste er eine Taschenlampe mit bleistiftdünnem Strahl an und ließ ihn am Haus entlangwandern. Johnny sah Priddy nach, bis sein Schatten um die Hausecke verschwunden war, dann wandte er sich um und blickte auf den Fluß hinaus. Im Obergeschoß eines Hauses am anderen Ufer sah er ein Licht, aber während er noch hinsah, ging es aus. In den Weiden erhob sich ein leises Flüstern, als eine Brise vom Wasser herüberwehte; kleine Wellen schlugen mit zarten Schmatzlauten an die Rasenkante.

In der warmen Behaglichkeit von Beth' Wohnung war der Gedanke, in Clavertons so gelegen leerstehendes Haus einzubrechen, so naheliegend wie zweckmäßig gewesen. Hier draußen sah das alles ein bißchen anders aus. Priddy wartete wahrscheinlich nur darauf, daß er angesichts dieser kalten Realitäten im letzten Augenblick einen Rückzieher machte. Der Alte würde ihn vermutlich nicht einmal herunterputzen, sondern würde unheimlich erleichtert sein. Aber jetzt konnte er nicht mehr zurück. Ehe er Beth kennengelernt, ehe er mit Price-Temple gesprochen hatte, wäre es nicht so darauf angekommen. Jetzt lohnte sich das Risiko. Hoffentlich.

Plötzlich war Priddy wieder da, so lautlos, daß Johnny ihn erst bemerkte, als er ihn am Ärmel packte.

»Kleine Nachhilfestunde«, flüsterte Priddy heiser. »Hören Sie gut zu. Manche Leute bauen, und wenn sie im Büro noch so komplizierte Alarmanlagen haben, zu Hause keine Einbruchsicherung ein. Meist sind das die allzu Selbstbewußten, die sich einbilden, daß sich an sie ja doch niemand ranwagt. So einer ist Claverton. Leute, die eine Einbruchsicherung haben, das sind solche, bei denen sich das Stehlen lohnt. Oder die etwas zu verbergen haben. Auch dafür kommt Claverton in Betracht. Allerdings glaube ich, daß bei ihm die Überheblichkeit die Vorsicht überwiegt.« »Also keine Alarmanlage?«

»Doch, ich habe eine gefunden, aber die ist seit zwanzig Jahren unmodern und fällt auf wie ein Zebra mit roten Socken.« Priddy sah zum Haus hinüber, als erwarte er jemanden.

»Na wunderbar«, sagte Johnny so erleichtert, wie es einem Mann möglich ist, der in jeder Beziehung kalte Füße hat.

»Vielleicht. Vielleicht hat er aber auch noch mehr.«

»Ach, du ahnst es nicht.« Johny versuchte Priddys Gesicht in der Dunkelheit zu erkennen, aber er sah nur das Glänzen der

Augäpfel und das kurze Aufblitzen der Zähne – ob in einem Lächeln oder in einer Grimasse, das war nicht auszumachen.

»Alarmanlagen sind im Grunde nichts anderes als ein Hilferuf großen Stils«, erläuterte Priddy. »Je besser sie sind, desto weiter reichen sie. Das Ding, das ich gerade unschädlich gemacht habe, hätte die Nachbarn und fünfzig Prozent aller Hunde von Berkshire geweckt. Aber Glocken und Tuten und Summer sind nicht die einzige Möglichkeit, Lärm zu machen.

»Vielleicht ist es Absicht, daß das Ding so alt und vergammelt aussieht, vielleicht haben sie innen ganz was Raffiniertes.«

»Zum Beispiel?«

Priddy blies in seine Hände, um sie zu wärmen. Er beobachtete noch immer die Haustür. »Ein Haus ist wie eine Schachtel mit Löchern. Die Löcher, das sind die Fenster und Türen. In denen kann man Sensoren anbringen, die lösen dann die Alarmanlage aus, und wenn eine entsprechende Leitung vorhanden ist, klingelt irgendwo im nächsten Amt das Telefon, und ein Band sagt Nummer und Adresse an. So ein Band läuft etwa vier Minuten. Dazu kommen dann noch der Anruf bei der Polizei und die Anfahrt. Sagen wir alles in allem eine Viertelstunde.«

Jetzt begriff Johnny, warum Priddy wie gebannt zum Tor starrte. »Warum haben Sie dann nicht die Telefonleitung durchgeschnitten?«

Priddy lachte leise. »Hab ich ja. Das ist das nächste Problem.« Er blies wieder in seine Hände. »Vielleicht hat Claverton auch eine direkte Leitung zur Post oder zu einer privaten Wach- und Schließgesellschaft, die wie die andere durch Sensoren ausgelöst wird, die aber auch Alarm schlägt, wenn jemand die Telefonleitung durchschneidet. Sichere Sache für ihn.«

»Ist das alles?« stöhnte Johnny.

»Ach wo, es gibt noch Dutzende von Möglichkeiten.« Pause. »Wollen Sie aufgeben?«

»Klar würde ich am liebsten aufgeben«, knirschte Johnny. »Aber ich werfe erst dann das Handtuch, wenn Sie mir ausdrücklich bestätigen, daß es unmöglich ist.«

»Unmöglich ist nichts. Aber natürlich gibt es Fälle, die verdammt haarig sind. Sind Sie Spieler?«

»Wäre ich sonst hier?«

Priddy grunzte. »Ich hab noch ein paar gute Freunde in der Versicherungsbranche, und als ich heute nachmittag auf Sie wartete, hab ich ein bißchen rumtelefoniert, mit Typen gesprochen, die mir eigentlich nicht sagen dürften, was ich wissen wollte.«

»Und was haben die Ihnen gesagt?«

»Clavertons Versicherungspolice schreibt vor, daß er sich eine Alarmanlage einbauen läßt. Aber die Kleine, die für mich den Computer angezapft hat, hat von Tuten und Blasen keine Ahnung. Sie hat mir also nicht sagen können, welches System in der Police vorgeschrieben ist. Diese Information wird nämlich kodiert, und alle sechs Monate wird der Code automatisch geändert.«

»Verstehe. Also blasen wir die Sache ab?«

»Das könnten wir natürlich. Nur – die Bestimmung ist noch nicht in Kraft. Sie haben eine Alarmanlage gefordert, aber sie haben den Einbau noch nicht nachgeprüft, er zahlt also immer noch den höchsten Prämiensatz. Das könnte bedeuten, daß sie nicht eingebaut worden ist oder aber daß er sie den Versicherungsfritzen noch nicht gezeigt hat. Er hatte ja in letzter Zeit auch anderes zu tun. Unter anderem mußte er sich überlegen, wie er Sie am besten ins Jenseits befördert.«

»Hm.« Johnny schien es, als seien sie noch keinen Schritt weitergekommen.

»Das ist eben das Risiko. Ist Claverton clever, ist er leichtsinnig, oder ist er einfach schlampig? War die Alarmanlage, die ich neutralisiert habe, die einzige im Haus oder nicht?« Priddy hielt sich die Uhr dicht vor die Augen, um die schwach leuchtenden Ziffern erkennen zu können. Er seufzte. »Ich habe nicht viel zu verlieren. Bei Ihnen ist das was anderes. Für einen Cop ist ein Einbruch ein Einbruch, ob man es nun auf die Kronjuwelen oder nur auf ein Tortenrezept abgesehen hat. Wenn sie uns schnappen, können sie uns dafür in den Knast schicken. Jetzt also Ihre letzte Chance: Ja oder nein?«

Johnny sah die dunkle Gestalt neben sich an, sah zum Haus und zum Tor, sah hinüber zum Fluß. »Wenn Alarm ausgelöst worden wäre, müßten sie doch inzwischen hier sein, oder?«

»Ja, bestimmt.«

Kälte und Angst beutelten ihn so heftig, daß er kaum ein Wort herausbrachte. Endlich schaffte er es. »Lassen wir's drauf ankommen.«

An der Hinterseite des Hauses zog sich eine Veranda mit breitem Dach entlang, in der Mitte führte eine kleine Treppe von dort hinunter in den Garten. Priddy prüfte jede Stufe, ehe er sie voll belastete. Ebenso machte er es mit den verwitterten Bohlen der Veranda. Sorgsam leuchtete er mit seiner Taschenlampe die Kanten aus, ehe er darauftrat. Vor jedem Fenster blieb er stehen, inspizierte die Rahmen und hielt sein Gesicht dicht an die Scheibe, um festzustellen, was dahinter lag. Schließlich – sie hatten schon zwei Drittel der Veranda hinter sich – entschied er sich für eine zweiflügelige Glastür. Nachdem er jeden Zoll des Rahmens mit der Sorgfalt eines Holzwurmbekämpfers geprüft hatte, murmelte er etwas, was Johnny nicht verstand, und steckte die Taschenlampe in eine seiner prall gefüllten Taschen. Dann holte er eine Kreditkarte aus der Brieftasche, steckte sie zwischen die Türflügel und schob sie hin und her. Johnny hatte erwartet, daß er damit das Schloß überlisten würde, aber das war offenbar nicht seine Absicht. Er steckte die Karte wieder ein, dann holte er aus einer anderen Tasche eine Rolle breites Klebeband. Er verklebte die Scheibe, die der Klinke am nächsten war, dann zog er seinen Schuh aus, schlug vorsichtig gegen das Glas, nahm die Scheibe heraus und legte sie sorgsam auf den Boden. Er langte durch die Öffnung und drückte die Klinke herunter, aber die Tür öffnete sich nicht.

»Riegel«, brummte er. »Sie haben längere Arme. Es sind wahrscheinlich zwei, einer oben, einer unten.« Er trat beiseite, während Johnny herumtastete. Endlich fand er die Riegel, schob sie zurück. Es war schwierig – nicht nur, weil er so heftig zitterte, sondern wegen der dünnen Gummihandschuhe, die Priddy ihm verordnet hatte. Priddy machte die Tür auf. Einer der schweren Vorhänge blähte sich kurz und fiel wieder zurück. Johnny wollte eintreten, aber Priddy packte ihn am Arm, schob den Vorhang beiseite und stürzte sich unvermittelt in das dunkle Zimmer. Johnny ging ihm nach und wäre um ein Haar von Priddy über den Haufen gerannt worden, der in diesem Augenblick wieder herausgeschossen kam.

»Was – was ist denn?« stieß Johnny hervor.

»Bis jetzt noch nichts.«

Priddy hockte sich auf den Holzboden und sah wieder auf die Uhr. »Haben Sie 'ne Zigarette?« Er blickte auf, sah Johnnys verstörtes Gesicht und seufzte. »Ultraschallsensoren sind eine der Möglichkeiten, von denen ich gesprochen habe. Wenn er nicht die Türen und Fenster gesichert hat, ist die Anlage vielleicht in den Zimmern selbst. Dann geht das Ding nicht jedesmal los, wenn man nachts, ohne daran zu denken, das Fenster aufmacht, um frische Luft zu schnappen. Gelärmt hat nichts, aber das will nichts sagen. Wenn Sie was hören – und denken Sie dran, daß die Cops nicht gerade mit Fanfarenklang hier anrücken werden –, laufen Sie zum Fluß und schwimmen Sie ein paar Grundstücke flußabwärts, ehe Sie wieder an Land gehen. Mindestens fünf. Sie können doch schwimmen?«

»Ja. Und Sie?«

»Dafür reicht's.«

Johnny holte seine Zigaretten hervor, gab sie Priddy und trat ungeduldig von einem Fuß auf den anderen. Priddys Vorsicht machte ihn wahnsinnig. »Sind alle Einbrecher so umsichtig?« flüsterte er.

»Nur solche, die noch nicht geschnappt worden sind.« Aus einer anderen Tasche holte Priddy eine Tube Schnellkitt und setzte die Scheibe wieder ein. Die glimmende Zigarette baumelte dabei zwischen seinen Lippen, so daß er den Kopf nach hinten biegen mußte, um den Rauch nicht in die Augen zu bekommen.

»Wozu soll denn das gut sein?« Johnny merkte zu seinem großen Ärger, daß er plötzlich sprach wie ein Halbwüchsiger im Stimmbruch.

»Ich versuche, möglichst wenig Dreck zu machen.« Priddy strich den Kitt mit dem Daumen glatt. »Vielleicht merkt er's nicht gleich.«

»Und wenn wir im Haus Dreck machen?«

»Das ist nicht meine Absicht. Wozu sollen wir ihn warnen,

wenn wir statt dessen einen Tag Frist herausschinden können, um alles nachzuprüfen, was wir vielleicht hier finden?«

»Könnten wir nicht was mitgehen lassen, damit es wie ein ganz gewöhnlicher Einbruch aussieht?«

»Könnten wir. Müssen wir vielleicht sogar. Aber das warten wir jetzt erst mal ab.«

Er holte die Taschenlampe hervor, knipste sie an und schob sie durch die Vorhänge. Johnny folgte ihm. Priddy schloß die Glastür und vergewisserte sich, daß die Vorhänge sich überlappten, erst dann leuchtete er das Zimmer ab. Ein schwerer Schreibtisch, Bücherwände, zwei tiefe Ledersessel, eine Chaiselongue mit Brokatbezug, eine wunderschöne geschnitzte Anrichte aus Seidenholz, auf der ein Flaschenständer und Kristallgläser auf einem Silbertablett standen, tauchten kurz aus der Dunkelheit auf.

»Mies«, knurrte Priddy.

»Mies?« Johnny fand ganz im Gegenteil, daß ein so schönes Zimmer jedem Mann zu gönnen war – außer Claverton natürlich.

»Mies für uns. Ich hatte große Hoffnungen auf das Arbeitszimmer gesetzt, aber ich bezweifle, ob wir hier etwas anderes als Reiseprospekte, Haushaltsbücher und verstaubte Liebesbriefe finden. Wissen kann man das natürlich nie. Nehmen Sie sich den Schreibtisch vor. Wir brauchen sein Adreßbuch, Tagebuch, falls vorhanden, Kontoauszüge. Alles Außergewöhnliche, alles, was nach Geschäften riecht.«

Johnny tat brav, was man ihm sagte. Im Licht der kleinen Schreibtischlampe mit dem grünen Schirm stieß er auf das Notizbuch, das er an sich nahm. Auf dem Schreibtischkalender waren offenbar nur gesellschaftliche Termine notiert, aber vorsichtshalber steckte er auch den ein. Als er die letzte Schublade geschlossen hatte und sich umdrehte, glaubte er einen Augenblick, Priddy habe ihn im Stich gelassen. Dann stieß jemand an sein Bein. Priddy war unter den Schreibtisch gekrochen und lag bäuchlings auf dem Teppich.

Johnny trat rasch beiseite. »Was machen Sie denn da?«

Priddy suchte noch einen Augenblick dort unten herum, dann richtete er sich auf und zuckte die Schultern. »Einen Wandsafe hat er nicht. Manchmal sind die Dinger in den Fußboden eingelassen. Aber der Teppich geht glatt durch, ohne Fugen.«

»Tja, das war's dann wohl«, meinte Johnny resigniert. Aber Priddy war schon auf dem Weg zur Tür, die ins Haus führte.

»Wo wollen Sie denn hin?« fragte Johnny nervös.

»Zu den anderen Zimmern. Das Haus ist groß.«

Das war nur zu wahr. Johnny hatte sich das Haus nicht so groß vorgestellt. Er hatte sich die ganze Aktion nicht so langwierig und kompliziert vorgestellt. Und er hätte sich nie träumen lassen, daß er sich bei jedem Schritt vor Angst am liebsten in die Hose gemacht hätte.

In den Wohnräumen suchte Priddy nur nach einem versteckten Safe und hielt sich sonst nicht weiter auf. Er war auf dem Weg zur Treppe, um sein Glück in den Schlafzimmern zu versuchen, als er plötzlich stehenblieb, daß Johnny geradewegs in ihn hineinrannte. Priddy sah mit geweiteten Augen die Haustür an – oder vielmehr etwas an der Wand daneben, eine geschnitzte Holztafel, die aussah, als ob sie aus einer Kirche zweckentfremdet worden war. Er ließ die Finger an dem eingelassenen Rahmen entlanggleiten, und mit leisem Klicken öffnete sich die Tafel wie eine Tür. Was dahinter zum Vorschein kam, war nicht etwa eine sanfte Madonna in Öl, sondern eine graue Schalttafel aus Stahl mit einem beachtlichen Aufgebot an Bedienungsknöpfen und einem roten Lämpchen. Als Johnny nähertrat, sah er in dem schwachen rötlichen Glimmen, daß Priddys Gesicht blaß und seine Oberlippe feucht war.

»Ist das –« setzte er an.

Priddy nickte. »Das ist das Ding, das ich habe umgehen wollen. Eine Alarmanlage mit allen Schikanen, mein Junge, das Modernste, Beste und Teuerste, was der Markt hergibt. Jedes Fenster, jede Tür, jedes Zimmer ist einzeln gesichert.«

»Aber es hat nicht funktioniert – oder?« Standen sie vielleicht schon draußen und warteten? War das Haus umstellt?

Sehr, sehr vorsichtig klappte Priddy die Holztafel wieder zu. »Nein, es hat nicht funktioniert.«

»Und warum nicht? Ist die Anlage kaputt, hat sie –«

»Keineswegs, sie ist voll betriebsbereit.« Priddy wischte sich mit dem Ärmel übers Gesicht. »Nein, die Erklärung ist viel einfacher. Der Trottel hat vergessen, die Anlage einzuschalten, als er aus dem Haus ging.«

Johnny wurden die Knie weich, er wollte sich irgendwo festhalten, berührte die geschnitzte Tafel und zuckte zurück. Er hätte schwören mögen, daß er sich verbrannt hatte. Priddy lächelte ohne besondere Heiterkeit und ging zur Treppe. Als sie auf halber Höhe waren, schlug unten in der Halle eine Standuhr zwölf; Johnny alterte mit jedem Schlag um mindestens ein Jahr, während Priddy keine Miene verzog. Bis auf ein paar Schweißtropfen auf der Oberlippe, die er vorhin gesehen hatte, war der Alte völlig unverändert – ruhig, sorgfältig und sehr leise. Johnny kam sich im Vergleich zu ihm vor wie ein arthritischer Elefant.

Sie hielten sich im Schlafzimmer ebenso lange auf wie im Arbeitszimmer, fanden aber noch weniger Brauchbares. Die Gästezimmer, die alle einen unbenutzten Eindruck machten, inspizierte Priddy nur flüchtig. Im zweiten Obergeschoß waren offenbar die Zimmer der Hausangestellten, zwei Schlafräume und ein Aufenthaltsraum. In den übrigen Zimmern fanden sie nur leere Koffer, Wäschestapel, ausrangiertes oder schadhaftes Mobiliar und Staub. Auf der obersten Treppenstufe blieb Priddy einen Augenblick stehen.

»Keller«, entschied er unerwartet. Johnny sah stöhnend auf die Uhr. Sie waren jetzt seit über einer Stunde im Haus, ohne etwas erreicht zu haben. Dennoch folgte er gehorsam Priddys Schatten ins Erdgeschoß und durch die Halle zu einer Tür unter der Treppe. Es war die erste, die nicht ganz gewöhnliche, sondern Sicherheitsschlösser hatte, eins oben und eins unten.

»Hätten gleich hier anfangen sollen«, murrte er, langte in eine seiner unerschöpflichen Taschen und holte zwei Instrumente heraus, die aussahen wie Häkelnadeln, die an den Enden zu dünnen Spitzen abgefeilt waren. Offenbar hatte Priddy den Nachmittag nicht ausschließlich mit Telefonieren verbracht. Er schob einen der Haken in das obere Schloß, fummelte ein bißchen daran herum und begann zu fluchen.

»Ich hab immer gedacht, daß man die mit einer Kreditkarte aufkriegt«, meinte Johnny.

»Dabei geht nur die Kreditkarte kaputt, und die Tür bleibt zu. So was funktioniert nur im Fernsehen. Die Schlösser sind neu, jedenfalls nicht älter als drei Jahre. Wer gut ist – was ich nicht bin –, braucht für jedes mindestens eine halbe Stunde.« Er leuchtete mit der Taschenlampe den Boden ab. »Haben Sie hier irgendwo eine Steckdose – ach, da haben wir sie ja.« Aus der Tiefe seines Mantelfutters holte er eine Plastiktüte mit einer Verlängerungsschnur, die er Johnny in die Hand drückte. »Schließen Sie das Ding an.«

Johnny betrachtete mißtrauisch die Schnur. »Was soll denn das heißen?«

»Das soll heißen«, erklärte Priddy grimmig, »daß wir jetzt nicht drum herumkommen, eine ganze Menge Dreck zu machen.«

Johnny bückte sich zu der Steckdose. Als er sich wieder aufrichtete, hatte Priddy etwas in der Hand, was wie ein Revolver aussah, sich aber bei näherem Hinsehen als eine kleine transportable Säge mit langem, dünnem Blatt entpuppte. Priddy schaltete sie ein, schob das schwingende Blatt in den schmalen Spalt zwischen Tür und Rahmen und führte es um das Schloß herum. In der Stille wirkte das Sägegeräusch unheimlich laut. Johnny biß die Zähne zusammen. Priddy sägte unbekümmert weiter.

»Da mag so ein Schloß noch so raffiniert sein – die Tür, in der es steckt, ist meistens doch nur aus Holz. Er hätte 'ne Stahltür einbauen müssen, aber wahrscheinlich hat er nicht damit gerechnet, daß jemand so weit kommt.«

Er schnitt zwei Halbkreise um die Schlösser herum aus, schaltete die Säge ab, griff durch die Öffnung und drehte den Türknauf. Die Tür ging auf. Er besah sich das Sägemehl auf dem Teppichboden. »Dreckig, aber wirkungsvoll.« Er leuchtete die Treppe hinunter. Unten war ein kleiner fichtegetäfelter Vorraum, von dem zwei Türen abgingen, die keine Schlösser, sondern nur ganz normale Türknäufe aus Aluminium hatten. »In Ordnung. Wir können abbauen.« Priddy nahm das Sägeblatt ab und wickelte die Schnur um den Griff, während Johnny die Verlängerungsschnur zusammenrollte. »Jetzt wollen wir doch mal sehen, was Claverton da so sorgfältig versteckt hat.«

Gleich darauf standen sie in Mark Clavertons eigentlichem Büro. Es sah aus wie die Kommandobrücke im Raumschiff Enterprise. Die Wände waren mit Fichtenbrettern vertäfelt, aber viel war von dem Holz nicht zu sehen, weil an der einen Wand ein komplizierter Computer und an der zweiten eine Regalreihe mit Akten und Magnetbändern stand und an der Wand hinter dem großen, grau lackierten Stahlschreibtisch eine Weltkarte hinter Glas hing. Auf dem Glas waren dicke schwarze Fettstift-Linien und Plättchen in verschiedenen Farben. Auf jedem dieser Plättchen stand in einer kleinen, schwer lesbaren Schrift eine Zahlenreihe.

»Jetzt verstehe ich zweierlei«, sagte Priddy.

»Nämlich?«

»Das Starkstromkabel, das zum Haus führt, und Clavertons Eintrag in *Who's Who*. Wieso einer, der in Mathematik seinen Doktor gebaut hat, ins Antiquitätengeschäft gewechselt ist, wollte mir einfach nicht in den Kopf.«

»Claverton ist Doktor der Mathematik?« sagte Johnny erstaunt.

Priddy nahm sich, ohne zu antworten, den Schreibtisch vor. Mit zufriedenem Grunzen förderte er zwei kleine ledergebundene Ringbücher zutage. »Wahrscheinlich der Code.« Johnny sah ihm über die Schulter. »Sagt Ihnen das was?«

»Mir nicht, alter Junge. So was kapieren nur Fachleute. Die Polizei hat Fachleute genug.«

»Sie wollen die Sachen der Polizei übergeben?«

Priddy sah ihn nachdenklich an. »Damit sind Sie überfordert, mein Junge. Und ich auch.«

»Sie wissen also, was hier gespielt wird?«

»Ich kann's mir so ungefähr denken. Mal sehen, was sich hinter der zweiten Tür verbirgt.«

Der zweite Raum erstreckte sich über die ganze übrige Kellerfläche und war mit Kisten und Kartons vollgestellt. An einer Seite standen auf einer langen Werkbank alle möglichen Gegenstände – Uhren, Vasen, Intarsienschächtelchen –, die aussahen wie Antiquitäten, an denen aber offenbar noch gebaut oder umgebaut wurde. Vor der Werkbank stand eine tiefe, wunderbar geschnitzte Eichentruhe mit geöffnetem Deckel, in der obenauf ein gestickter Wandbehang lag. Als Priddy eine Ecke hochhob, um ihn sich näher anzusehen, gab es darunter einen dumpfen Laut wie von aneinanderschlagenden Flaschen. Priddy schob seine Hand unter den Stoff und holte etwas heraus, das er mit seiner Taschenlampe anleuchtete.

»Was ist das?« fragte Johnny.

»Waren Sie nie beim Militär? Eine Handgranate ist das. So sahen die Dinger aus, die John Wayne in *Iwo Jima* den Japsen an den Kopf geworfen hat«, erklärte Priddy geradezu befriedigt.

»Legen Sie das Ding hin.« Johnny trat einen Schritt zurück.

»Völlig ungefährlich«, versicherte Priddy, legte die Granate aber sehr vorsichtig aus der Hand, und im Schein der Taschenlampe wirkte sein Gesicht ziemlich blaß.

Er wandte sich der Werkbank zu. Johnny trat, die Truhe in respektvollem Bogen umgehend, neben ihn. Priddy hielt jetzt ein langes, schlankes Metallrohr mit einem Knubbel an einem Ende in der Hand. Es war vergoldet. Als er es in eine Vertiefung in der Tür einer verschnörkelten Kommode legte, die am Ende der Werkbank stand, paßte es fugenlos hinein.

»Und was ist das?«

Priddy kniff ein Auge zu und besah sich das Rohr prüfend. »Ohne Nachschlagewerk möchte ich mich nicht dafür verbürgen, aber meiner bescheidenen Meinung nach ist das ein Karabinerlauf.«

Er nahm ein Kästchen in die Hand und kratzte mit dem Fingernagel über eines der rautenförmigen Schnitzornamente auf dem Deckel. Dann leuchtete er mit der Taschenlampe die Regale hinter der Werkbank ab, bis er eine Flasche mit der Aufschrift »Spiritus« gefunden hatte. Er goß etwas von der Flüssigkeit über das Kästchen, rieb mit einem Lappen darüber und streckte es Johnny hin. »Schon mal einen Smaragd gesehen?« Im Licht der Taschenlampe sprühte der Stein grünes Feuer.

Als Johnny aufsah, hatte Priddy eine große blau-weiße asiatische Vase beim Wickel.

»Sieht aus wie Ming, ist es aber wahrscheinlich nicht«, meinte Priddy. Seine Stimme tönte dumpf aus dem Bauch der Vase, die er auf die Seite gelegt hatte, um hineinzusehen. »Ich denke mir –«

Aber dann hörten sie beide ziemlich schnell auf zu denken. Über eins der kleinen Fenster in der Kellerwand ging ein Lichtschein, und man hörte ein durchdringendes Röhren, das zu laut für den Motor eines Personenwagens war, dann ein sanftes Surren, und dann Stimmen. Mehrere Stimmen.

Johnny packte erschrocken Priddy am Arm, dem die Vase aus der Hand glitt. Sie zerbrach an der Kante der Werkbank und überschüttete sie mit einem Regen von Sägemehl und Holzspänen. Johnny nieste, prallte gegen Priddy, und beide fielen sie in der Dunkelheit über die Werkbank.

Keuchend und würgend hielt Johnny sich an Priddy fest. »Deshalb hat er die Alarmanlage nicht eingeschaltet, er wußte, daß er noch mal herkommen würde.« Auch Priddy fing an zu niesen. Noch immer wirbelte das Sägemehl um sie herum, und bei jedem Schritt knirschten Scherben unter ihren Füßen.

»Wir müssen raus.«

»Das geht nur so, wie wir reingekommen sind. Vielleicht können wir –« Priddy steuerte die geöffnete Tür an. Aber dann begann sich am anderen Ende des großen Raums langsam die Decke zu öffnen, man hörte das Sirren eines Elektromotors, und etwas Großes, Dunkles schwebte nach oben.

»Ein Aufzug«, stöhnte Priddy. »Klar, wie kriegen sie sonst die Sachen hier raus? Der Kies unter der Säulenhalle ist also nur Tarnung. Verfluchter Mist.«

In der Halle über ihnen wurden Schritte laut.

»Zu spät«, keuchte Priddy. Er wich zurück, stieß gegen die Werkbank, wieder erhob sich eine Sägemehlwolke. »Vielleicht denken sie, daß wir schon weg sind. Los.« Er packte Johnny am Arm und zog ihn in eine Ecke hinter zwei große Kisten. Johnny fand, daß sie peinliche Ähnlichkeit mit Särgen hatten. Sie hockten sich schweißüberströmt hin. Johnny hätte sich nicht gewundert, wenn Claverton sie gewittert hätte, der Angstgeruch, der von ihnen ausging, mußte penetrant sein. Plötzlich fing Priddy an zu kichern. Johnny wandte sich zu ihm um. Und dann fand auch er es plötzlich wahnsinnig komisch, daß sie stundenlang im

Haus herumschnüffeln konnten und dann, gerade als sie gefunden hatten, was sie suchten, wie Ratten in der Falle saßen.

»Pssst, die werden Sie noch hören.«

Priddy kicherte wieder, diesmal gedämpfter. Man sah einen Schein von Taschenlampen, der Aufzug senkte sich, zwei Paar Beine wurden sichtbar. Lange, kräftige Beine, die zu langen, kräftigen Kerls zu gehören schienen.

»Greifen wir sie einfach an. Wie viele können's schon sein? Vierzig, neunzig, hundertelf . . .«

»Am besten zählen wir die Beine und teilen durch zwei«, meinte Johnny. Er fand diesen Priddy plötzlich richtig nett. Und Mumm hatte er, das mußte man ihm lassen. Wie er in das Haus von diesem Dreckskerl eingebrochen war, diesem Dreckskerl, der Lisa umgebracht hatte. Wahrscheinlich, weil sie wußte, daß es hier unten dieses Raumschiff Enterprise gab und weil Claverton sie nicht mit zum Mond nehmen wollte, der gemeine Hund. Er begann zu summen: *Fly Me to the Moon*.

Die Männer waren inzwischen unten angekommen und leuchteten den Keller mit ihren Taschenlampen ab. Einer deutete auf eine große Kiste, die verladebereit neben dem Lift stand, und hievte sie mit Hilfe seines Kumpels auf die Ladefläche. So lang und kräftig waren die Kerls eigentlich gar nicht, fand Johnny. Eher mittelgroß. Wenn er es sich recht überlegte, wurden sie sogar jeden Augenblick kleiner. Während er immer größer wurde.

Und diese Hockerei hinter der blöden Kiste war einfach langweilig. Sie hatten hier ja alles erledigt. Jetzt wußten sie, was sie über Claverton hatten wissen wollen, konnten ihm ein für allemal das Handwerk legen. Warum sollte er hier sitzen wie ein dummer Junge, der hofft, daß niemand merkt, daß er Äpfel geklaut hat?

»Warum holen wir uns nicht einfach ein paar Granaten aus der Spielzeugkiste da und schießen uns den Weg frei?« flüsterte er Priddy zu, während der Lift mit der Kiste und den Männern nach oben entschwand.

Priddy überlegte. »Und wenn uns jemand hört?«

»Stimmt auch wieder. Wir wollen schließlich die Nachbarn nicht wecken«, sagte Johnny ganz friedlich. Klick, klick. Er hörte sein Gehirn arbeiten. Klick, klick, klick. Oder klapperte er nur so laut mit den Zähnen? Aber er hatte doch gar keine Angst mehr, er war nur noch ungeduldig.

Von oben hörte man unverständliche Rufe, und plötzlich ging im Keller das Licht an. Johnny sah Priddy an. »So kann man Sie nicht vorzeigen, alter Junge. Wie Sie aussehen...« Priddy sah aus, als ob er in ein Mehlfaß gefallen war. Johnny blickte an sich herunter. Auch er war weiß überpudert. Er schüttelte seinen Pullover; eine kleine Wolke erhob sich. Wieder kitzelte es in seiner Nase. Oben wurde jetzt laut geredet, und der Aufzug bewegte sich wieder nach unten.

Johnny riskierte einen Blick um die Ecke. Claverton und Manvers standen in der kaputten Tür, und George, der Gorilla, stand direkt hinter ihnen.

Schön, dachte Johnny, sollen sie was für ihr Geld haben. Er setzte sich in Bewegung, machte eine leichte Seitwärtsdrehung, setzte zu einer von Pascals besten Finten an, trat zu – und daneben.

Er segelte durch die Tür, prallte an die gegenüberliegende Wand, dämpfte den Aufprall mit angezogenen Beinen und landete auf dem Boden hinter George, der sich merkwürdigerweise gar nicht für seine Meisterleistung zu interessieren schien. Er sah nicht mal zu ihm hin, sondern starrte durch die Tür in den Lagerraum.

Leicht gekränkt schob sich Johnny ein Stück nach vorn und biß George ins Bein. Der große Kerl jaulte auf und zuckte zurück, aber noch immer sah er nicht nach unten. Johnny wollte noch einmal zubeißen, als ihm – gerade noch rechtzeitig – einfiel, daß er ja Vegetarier war. Also richtete er sich auf und trat näher, weil er auch sehen wollte, was sich so Spannendes im Keller tat.

John Wayne alias Rex Priddy, leicht angestaubt, aber nichtsdestoweniger äußerst eindrucksvoll, stand neben der Truhe und hielt eine dicke fette Granate in der Hand.

»Hereinspaziert, meine Herren«, sagte er zu Claverton und seiner Begleitung. »Ihr da auf dem Aufzug, runter mit euch. So ist's brav.«

Claverton und Manvers näherten sich vorsichtig. Priddy stand neben der Eichentruhe, und Johnny sah, daß er noch weitere Granaten zu einem kleinen Häufchen auf dem zerknautschten Wandbehang zusammengelegt hatte. Niedlich sahen sie aus, wie sie sich da aneinanderschmiegten. Priddy warf ihm einen kurzen Blick zu. »Fertig mit der Flugvorführung, alter Junge?«

»War schön, nicht?« Johnny drängte sich an George vorbei, der ihn mit einer Mischung aus Verblüffung und Entsetzen betrachtete. Warum eigentlich? So abschreckend war er doch auch wieder nicht, oder? »Buh!« sagte er, und George wich unwillkürlich zurück, machte ein wütendes Gesicht und kam dann entschlossen auf ihn zu.

»Nicht!« kreischte Manvers. »Wir dürfen ihn nicht reizen. Du siehst doch –«

Johnny wunderte sich. Lisa hatte ihn gern gehabt, Beth hatte ihn gern, seine Mutter hatte ihn, gern, was hatten die denn plötzlich alle gegen ihn? Sie sahen alle so komisch aus, wie sie da herumstanden, daß er plötzlich lachen mußte. Er lachte noch immer, als er zu der Truhe trat und eine der Granaten in die Hand nahm. »Wie macht man die scharf?« fragte er neugierig.

»Lassen Sie nur, eine dürfte genügen.« Priddy schob ihn zum Ende des Lagerraums. »Steigen Sie auf den Aufzug, wir verschwinden.«

»*Up, up and away*«, sang Johnny, warf die Granate in die Luft und fing sie geschickt wieder auf. Er machte es gleich noch einmal und hörte, wie Claverton leise aufstöhnte. Er sah zu dem alten Ekel hinüber, dann fiel ihm etwas ein.

»Du hast meine Freundin umgebracht«, sagte er vorwurfsvoll. »Meine frühere Freundin«, verbesserte er sich gewissenhaft. »Sie kannte das Raumschiff Enterprise, und sie wollte petzen, stimmt's?«

»Nein, nein«, protestierte Claverton heiser. »Sie hat gewußt, daß ich mich um eine Scheidung bemühte, daß ich sie heiraten wollte, daß ich Schluß machen wollte mit dieser Sache hier.«

»Halt den Mund, Mark«, sagte Manvers scharf.

»Laß gut sein, alter Junge.« Priddy hob die Hand an den Aufzugknopf.

»Einen Moment noch«, bat Johnny. Klick, klick, klick. Sein Gehirn arbeitete so schnell, daß er kaum folgen konnte. Er sah erst Claverton, dann Manvers an. »Haben Sie das gewußt?« fragte er.

»Nein«, antwortete Manvers.

»Natürlich hat er es gewußt«, fuhr Claverton dazwischen. »Ich habe es ihm gesagt. Ich hatte es satt, den Spediteur zu spielen, ich wollte nur –«

»Spediteur?« fragte Johnny, während Priddy ihn auf die Ladefläche zog. »Was bedeutet das?«

»Es bedeutet –« fing Claverton an. Manvers packte ihn am Arm.

»Wenn Sie ausgestiegen wären, wäre dann er Spediteur geworden?« fragte Johnny, mit der Granate auf Manvers deutend.

»Nein, er versteht nicht genug von –«

»Warten Sie doch mal«, sagte Johnny zu Priddy, der den Aufzug in Betrieb setzen wollte. Er starrte Manvers an, dann fing er an zu lachen. »Da haben Sie Ihren Killer, Claverton.« Er zeigte mit der verbundenen Hand auf Manvers. »Was ein Spediteur ist, weiß ich nicht, aber wenn Sie der einzige von der Sorte waren, dann brauchte er Sie, stimmt's? Nach Lisas Tod hatten Sie keinen Grund mehr, die Brocken hinzuschmeißen, alles konnte weitergehen wie bisher.«

»Das ist doch lächerlich«, protestierte Manvers. »Ich hatte mit dem Tod des Mädchens nichts zu tun, Mark, er versucht nur –«

Aber Claverton sah Manvers bleich und mit geweiteten Augen an. »Er hat recht«, flüsterte er.

»Klar hab ich recht«, schrie Johnny, von seinem Genie durchdrungen, während der Lift sich nach oben bewegte. »Fragen Sie ihn, Claverton«, rief er nach unten. »Fragen Sie ihn, was er zu gewinnen hatte, wenn er Lisa aus dem Weg räumte. Sie waren hinter dem Falschen her. Wetten, daß er Sie darin noch bestärkt hat?«

Der Aufzug hielt mit einem Ruck. Sie standen unter der Säulenhalle. Es war stockdunkel. Nur an den Rädern des Aufzugschachtes drang von unten ein bißchen Licht. Priddy fummelte an der Handgranate herum, die er noch in der Hand hielt, dann warf er sie auf die Ladefläche des Aufzugs, schickte ihn per Druckknopf nach unten, packte Johnnys Arm und rannte mit ihm die Auffahrt hinunter.

Mit dem Knall wäre auch John Wayne zufrieden gewesen.

Nach der Explosion war die Nacht sehr still. Man hörte nur das Knirschen von Kies unter ihren Füßen. Johnny warf einen raschen Blick zurück. Er sah, daß aus der Aufzugluke Rauch drang, der im Licht der darunter brennenden Flammen wehte und waberte. Und er sah noch etwas.

George war offenbar unbemerkt die Kellertreppe hinaufgestiegen, während er und Priddy im Aufzug hochgefahren waren. Er kam jetzt um die Hausecke und schien sehr, sehr schlechter Laune zu sein.

Am Ende der Sackgasse trennten sie sich ohne ein Wort. Es gelang Johnny, die Schlüssel für den Spitfire im Laufen aus der Tasche zu ziehen, was ihn nicht weiter überraschte, weil er sich jetzt so ziemlich alles zutraute. Hatte richtig Spaß gemacht, die kleine Schau. Schade, daß sie jetzt gehen mußten, aber Beth würde sich Sorgen machen, und das durfte nicht sein.

Er setzte sich ans Steuer, der Motor sprang sofort an. Natürlich, war ja nicht anders zu erwarten. Er legte den Gang ein, und der Wagen machte einen Satz nach vorn. Als er aus der Sackgasse herausfuhr, sah er, wie George stehenblieb, ihn anstarrte, dann kehrtmachte und zum Haus zurücklief. Vielleicht hatte er irgendwo einen Wasserhahn nicht abgestellt.

Johnny segelte an Priddy vorbei, der noch mit seiner Wagentür kämpfte, hupte vergnügt und winkte. Guter alter Rex.

Priddy war es gerade gelungen, den Wagen aufzuschließen, als jemand ihn an der Schulter packte und herumdrehte. Ein wütender Mann stand vor ihm und brüllte. Vielleicht hatten sie doch die Nachbarn geweckt.

»'n Abend«, sagte Priddy freundlich. »Schöner Abend heute abend, nicht?«

»Sie verdammter Idiot«, brüllte der Mann. »Was soll der Quatsch? Ist Ihnen klar, daß Sie eben –«

»Was denn?« fragte Priddy ehrlich interessiert. Der Mann war so wütend, daß er kein weiteres Wort herausbrachte, sondern nur den Mund auf- und zumachte wie ein Fisch auf dem Trockenen. Dann war plötzlich noch ein Mann da, und ein dritter. Sie schienen alle sehr böse zu sein.

Unerwartet donnerte Clavertons Rolls aus der Sackgasse heraus; schoß an ihnen vorbei und folgte den roten Schlußlichtern von Cosatellis Wagen, der gerade hinter einer Kurve verschwand.

»Heißen Sie vielleicht Priddy?« fragte einer der wütenden Männer.

»Rexford Austin Priddy, zu Ihren Diensten. Und Sie, mein Guter?«

»David Anthony Ellis, Zoll- und Steuerfahndung.« Der Mann zückte einen Ausweis. »Sie sind verhaftet.«

»Wunderbar«, begeisterte sich Priddy und schwenkte die Arme. »Bringen Sie mich zu Ihrem Häuptling.« Daraufhin brach er in hemmungsloses Gelächter aus.

»Was ist denn mit dem los?« fragte einer der Männer.

Ellis besah sich Priddy genauer, nahm ihm mit einem Finger etwas von dem weißen Puder vom Gesicht und leckte seine Fingerspitze ab. »Er muß in Kokain gefallen sein. Sieht so aus, als ob er das Zeug eingeatmet hat. Der Mann ist high. Kein Wunder, daß er sich so benimmt.«

»Und was ist mit dem anderen, diesem Cosatelli? Der hat genauso ausgesehen wie dieser alte Mehlbeutel hier.«

Ellis blickte in die Dunkelheit hinaus. »Der andere auch«, sagte er.

18

Gates legte eine Hand über den Hörer und wandte sich an Dunhill. »Er hört einfach nicht auf zu lachen«, sagte er verzweifelt. Dann sprach er wieder ins Telefon. »Sehen Sie nach, ob er etwas bei sich hat ... irgend etwas ...«

Seit einer Viertelstunde jammerte Ellis ihm vor, wie sein,

Gates', Verdächtiger ihnen ihre Mitternachtsrazzia verdorben hatte, mit der sie Claverton ein für allemal das Handwerk hatten legen wollen. Sie hatten sich bereitgehalten, dem Laster mit einem komplizierten Netzwerk von Wagen und Hubschraubern zu folgen, um Clavertons Verteilersystem auf die Spur zu kommen. Sie hatten sogar einen Mann in einem Baum über der Einfahrt postiert, der einen Klecks Leuchtfarbe auf dem Lastwagen hatte anbringen sollen, damit man das Fahrzeug aus der Luft besser verfolgen konnte. Und jetzt ...

Gates seufzte. Sie hatten Priddy geschnappt, aber Cosatelli verloren. Und Cosatelli war nicht nur eine Gefahr für sich selbst, sondern für sämtliche Verkehrsteilnehmer. Sie wußten, daß er einen dunkelblauen Spitfire fuhr, aber die Zulassungsnummer hatten sie nicht.

Mit leerem Blick sah er zu Dunhill hinüber, der auf der anderen Seite des Schreibtisches stand. »Nein, das meine ich nicht ... Ein Notizbuch oder so etwas. Ja ... schauen Sie nach, ob etwas über Cosatelli drinsteht. Ellis, Ihr Einsatz ist mir völlig gleichgültig, er war von Anfang an nicht astrein. Nein, die Nummer haben wir schon. Haben Sie nicht noch andere?« Er griff sich einen Stift und notierte. »388-098, nein, die hatten wir noch nicht.« Er schrieb sie noch einmal ab und reichte Dunhill das Blatt herüber. »Bitte die Adresse.« Dann nickte er ungeduldig. Ellis setzte sein Klagelied fort, bis Gates ihn unterbrach. »Ich weiß wirklich nicht, Ellis, weshalb Sie sich so aufregen. Sie haben doch Claverton und das belastende Material auch. Was macht er?« Gates riß die Augen auf. »Er beschuldigt Manvers? Na, das ist mal was Neues. Machen Sie ruhig weiter, vielleicht erzählt er uns noch was Interessanteres.« Er betrachtete die Nummer, die sie ihm aus Priddys Notizbuch vorgelesen hatten. War das eine Stelle, an der sie Cosatelli suchen konnten, oder war es nur Priddys Schneider? Jetzt war Ellis wieder am Apparat. Priddy war zusammengebrochen, sie hatten einen Arzt geholt und waren dabei, ihn ins nächstgelegene Krankenhaus zu schaffen. Die Aufregung und die Überdosis Kokain waren zuviel für sein Herz gewesen. Ein leichter Anfall, hatte der Arzt gesagt, was Ellis zu dem Kommentar veranlaßte, er lege in diesem Falle keinen gesteigerten Wert darauf, einen schweren Anfall mitzuerleben.

»Was sagt der Arzt zu Cosatelli?« Gates' Gesicht verdüsterte sich, als ein neuerlicher Wortschwall an sein Ohr schlug. »Ich weiß, daß er mein Problem ist, besten Dank für den Hinweis.«

Er knallte den Hörer auf die Gabel und sah auf die Uhr. Fast zwei. Sie hatten die Autobahnstreife verständigt. Logischerweise müßte Cosatelli nach London zurückfahren, aber bei einem Mann, der, ohne es zu wissen, einen Kokainrausch hatte, durfte man wohl nicht unbedingt von logischen Überlegungen ausgehen. Der Arzt hatte gemeint, er würde ein übersteigertes Selbstbewußtsein an den Tag legen, und in jedem Fall sei mit Überreaktionen zu rechnen.

Dunhill kam zurückgehetzt. »Sie lassen die Nummer gerade durch den Computer laufen.«

Gates griff zum Telefon und wählte die Nummer, ließ es lange läuten. Aber niemand meldete sich.

19

»Ja, meine lieben Hörer, es ist eine wunderschöne Nacht hier auf der Autobahn«, tönte Johnny. »Ein bißchen dunstig zwar, aber für unseren unerschrockenen Helden kein Grund zur Besorgnis. Wir sehen jetzt, wie er geschickt seinen treuen 53-Zylinder-Lagonda – hoppla ...« Er klopfte auf der Suche nach Zigaretten seine Taschen ab.

Es war nur wenig Verkehr auf der Autobahn, nur ein paar Laster waren unterwegs und hier und da ein einzelner Personenwagen. Johnny gab Gas und überholte einen Lastzug mit Tomaten, die, wenn er der Beschriftung auf der hinteren Ladeklappe glauben durfte – und er hatte keinen Grund, daran zu zweifeln –, für Ginos Trattoria bestimmt waren.

Donnerwetter, das war aber schnell gegangen. Erst ein paar Tage aus der Schule, und schon selbständig im Geschäft. War eben ein cleverer Junge, der Gino. Wie der Johnny auch. Hätte er

Claverton diesem Gates überlassen, hätte der Kerl noch ewig und drei Tage alle möglichen Leute schikanieren können.

Er sah in den Rückspiegel. Hinter ihm holten ein Paar Scheinwerfer rasch auf. Mußte wohl Priddy sein. Endlich.

»Wurde auch Zeit, Junge«, schrie Johnny in den Spiegel hinein und sah gerade noch rechtzeitig wieder geradeaus, um einem Laster auszuweichen, der zum Überholen angesetzt hatte.

»Hoppla«, lachte er, während er übersteuerte und der vordere Kotflügel des Spitfire einen kurzen, aber funkensprühenden Kontakt mit der Leitplanke hatte. »Hübsch«, sagte er und hielt das Steuer fest. Er hatte viel übrig für Feuerwerk.

Der Wagen hinter ihm fuhr jetzt dicht heran. Zu dicht. Die Scheinwerfer blendeten. Johnny nahm die verbundene Hand vom Steuer und hielt sie sich schützend vor die Augen.

»Na schön, alter Junge, wenn du die Vorhut machen willst, zisch ruhig vorbei«, grinste er und ging auf die mittlere Spur. Der andere Wagen folgte ihm. Verärgert tippte Johnny ein paarmal die Bremse an, aber der Wagen reagierte nicht.

»Halt Abstand, du Idiot«, brüllte er, wandte sich zur Seite und machte eine ungeduldige Armbewegung. Wieder erhob sich eine Staubwolke aus seinem Pullover.

Aus zusammengekniffenen Augen sah er wieder in den Rückspiegel. Das war nicht Priddys Wagen, das war ein Rolls Silver Cloud. Die Galionsfigur auf der Kühlerhaube war unverkennbar, sie schien ihn zu verfolgen wie ein Racheengel. Er hatte sich für magere Frauen nie erwärmen können, und dieses Weib schien ganz schön aggressiv zu sein. Die vordere Stoßstange des Rolls berührte die hintere des Spitfire.

»Baz, mein Junge, ich hab den Eindruck, daß der Schlitten in die Werkstatt muß, wenn wir nicht aufpassen«. Johnny ging voll aufs Gas, und der kleine Wagen machte einen Satz nach vorn. *Bye, bye, birdie*, sagte er zu der silbernen Figur im Rückspiegel.

Einen Augenblick nur schien der Rolls zu zögern, dann nahm er die Verfolgung auf. Das Licht der höher stehenden Scheinwerfer war so hell, daß der Wagen nur ein dunkler, drohender Umriß war, bis sie den nächsten Laster überholten. Jetzt war der Rolls von hinten angeleuchtet, und Johnny erkannte den ebenso drohenden Umriß von George am Steuer. Wieder gab der Rolls dem Spitfire einen Stoß ... Johnny spürte, wie der Druck sich verstärkte, es war ein ständiges Schieben, und es wurde immer schwieriger, den Spitfire in der Spur zu halten.

Wo steckten bloß die Cops? Eine Reihe von Fahrzeugen kam jetzt auf der Gegenseite an, der vorderste hatte das Fernlicht eingeschaltet.

Johnny warf das Steuer herum und ging auf die langsamere Spur, mußte aber gleich wieder hinaus, weil vor ihm ein Laster dahinzockelte. Er nahm Gas weg, setzte sich dicht vor den Laster und verminderte den Abstand, bis der Rolls nicht mehr dazwischenpaßte.

Jetzt war der Rolls neben ihm. George sah zu ihm hinüber, das bullige Gesicht wütend verzogen. Johnny lächelte und winkte.

George beugte sich vor, richtete sich wieder auf, sah auf den Beifahrersitz hinunter, fummelte dort unten, eine Hand am Steuer, herum. Er griff ans Armaturenbrett, und die Scheibe senkte sich automatisch. Und dann erkannte Johnny, was George auf dem Beifahrersitz so interessiert hatte. Er hatte einen Revolver aus dem Handschuhfach geholt, dessen Mündung genau auf Johnny gerichtet war. Auch er lächelte.

»Angeber«, rief Johnny und trat auf die Bremse. Der Fahrer des schweren Lasters, den er damit ebenfalls zu einem plötzlichen Bremsmanöver zwang, wenn er den Spitfire nicht überrollen wollte, hupte wie wild. Aber der erste Schuß ging daneben, der Rolls fuhr weiter. Als George Gas wegnahm, um wieder auf gleiche Höhe mit Johnny zu kommen, beschleunigte dieser und übernahm die Führung. Aber er war nicht schnell genug gewesen. Im Seitenfenster erschienen sternförmige Risse, die Scheibe splitterte, und ein Scherbenregen ergoß sich über ihn. Noch während er unwillkürlich den Arm hob, sagte ihm ein scharfer Schmerz, daß es sein Gesicht erwischt hatte. Aber es war nur Glas und nicht die Kugel selbst gewesen. Das Cockpit war mit Scherben übersät, die im Licht einer Ausfahrt wie Diamanten sprühten. George hob den Arm zum nächsten Schuß.

Im letzten Augenblick riß Johnny das Steuer herum und raste die Ausfahrt hinunter. Der Laster hupte noch einmal wütend, und während Johnny mit dem schleudernden Wagen kämpfte, sah er die Bremslichter des Rolls aufblinken, dann versperrte ihm die Überführung die Sicht.

Er fuhr langsam weiter, während er versuchte, sich zu orientieren. Nein, er wollte weder nach Slough noch nach Staines oder Wales und dem Westen. Er streifte notdürftig die Glassplitter von Jacke und Hose. Der Verband hatte rote Spuren, nachdem er sich mit der Hand übers Gesicht gewischt hatte. Schade, damit war seine letzte Chance vertan, Mr. Universum zu werden. Er lächelte bei dem Gedanken an den wütenden George, der nun bis zur nächsten Ausfahrt dazu verdonnert war, über die Autobahn zu rollen.

Oder hatte der Kerl vielleicht Grips genug, einfach an den Rand zu fahren und zu warten, bis Johnny in der Gegenrichtung wieder auftauchte? Vielleicht war Wales und der Westen gar kein so schlechter Tip. Sein Vater war bestimmt stärker als der Vater von George. Er war an der Ausfahrt vorbeigefahren und hielt sich deshalb weiter im Kreisverkehr, bis er wieder daran vorbeikam.

Es zeigte sich, daß er George falsch eingeschätzt hatte. Statt weiterzufahren oder anzuhalten und auf ihn zu warten, hatte er einfach den Lastzug vorbeigelassen und sich verbotenerweise verkehrt herum auf die Auffahrt nach London gesetzt. Dort stand er nun, versperrte die Auffahrt und blinkte Johnny frech entgegen, als er um die Kurve kam.

Johnny war empört. George hatte offenbar nicht den geringsten Respekt vor der Straßenverkehrsordnung.

Er schoß an dem Rolls vorbei und sah, wie er sich auf die Spur des Spitfire setzte. Aufs Geratewohl wählte er jetzt irgendeine Ausfahrt, um den hellen Lichtern der Autobahn zu entkommen. Der Rolls folgte ihm. Sie waren in fast unbebautem Gelände, hier und da stand ein Haus, dort war eine Tankstelle, geschlossen und ohne Licht, weiter vorn leuchtete schwach ein schlafendes Dorf. Johnny trat das Gaspedal durch, hoffte, daß in dieser Nacht keine weiteren Amokfahrer unterwegs waren, wartete, bis der Rolls heran war und kreuzte auf die Gegenfahrban, erwartungsgemäß gefolgt von George, der offenbar nur noch einen Gedanken hatte, Johnny ins Jenseits zu schicken. Johnny nahm den Fuß vom Gaspedal, biß die Zähne zusammen, ging mit dem Tempo herunter, bis die Anspannung ihn fast verrückt machte, dann packte er mit der verletzten Hand die Handbremse und riß gleichzeitig das Lenkrad herum. Sein Schmerzensschrei ging im Aufschrei der Reifen unter, aber der Spitfire hielt sich tapfer, während er an die Böschung stieß, einen Zaunpfahl mitnahm und in der Gegenrichtung wieder auf der Straße landete.

Der Rolls, größer, schwerer und bei weitem nicht so wendig, rollte weiter, obgleich George sich, wie man an den Bremslichtern sah, verzweifelt bemühte, ihn zum Stehen zu bringen. Johnny fuhr zurück in Richtung Autobahn. Der Schmerz hatte ihm die Tränen in die Augen getrieben, als er die Handbremse löste und mit beiden Händen das Lenkrad umklammerte, um nicht mit den Rädern nach oben im Straßengraben zu landen. George würde Zeit brauchen, um anzuhalten und auf der schmalen Straße zu wenden. Nicht viel Zeit, aber immerhin etwas.

Da waren die Lichter der Autobahn. Johnny nahm den Zubringer nach London. Der Wind fuhr durch die zerschossene Scheibe und ließ die Glassplitter tanzen. Wie kristallene Ameisen sahen sie aus, die in Panik geraten waren. Hübsch, dieses wirbelnde Geglitzer. Wenn nur George ihn in Ruhe ließ, konnte er seinen Spaß daran haben.

Mit einem Ruck, der Johnny sämtliche Knochen zusammenstauchte, rammte der Rolls die Flanke des Spitfire und drängte ihn an die Leitplanke. Ein Funkenregen stob auf, als sich Metall an Metall rieb. Johnny spürte die Hitze noch durch die Tür. Er prallte von der Leitplanke ab, schoß über alle drei Spuren hinweg bis an die Böschung jenseits der Kriechspur und zurück auf die Fahrbahn. Die Sehnen seiner linken Hand, die erst notdürftig geheilt waren, rissen erneut. Der Schmerz, so heftig, daß niemand, nicht einmal Superman, ihn hätte ignorieren können, zog sich hinauf bis zum Ellbogen. Johnny schrie wieder auf, halb schluchzend, halb fluchend, und während der Spitfire auf der glitschigen Straße rollte und schlingerte, erfüllten plötzlich die Klänge des Ersten Brandenburgischen Konzerts das Cockpit. Der Aufprall hatte Baz' Kassettendeck gestartet.

Herrgott, laß jetzt das Gefiedele, Johann Sebastian, stöhnte Johnny. Sag mir lieber, was ich tun soll. George erwartete ihn bereits. Aber hier, so kurz vor London, war der Verkehr auch um diese Zeit dichter. Johnny sah mehrere Personenwagen und auch wieder die Tomaten für Ginos Trattoria vor sich. Möchte wissen, was er mit so vielen Tomaten anfängt, dachte er.

Er benutzte – zu deren großer Verblüffung – die anderen Wagen als Verbündete, indem er ständig die Spur wechselte, in Lükken rutschte, überholte, zurückfiel, ausscherte, wieder in den Windschatten eines schweren Lasters flutschte, alles in dem verzweifelten Bemühen, dem Rolls zu entkommen, der unerbittlich auf ihn zudonnerte.

Aus einem Augenwinkel sah er ein großes Neonschild, das die nächste Raststätte – Heston Plaza – ankündigte. Vielleicht brauchten sie beide nur ein Sandwich und eine Tasse Kaffee?

Er wartete bis zum letzten Augenblick, ehe er in die Ausfahrt einbog. Der Rolls folgte ihm.

Vor ihnen lag das hell erleuchtete Restaurant. Viel zu schnell fuhr Johnny auf den Parkplatz und schoß zwischen den weit auseinanderstehenden geparkten Wagen hindurch. Der Rolls folgte ihm.

Ein Fahrer, der sich in diesem Augenblick aus seiner Kabine schwang, zuckte gerade noch rechtzeitig zurück. Eine Sekunde später, und er wäre von dem Rolls in die ewigen Jagdgründe befördert worden.

Johnny sah die niedrige Böschung, die das Restaurant von der Tankstelle trennte, auf sich zukommen, und war darüber hinweg, ehe er noch recht zur Besinnung gekommen war. Er landete mit einem Schurren und Knirschen an der Ecke einer geschlossenen Eisbude. Ein Blechschild, das vorn an der Bude angebracht war und bunte Eistüten und Lutscher zeigte, schlitzte das Dach des Spitfire auf, so daß die Fahrt noch luftiger wurde.

Jetzt war er an der Tankstelle; rechts und links zogen die abgedeckten Zapfsäulen an ihm vorbei, wieder blinkten im Licht der Tankstellenbeleuchtung die Glassplitter auf, die zu den Klängen des alten Bach tanzten. Undeutlich nahm er wahr, wie ein verschlafener Tankwart in seinem verglasten Kassiererhäuschen hochsprang, als er vorbeidonnerte, dann nahm ihn wieder die Dunkelheit auf. Auf der anderen Seite der Autobahn, die schwarz wie eine Schlucht war, sah er die Raststätte für die Gegenrichtung liegen. Sie schwebte in dem Nachtdunst wie eine buntschillernde, leuchtende Seifenblase. Er erkannte sogar die Gäste, die sich im Restaurant über ihre Chips und Pies beugten und sah, daß einer am Ende der langen Selbstbedienungstheke stand und der Kassiererin etwas gab. Es war ein so faszinierender Anblick, daß er um ein Haar die Auffahrt verpaßt hätte. Er warf einen Blick in den Rückspiegel. Der Rolls war weg. Er war vor ihm.

Johnny trat auf die Bremse, sie faßte nur auf einer Seite. Der Spitfire geriet ins Schleudern, Johnny wurde das Lenkrad aus der Hand geschlagen, der Wagen streifte die Flanke des näher kommenden Rolls, drehte sich um hundertachtzig Grad, tanzte eine Weile zwischen den Einfassungen und Böschungen, die die Straße säumten, hin und her und kam endlich knirschend und mit Schlagseite quer zur Auffahrt zum Stehen.

Der Motor lief weiter, und das Brandenburgische Konzert hatte nichts an Schwung eingebüßt.

Indessen bewegte sich der Rolls im Takt der Musik, in elegantem Gavottegetänzel, über den Hof der Tankstelle, verfehlte um ein Haar die letzte der abgedeckten Zapfsäulen und bohrte sich schließlich seitlich in einen der gelben Wagen von der Straßenwacht, die dort abgestellt waren.

Der leere Wagen schwankte, legte sich zur Seite, richtete sich wieder auf und fing an zu brennen. Flammen züngelten aus der silbrigen Flanke des Rolls hoch, ein brennendes Benzinrinnsal schlängelte sich über den Hof. Der verschlafene Mann aus dem Kassiererhäuschen kam plötzlich hellwach herausgeschossen und raste wie ein Wahnsinniger über den Lastwagenparkplatz zum Restaurant. Kein Wunder, dachte Johnny. Eine brennende Tankstelle, unter der hunderttausend Liter Benzin und Diesel lagerten, war auch für ihn nicht gerade ein erstrebenswerter Aufenthaltsort. Trotz seiner Vorliebe für Feuerwerk.

Was ihn aber noch mehr beunruhigte, war die Tatsache, daß George sich in dem Rolls bewegt hatte. Der Bursche lebte also noch. Und möglicherweise der Rolls ebenfalls.

Unter der Haube des Spitfire hörte er ein unheilverkündendes kaffeemühlenartiges Geräusch, als er den Rückwärtsgang einlegte. Irgendwas fiel klappernd hinter ihm zu Boden. Er wendete und gab Gas. Das Letztere wäre kaum nötig gewesen.

Die Druckwelle der Explosion, mit der die erste Zapfsäule in die Luft ging, schleuderte den kleinen Wagen förmlich vorwärts.

Eine heiße Woge ging über das aufgeschlitzte Wagendach hinweg, während er sich die Auffahrt zur Autobahn hinaufquälte, wobei er beinah einen roten Mini gerammt hätte.

Im Rückspiegel sah er die wabernden Flammen, die die Raststätte taghell erleuchteten. Rechts und links der Autobahn bremsten die Fahrer jäh und bestaunten den verfrühten Sonnenaufgang. Bald hatte er den Eindruck, daß er sich als einziger noch vorwärtsbewegte.

Nein, das stimmte nicht ganz. Auch der Rolls bewegte sich, folgte ihm, an einer Seite von dem brennenden Straßenwachtwagen geschwärzt, sehr, sehr langsam. Allerdings war auch Johnny nicht mehr der Schnellste. Es war schwer zu entscheiden, wer schlimmer dran war, er oder der Spitfire.

Auf der anderen Seite der Leitplanke näherten sich zwei Streifenwagen. Vermutlich wollten sie Strafzettel an die Fahrer verteilen, die das Schauspiel der brennenden Raststätte genossen. Jetzt kam ihm sogar – völlig unvorschriftsmäßig – auf seiner Fahrbahn ein Streifenwagen mit Blaulicht und Sirene entgegen. Offenbar war heute die Nacht der Geisterfahrer.

Sollten sie machen, was sie wollten, er hatte genug von dem Spiel. Johnny zischte an dem ihm entgegenkommenden Streifenwagen vorbei und schlug sich an der nächsten Ausfahrt in die Büsche. Den Rolls sah er noch leicht schlingernd an dem Streifenwagen vorbeifahren.

Die nächsten Kurven nahm er auf gut Glück, wie sie gerade kamen, ohne zu wissen, warum er es tat oder wohin er fuhr oder wer er war. Er bog in eine Parkbucht ein, schaltete einen Augenblick die Scheinwerfer aus, weil ihr Flackern ihm auf die Nerven ging, und versuchte nachzudenken.

Heulend und blinkend fuhr jenseits der Hecke der Streifenwagen an ihm vorüber. Johnny schaltete das Brandenburgische

Konzert aus, das ihm auch langsam auf die Nerven ging, und sah in den Spiegel.

Sehr gut war das Licht hier nicht, aber das staubbepuderte, schweiß- und blutverschmierte Gesicht kam ihm irgendwie bekannt vor. Er wischte etwas von dem Staub ab, wobei ihm eine tüchtige Portion in Mund und Nase geriet, und sah noch einmal hin.

Richtig, er war Johnny Cosy. Johnny Cosy fuhr nach Hause, und das wurde auch langsam Zeit.

20

Im Funkgerät knisterte es, und Dunhill meldete sich. »Triumph Spitfire, dunkelblau, Nummer GAE 494S, auf der M4 gesichtet, östlich von Heston. Hat die Autobahn verlassen, fährt wahrscheinlich in Richtung London.«

»Wahrscheinlich? Ja, wissen Sie es denn nicht genau?« erregte sich Gates.

Dunhill stellte ein paar Fragen, dann legte er das Mikrophon aus der Hand. »Sie haben ihn verloren. Das Feuer ist unter Kontrolle, und den Fahrer des Rolls haben sie auch. Er hat ihnen ganz schön zu schaffen gemacht.«

»Vielleicht hat das Cosatelli gar nicht mitgekriegt. Vielleicht denkt er, daß er noch immer verfolgt wird, und fährt einfach im Kreis herum.«

Dunhill zuckte die Schultern. »In London kann er nicht herumgondeln, ohne daß jemand ihn sieht. Wir haben einen Wagen vor seiner Wohnung postiert, einen zweiten vor dem Savoy, wir beobachten die Wohnung seiner Agentin, und alle Streifenwagen haben jetzt die Nummer des Spitfire. Es ist nur eine Frage der Zeit.«

»Das war es von Anfang an.«

»Unseren Mörder haben wir jedenfalls«, meinte Dunhill.

»Manvers hüllt sich in eindrucksvolles Schweigen«, murrte Gates. »Er sitzt nur da, schlägt die Arme übereinander und verlangt einen Anwalt, sagt Ellis, während Claverton nebenan redet und redet.« Er bog von der Camden High Street ab. »Delancey Street, nicht? Welche Nummer?«

»Sechzehn. Da ist es.«

Ein Streifenwagen erwartete sie. Einer der Beamten kam zu ihnen herüber, während Gates den Motor abstellte und ausstieg. »Es meldet sich niemand, Sir, aber in der Wohnung ist Licht.« Er deutete auf zwei erleuchtete Fenster im obersten Stock des dreigeschossigen Wohnblocks.

»Wissen Sie Näheres über diese Elizabeth Fisher?« fragte Gates. Er ging über die Straße und sah zu den Fenstern hoch.

»Ich kenne sie persönlich, Sir. Sie ist Sozialarbeiterin und hat häufig bei uns zu tun. Nette Frau.«

»Ist sie so 'n Typ, der die ganze Nacht nicht nach Hause kommt und das Licht brennen läßt?«

Der Beamte sah seinen Kollegen stirnrunzelnd an, dann schüttelte er den Kopf. »Nein, Sir. Eine sehr praktische Person.«

»Sie geht auch nicht ans Telefon«, sagte Gates. »Finden Sie das nicht merkwürdig?«

»Eigentlich schon.«

»Ich auch«, meinte Gates nachdenklich. Er drückte den Knopf von Wohnung Nr. 5 und wartete. Nichts geschah. »Wie lange probieren Sie es schon?« fragte er den uniformierten Kollegen.

»Seit ungefähr fünf Minuten, wir sind erst kurz vor Ihnen gekommen und –«

Ein asthmatischer Motor näherte sich. Sie drehten sich um. Ein dunkelblauer Spitfire bog langsam in die Straße ein und hielt gegenüber von Gates' Wagen.

»Na, so was«, sagte Dunhill. »Hat einer zufällig 'ne Rolle Klebeband da?«

Dem Spitfire fehlte einer der hinteren Kotflügel, das Dach war zerfetzt, die Motorhaube eingedrückt, eine Flanke verbeult und bis auf das blanke Metall abgeschrammt, und die Scheibe an der Fahrerseite fehlte ganz. Jetzt ging die Tür auf, ein Scharnier brach. Cosatelli stieg aus und bemühte sich, die Tür wieder zuzumachen. Nach etlichen vergeblichen Versuchen machte er eine ungeduldig-angeekelte Bewegung und ließ sie hängen, wie sie hing. Er kam zu den vier Männern hinüber, die vor der Haustür standen.

»Halten nichts mehr aus heutzutage, die Schlitten«, sagte er grinsend. Dunhill machte den Mund auf, aber Gates gab ihm einen Rippenstoß, da machte er ihn rasch wieder zu.

»Wie geht's?« erkundigte sich Gates.

»Könnte schlimmer sein.« Johnny klopfte an seinen Sachen herum. Den größten Teil des Kokains hatte der Wind verweht, oder es war in der feuchten Nachtluft geschmolzen, so daß Cosatellis Jacke wie gelackt wirkte. Aber der Pullover war dort, wo die Jacke ihn geschützt hatte, noch voll von weißem Staub, der John prompt wieder in die Nase stieg. »Aber einen Schnupfen habe ich mir offenbar eingehandelt«, schniefte er. »Ich rieche überhaupt nichts mehr und muß ständig niesen. Wissen Sie da vielleicht ein Geheimrezept?« Er kam noch einen Schritt näher, und Dunhill flüsterte den beiden Streifenpolizisten etwas zu, die Johnny daraufhin aus leicht verengten Augen beobachteten.

»In Ihrem Fall wäre wahrscheinlich –« setzte Gates an, aber Johnny unterbrach ihn.

»Was haben Sie hier eigentlich zu suchen?«

»Wir haben auf Sie gewartet. Und wir sind nicht die einzigen, die auf Sie warten. Sie sind uns einige Erklärungen schuldig.«

Johnny nickte. »Ich weiß, wer Lisa ermordet hat. Sie werden's mir nicht glauben, aber –«

Plötzlich mischte sich eine neue Stimme in die Unterhaltung. Gates merkte erschrocken, daß er die ganze Zeit den Klingelknopf zur Wohnung Nr. 5 festgehalten hatte.

»Wer ist dort?«

»Ich, mein Schatz«, tönte Johnny. Er zwinkerte Gates zu. »Das ist Beth. Die Frau meines Lebens.«

Gates wandte sich der Sprechanlage zu. »Entschuldigen Sie bitte die Störung, Mrs. Fisher. Hier Detective Inspector Gates, Kriminalpolizei. Wir suchen einen Mann, aber –«

Plötzlich schrie oben jemand, man hörte es in der Sprechanlage, dann ließ eine barsche Männerstimme sie alle erstarren.

»Hauen Sie ab, verduften Sie oder ich bring die beiden um, ist das klar? Ich mach Ernst, das schwör ich euch, ich hab die Nase voll, und ihr Schweine –«

Wieder ein Schrei. Dann wurde oben ein Fenster hochgeschoben, eine Frauenstimme rief in die Dunkelheit: »Er hat ein Messer, er –«

Sie sahen auf. Ein dunkler Kopf und ein paar Schultern hoben sich gegen das erleuchtete Fenster ab.

»Da haben Sie wohl was Falsches gesagt«, krächzte Dunhill, während jemand die Frau ins Zimmer zurückzerrte und das Fenster krachend heruntersausen ließ. Ein kleiner Glassplitter zischte durch die Luft und zerbrach vor dem Kellereingang, ein großes Stück traf eine Mülltonne und versprühte Splitter nach allen Seiten.

»Wer war der Mann?« fragte Gates den Beamten.

»Keine Ahnung, Sir«, stotterte der. »Ich hab die Stimmen nicht erkannt.«

»Spielt es eine Rolle, wer es ist?« Dunhill war auf dem Weg zum Funkgerät. »Er hat gedroht, sie umzubringen, und ich hatte nicht den Eindruck, daß das nur so hingesagt war.«

»Ich glaube, ich –« begann Gates, zu Johnny gewandt. Die Stufen unter ihm waren leer, ebenso die Straße in beiden Richtungen. »Wo ist Cosatelli?«

Einer der Streifenpolizisten räusperte sich. »Eben war er noch da, Sir.«

21

Er hatte nie gewußt, daß er fliegen konnte. Aber das Gefühl war unverkennbar. Während er die Straße hinunterlief und um die Ecke bog, war er sicher, daß seine Füße den Boden nicht berührten, weil er beim besten Willen nichts hörte oder fühlte.

Nichts – bis auf den Schrei von Beth, den er nicht aus dem Kopf bekam, einen halben Ton neben Ais und fadendünn vor Angst.

Die Straße war lang und schmal, flankiert von schweigenden Häusern, die Autos vor den Parkuhren wie geduckte Tiere. Die Straßenbeleuchtung hatte einen rosafarbenen Ton, und auf der Motorhaube eines roten Cortina hockte eine lohfarbene Katze und sah zu, wie er vorüberflog.

Er kam zu dem Durchgang, den er schon einmal benutzt hatte, als ihr Hilfeschrei ihn erreicht hatte. Merkwürdig, es war ihm – obgleich das ja ganz und gar unmöglich war –, als habe er vorhin auch Laynies Stimme gehört.

Ein Messer. Er hat ein Messer, hatte sie gesagt.

Wie um alles in der Welt hatte George es fertiggebracht, ihm zuvorzukommen? Vielleicht hatte der Rolls neun Leben – wie die Katze auf dem Auto? Zum zweitenmal stolperte er über den Bauhof, zerriß sich die Jacke an den dort gestapelten Stacheldrahtrollen. Über den Zaun, hinein in den Garten. Er sah Licht in Beth' Küchenfenster, vermutlich kam es vom Wohnzimmer herüber.

Er kroch unter dem Gerüst hindurch, rüttelte an der Hintertür; abgeschlossen. Er rammte seine Schulter dagegen, versuchte sie mit dem Fuß einzutreten, aber sie rückte und rührte sich nicht.

Er trat zurück, sah wieder nach oben. Die dünnen Gerüststreben reichten – allerdings in einigem Abstand zur Fassade – bis zum Dach. Er versuchte, mit einem Sprung die erste Plattform zu erreichen, verfehlte sie und hörte, wie die Jacke am Rücken riß. Mit einer Schulterbewegung warf er sie ab, ließ sie am nächstbesten Ständer fallen und schwang sich, an Ständer und Kreuzstäben Halt suchend, nach oben. Er mußte einhändig klettern. Die linke Hand, geschwollen und unter dem Verband spannend, war bewegungsunfähig. Aber sie tat nicht mehr weh. Nichts tat mehr weh, jedenfalls nicht äußerlich. Nur innerlich, wo er noch immer Beth schreien hörte.

Als er die erste Plattform erreicht hatte, hörte er unten eine Menge Autos vorfahren, hörte Rufe. Er sah auf die Uhr. Viertel nach fünf – eigentlich noch zu früh für den ersten Stau. Er wischte sich mit dem Ärmel übers Gesicht und spürte eine seltsame Kälte und Taubheit auf Lippen und Zunge, die sich bis in seinen Hals und seine Nase ausbreitete. Honig und Zitrone ...

Wie kam er jetzt darauf? Richtig, Honig und Zitrone waren bewährte Hausmittel, die ihm seine Mutter bei Erkältungen verpaßt hatte.

Er holte tief Luft, stellte den Fuß zwischen die Querstreben und begann wieder zu klettern. Im Erdgeschoß, dann im ersten Stock wurden Fenster hell, hinter den Vorhängen wurden Stimmen laut, verschlafen und verdutzt. Als er sich auf die Plattform im zweiten Stock schwang, sah er, wie sich die Vorhänge im Stockwerk unter ihm teilten, ein Gesicht erschien, die Vorhänge schlossen sich, und er war wieder allein.

Den linken Ellbogen als Hebel benutzend, kämpfte er sich durch das Gewirr von Stahlrohren und Holzbrettern, einmal rutschte er aus und hing, sechzehn Meter über dem verwilderten Garten, in der Schwebe. Wenn eine Telefonzelle in der Nähe gewesen wäre, hätte er schnell ein Superman-Trikot angezogen. Die Gürtelschnalle, an der er immer wieder hängenblieb, während er die vorletzte Plattform zu erreichen versuchte, erwies sich als ausgesprochen lästig. Seine Muskeln zitterten. Er ärgerte sich über ihre Unzuverlässigkeit, während doch sein Gehirn so unglaublich rasch und folgerichtig funktionierte.

Jetzt hatte er die splitterrauhen Bretter vor Beth' Küchenfenster erreicht. Einen Augenblick blieb er dort liegen und sah durch die Spalten der Plattform über ihm, der letzten auf dem Gerüst, in den Himmel. Ein paar Sterne waren zu sehen, aber im Osten wurde es schon heller. Er wandte den Kopf. Der Fernsehturm stand schlank und schmal vor einer grauen Wolkenwand.

Er rappelte sich auf und besah sich das Fenster. Die Entfernung zwischen Gerüst und Haus betrug einen guten Dreiviertelmeter. Er legte sich auf den Bauch, streckte die Hand aus und gab dem Fenster einen Stoß. Er wußte, daß der Rahmen nicht ganz dicht schloß und daß es nach außen aufging, aber ob man den Hebel, den er innen sehen konnte, nach oben oder nach unten schieben mußte, um die Verriegelung zu lösen, das hätte er nicht sagen können. Es war ein sehr schmales Fenster, direkt über der Spüle. Er sah sich noch davor stehen, das Frühstücksgeschirr abwaschen und dabei durch die Gerüststreben das Treiben auf dem Bauhof beobachten.

Wenn er das Fenster eintrat, fielen die Scherben in die Edelstahlspüle, und das gäbe einen Mordskrach. Für Steelband-Musik hatte er nie viel übrig gehabt – sie war auf jeden Fall nicht imposant genug für einen Superman-Auftritt, fand er.

Von unten drangen leise Stimmen zu ihm herauf. Im Garten bewegte sich etwas. Jemand flüsterte seinen Namen, es schien Gates zu sein. Was redete er da von Coke? Der Mann machte ihm Spaß – bot ihm ausgerechnet jetzt was zu trinken an.

Er zog den Pullover über den Kopf und hustete, als ihm wieder der verdammte Staub in Mund und Nase geriet. So, jetzt fühlte er sich besser. Es war ein gutes Gefühl, die kalte Nachtluft auf der Haut zu spüren.

Wieder legte er sich auf den Bauch; er stopfte den Pulloverrand in die Ritze zwischen Fenster und Rahmen, bis der Saum an dem Hebel hängenblieb. Während er sich noch mühte, merkte er, daß das Gerüst anfing zu vibrieren. Da kletterte irgendwo noch jemand herum. Sollten sie doch, seinen Segen hatten sie. Nach dem dritten Versuch schaffte er es, den Hebel mit Hilfe des Pullovers nach oben zu ziehen, aber das Fenster rührte sich nicht. Also war es die falsche Richtung gewesen. Na wunderbar.

Er wischte sich das Gesicht an dem schmerzenden ausgestreckten Arm ab, dann versuchte er, den Hebel mit dem Pullover nach unten zu ziehen. Das Strickgewebe wurde immer länger, aber schließlich hatte er den Hebel da, wo er ihn haben wollte, hörte ein leises, metallisches Klick, und das Fenster öffnete sich plötzlich nach außen, daß er fast kopfüber vom Gerüst gefallen wäre. Nur ein schneller Griff zur Fensterkante rettete ihn. Da hing er nun, das Blut brauste in seinen Ohren, und der Pullover rutschte über das Fensterbrett, glitt an der Fassade entlang, blieb ein paarmal hängen und landete schließlich an den kahlen Stengeln eines eingegangenen Geranienstrunks auf dem Fensterbrett im Erdgeschoß. Während Johnny sich wieder auf die Plattform wälzte, hörte er den Blumentopf vom Sims fallen und dumpf auf dem Pflaster vor der Hintertür zerschellen.

Er stand auf, griff mit der rechten Hand um das Stahlgestänge über seinem Kopf, legte den linken Ellbogen um eine Senkrechtstrebe und schwang sich mit den Füßen durchs offene Fenster.

Einen Augenblick hing er dort, mit den Schuhen in Beth' Küchengardinen, in der Schwebe, dann ließ er den linken Arm an der Senkrechtstrebe heruntergleiten und ließ die rechte Hand los. Er knallte mit der Schulter auf die Plattform und ruderte mit der rechten Hand, bis er wieder das Fenster zu fassen bekam. Mit dem Hintern in der Luft zog er sich Zentimeter um Zentimeter an das Haus heran. Im letzten Augenblick stieß er sich mit der geschwollenen Hand an der Plattform, und der jäh aufschießende Schmerz katapultierte ihn förmlich durchs Fenster und in die Spüle.

Jetzt saß er mit dem Hintern in kaltem Wasser, ein Bein hing über den Rand, das andere lag auf dem Abtropfblech. Die Küche war dunkel, aber er konnte durch die Diele hindurch die Kante der Wohnzimmertür sehen, er hörte Beth weinen und einen Mann rasch und wütend reden.

So leise wie möglich hievte er sich aus der Spüle und streifte die Schuhe ab, während ihm das kalte Wasser an den Beinen entlanglief. Solange das, was da lief, kalt war, hatte er sich wenigstens in dieser Hinsicht nicht blamiert.

Aus dem Augenwinkel sah er draußen auf dem Gerüst einen dunklen Schatten, dem er aber keine Beachtung schenkte. Er schlich sich an der Wand entlang aus der Küche in die Diele; durch die offene Wohnzimmertür hindurch erkannte er Gino, der mit kalkweißem Gesicht vor der Stereoanlage kniete.

Er schob sich ein paar Schritte näher. Gino sah in seine Richtung und riß Mund und Augen auf. Als Johnny den Kopf schüttelte und die verbundene Hand hob, sah er rasch wieder weg und starrte den Teppich an. Große Klasse, der Junge. Ehrlich, große Klasse.

Die wütende Stimme redete pausenlos weiter. George schien das nicht zu sein. Dann blieb eigentlich nur einer übrig. Gefährlich oder weniger gefährlich? Johnny hatte Pantoni noch nie gesehen, hatte keine Ahnung, ob er groß oder klein, dick oder dünn, klug oder dumm war. Er wußte nur, daß der Kerl ein Messer hatte.

Er hörte Beth betteln, überreden. So würde er nicht erreichen, was er wollte, stellte sie ihm vor, so bestimmt nicht. Aber Pantoni ließ sich nicht beeindrucken. Er war offenbar verzweifelt und zum Äußersten entschlossen. Er habe die Nase voll von den ewigen Schikanen, er würde mit seiner Familie dieses böse Land verlassen und in seine Heimat zurückkehren, wo man nicht eingesperrt wurde, nur weil man sich um seinen Sohn gekümmert hatte.

Wo mochte Pantoni stehen – mit dem Gesicht oder mit dem Rücken zur Tür? Und war das Messer auf Beth gerichtet?

Dann hörte er Laynies Stimme, deren amerikanischer Akzent noch fremdartiger klang als Pantonis Sprechweise. »Beth hat recht, Mr. Pantoni. Sie werden draußen warten, bis Sie aufgeben und diesen wahnsinnigen –«

»Nein, ich nicht werden aufgeben, nie. Sie machen Fenster auf und rufen herunter, was ich sage. Ja, Sie, alte Dame, Sie sagen, ich wollen Flughafen, Rosa und Theresa sie bringen dorthin, wir fliegen nach Italien. Sofort, verstehen?«

Johnny mußte fast lächeln. Er konnte sich vorstellen, wie Laynie auf die *alte Dame* reagieren würde. Wenn Pantoni nicht aufpaßte, würde sie ihm noch was antun.

Im Wohnzimmer wurde das Fenster aufgeschoben, ein kalter Luftzug wehte in die Diele. Jetzt würde Pantoni zum Fenster sehen und Laynie sagen, was sie der Polizei weitergeben sollte. Jetzt oder nie.

Er trat unter die Tür, hatte noch in der Bewegung das Bild in sich aufgenommen, das sich ihm bot. Pantoni hatte Beth mit dem rechten Arm an sich gepreßt, das Messer in seiner Linken war auf ihre Brust gerichtet. Gino hockte noch auf dem Fußboden, Laynie stand am offenen Fenster und sah hinunter.

Er nahm drei Schritte Anlauf, hob das linke Bein und trat so kräftig wie möglich gegen Pantonis linken Arm. Das Messer flog durch die Luft, prallte an der Wand zwischen den beiden Fenstern ab und glitt zu Boden.

Johnny setzte das linke Bein auf, verlagerte sein Gewicht und trat mit dem rechten Fuß Pantoni in die linke Seite. Er schwankte, Beth fiel auf die Knie, und Pantoni drehte sich zu Johnny um.

Der hob wieder das linke Bein und traf Pantonis Kinnspitze. Pantonis Mund klappte mit einem scharfen Laut zu, er fiel aufs

Sofa und verdrehte die Augen. Johnny versetzte ihm noch einen Tritt an die Schläfe und fiel über ihn hinweg zu Boden. Er rollte herum und zog das rechte Knie an, aber Pantoni rührte sich nicht mehr. Aus seinem Mundwinkel rann ein dünner Blutfaden.

Endlich hatte er es einmal genau so gemacht, wie Pascal es ihm beigebracht hatte.

Beth lag keinen Meter von ihm entfernt und sah zu ihm auf. Sein plötzliches Erscheinen und sein bizarrer Aufzug gingen offenbar über ihr Verständnis. Er hörte ein Geräusch hinter sich. Laynie hatte das Messer aus dem offenen Fenster fallen lassen und lehnte jetzt mit geschlossenen Augen am Fensterbrett. Er sah wieder Beth an. »Du, ich glaube, ich habe mir gerade einen Zeh gebrochen«, sagte er ziemlich atemlos.

22

Es war gar nicht so einfach, Pantoni in einen Streifenwagen zu verfrachten. Er schrie auf Italienisch herum und hatte buchstäblich Schaum vor dem Mund, rosafarbene Bläschen, eine Mischung aus Blut und Speichel.

Johnny stand neben Gates, der ihn fest am Arm gepackt hatte. In dem Pulli von Beth kam er sich einigermaßen lächerlich vor, aber etwas anderes war nicht greifbar gewesen. Zum Glück war er glatt gestrickt und dunkel in der Farbe. Ob sie ihn wohl regelmäßig im Knast besuchen würde? Er hatte ein gutes Dutzend Anklagen zu erwarten, von Einbruch über verkehrsgefährdendes Verhalten bis zu fahrlässiger Brandstiftung.

An die Fahrt über die Autobahn konnte er sich jetzt kaum mehr erinnern. Gates hatte ihm von dem Kokain erzählt, und als jetzt die Drogenwirkung nachließ, packte ihn noch nachträglich das blanke Entsetzen, wenn er an seine irrwitzigen Eskapaden dachte. Wie er es geschafft hatte, an dem Gerüst hinaufzuklettern, begriff er überhaupt nicht mehr. Er war nicht einmal schwindelfrei. Jetzt war er nur noch müde, so müde, daß Gates seine Frage zweimal wiederholen mußte.

»Was hat Ihnen Pantoni da alles an den Kopf geworfen?«

Johnny versuchte, die wenigen italienischen Brocken zusammenzukratzen, die er von seinem Vater gelernt hatte. »Ich weiß nicht ... es ging irgendwie um den Wagen. Um meinen scheißfeinen Wagen und ... blonde Nutten ... Ich versteh das nicht, er scheint sich einzubilden, daß ich ständig in der Nacht mit irgendwelchen Puppen herumgondele. Er phantasiert bloß. Er ist froh, daß ich den Schlitten zuschanden gefahren habe, sagt er ...«

»Aber der Wagen gehört Ihnen doch gar nicht«, sagte Gates, während sie Pantoni endgültig, rechts und links von einem Constable flankiert, auf den Rücksitz beförderten.

»Nein. Das wird mich auch noch einen hübschen Batzen Geld kosten«, meinte Johnny resigniert.

Laynie und Beth kamen aus dem Haus. Sie hielten sich aneinander fest, aber sie lächelten. Beth trat zu ihm. Langsam nahm er ihr Cymru aus der Hand. Er war noch warm, so fest hatte sie ihn umklammert. Er zog sie an sich und legte sein Gesicht an ihre dichten zerzausten Locken.

»Na, jetzt hast du ja deinen Glücksbringer wieder, John«, sagte Laynie sachlich. »Nach dem Gesicht des Inspectors zu urteilen, wirst du ihn noch gebrauchen können.«

Johnny wüünschte sich nichts sehnlicher, als nach oben zu gehen, sich ins Beett zu legen, Beth in den Armen zu halten, einzuschlafen und möglichst nie mehr aufzuwachen. Gates hatte seinen Arm losgelassen, so daß er Beth in beide Arme nehmen konnte.

»Vielleicht wäre das alles nicht passiert«, fuhr Laynie fort, ihrer Anspannung in einer zornigen Tirade Luft machend. »Er hatte es mir fest versprochen.«

»Versprochen?« wiederholte Johnny ohne besonderes Interesse.

»Er hat versprochen, daß er ihn dir gleich bringen würde, auf dem Rückweg von dem Wohltätigkeitsdinner«, sagte Laynie. »Man kann sich doch heute wirklich auf nichts mehr verlassen.«

Johnny hob den Kopf und blinzelte. Sie sah aus wie immer, klein und wütend und ein bißchen ungekämmt, nicht anders als am Ende eines ganz gewöhnlichen Arbeitstages.

Klick, klick, klick.

Er ließ sie los und starrte Cymru an. Der kleine Messingdrachen glänzte im blassen Licht des frühen Morgens, die schweren Lider verbargen noch immer Geheimnisse. Die Streifenpolizisten ließen ihre Wagen an, ein Häufchen Neugieriger hatte sich auf dem Gehsteig versammelt, der Wagen mit Pantoni setzte sich in Bewegung. Die Häuser wirkten vor dem Perlgrau des Himmels seltsam zweidimensional.

Und plötzlich wußte Johnny, was er gar nicht hatte wissen wollen. Es dämmerte wie jeden Tag um diese Zeit. Das Dunkel lichtet sich, ob man will oder nicht.

23

Ein Mann unterstützt die Polizei bei ihren Ermittlungen.
Man konnte es wohl Unterstützung nennen. Und es war wohl richtig so gewesen. Trotzdem war es ein hundsgemeines Gefühl. Es hätte dasselbe Zimmer sein können, in dem Gates ihn zum erstenmal verhört hatte. Diesmal saß Beth neben ihm, hielt seine heile Hand und wußte, daß er nach allem, was er Inspector Gates gesagt hatte, jetzt nichts mehr sagen mochte, wußte, daß er sie jetzt brauchte, weil der Schmerz nicht ganz so schlimm war, wenn sie dabei war.

Nicht der Schmerz in seiner Hand, die war frisch verbunden und nach der Spritze, die der Polizeiarzt ihm gegeben hatte, vorerst betäubt. Für den anderen Schmerz gab es keine Spritze.

Wenn, wenn, wenn ...

Wenn Lisa sich nicht in Claverton verliebt hätte, wäre Claverton weiterhin der »Spediteur« geblieben, wäre unter dem Deckmantel des Antiquitätenhandels seinem eigentlichen Job nachgegangen, dem Transport von Diebesgut vom Verkäufer zum Käufer – eine der problematischsten Transaktionen in der Welt der Kriminalität. Computergesteuert und zuverlässig hatte er diese Aufgabe erledigt, transportierte alles von Smaragden über Kokain und Waffen bis zu gestohlenen Bildern und Briefmarkensammlungen. Was es auch sei, der »Spediteur« schaffte es von A nach B – zu einem entsprechenden Preis.

Es war nicht das einzige Wenn.

Wäre Pantoni nicht mit schöner Regelmäßigkeit vorbeigekommen, um seine Frau zu verprügeln, hätte er in jener Nacht nicht Lisa in den Wagen steigen sehen. Wäre Lisa nicht ermordet worden, hätten Clavertons Schläger Johnny nicht die Hand kaputtgemacht. Hätten sie ihm die Hand nicht kaputtgemacht, hätte er Gino nicht die Stereoanlage geschenkt und Beth hätte ihn nicht besucht, um mit ihm darüber zu reden. Hätte Johnny nicht auf der Beerdigung den Mund zu weit aufgerissen, hätte Manvers nicht vermutet, daß Johnnys Wissen eine Gefahr für ihn bedeuten konnte, und hätte nicht Anweisung gegeben, ihn umzubringen. Hätte man nicht auf ihn geschossen, hätte er nicht Priddy engagiert und der Alte läge nicht mit einem Herzanfall im Krankenhaus, sondern wäre nach wie vor damit beschäftigt, für seine Finanzierungsgesellschaft Autos sicherzustellen.

Alle hätten sie ihr eigenes Leben weitergeführt, wären nie miteinander in Berührung gekommen, hätten nie etwas voneinander geahnt. Nur eine falsche Note, und die getrennten Melodien hatten sich zu einer wilden Kakophonie vereinigt.

Die Tür ging auf. »Wir haben ihn«, sagte Gates. »Er hat keinen Widerstand geleistet.« Johnny nickte. »Er möchte Sie sehen, Ihnen alles erklären.«

Johnny stand auf, strich Beth leicht übers Gesicht. »Ich bin bald wieder da.«

»Ich liebe dich«, flüsterte sie.

Er sah sie nachdenklich an, dann lächelte er ein bißchen. »Jetzt ist es schon fast wahr«, sagte er leise.

Er folgte Gates über den Gang zu einem Zimmer, das ganz genauso aussah wie das, aus dem sie gekommen waren. »Alles in Ordnung?« fragte er leise.

Baz hob den Kopf und nickte langsam. »Ich hab dir ja gesagt, daß es zu spät ist. Ich hab es dir gesagt.«

Gates machte die Tür zu und lehnte sich dagegen. Dunhill

und ein Beamter in Uniform saßen an der Wand und hörten zu, der Constabler schrieb auf einem Stenoblock mit.

»Ich habe es nicht absichtlich getan«, flüsterte Baz.

Dunhill machte eine leichte Bewegung und sah auf seine Hände herunter, um zu verbergen, wie sehr ihn diese alte Leier anödete.

»Nach dem Wohltätigkeitsdinner habe ich Laynie gesagt, daß ich dir den Drachen gleich vorbeibringen würde, weil ich ja wußte, wie wichtig er dir ist. Aber eigentlich – eigentlich wollte ich mit dir reden.« Baz sah Johnny ins Gesicht, ohne ihn wahrzunehmen, und fuhr tonlos fort: »Als ich vor deinem Haus stand, war alles dunkel, und ich hab gedacht, du bist noch nicht da, und ich habe gewartet. Ich mußte reden, Johnny, es war schlimm an dem Abend. Ganz schlimm.«

Johnny nickte und schluckte. Er wagte nicht, sich zu rühren.

»Ich hab im Wagen gesessen und gewartet. Wie lange, das weiß ich nicht. Ich wollte nicht nach Hause. Ich wußte, wenn ich nicht mit dir reden konnte, würde ich nicht nach Hause fahren. Ich habe nie, Johnny, nie seit Bristol . . . Dieses Versprechen habe ich gehalten, ehrlich.«

Ja, wollte Johnny sagen, aber es wurde nur ein Krächzen.

»Und dann, nach langer Zeit, kam Lisa heraus, und da wußte ich, daß du die ganze Zeit oben gewesen warst. Ich hab sie immer gut gefunden, ich hatte sie ja schon vor dir gekannt, aber es war nie was zwischen uns. Sie mochte mich, aber mehr hat sich nicht getan.« Baz blinzelte ein paarmal, dann fuhr er fort: »Ich hab sie angesehen, und dann hab ich gedacht, vielleicht, wenn's mit ihr was werden würde heute nacht, vielleicht würde es dann eine Weile leichter sein, verstehst du? Vielleicht würde ich dann die – die Träume loswerden. Ich rief sie heran, und wir haben ein paar Minuten im Wagen gesessen und geredet. Sie war – ich weiß nicht – sie war irgendwie traurig. Wollen wir nicht ein bißchen herumfahren, hat sie gesagt, sie fährt so gern nachts herum.«

Johnny setzte sich ganz behutsam auf einen Stuhl neben Baz.

»Ja, wir sind also ein bißchen rumgefahren und dann . . . dann habe ich angehalten. Wo es war, das weiß ich nicht mehr. Es waren Bäume da und Büsche. Und dann hab ich sie geküßt und versucht, ein bißchen an ihr rumzumachen. Sie war bildhübsch, nicht?«

»Ja«, bestätigte Johnny heiser. »Bildhübsch.«

»Eine Weile hat sie mitgemacht, sie hat ein bißchen gelacht, aber dann – ja, dann hat sie mich weggeschoben. Nicht heute nacht, hat sie gesagt. Vielleicht ein andermal, aber nicht heute nacht. Und da hab ich ihr gesagt, daß es jetzt sein muß, jetzt gleich, aber sie hat mich nicht ausreden lassen. Und da habe ich versucht ... sie zu überreden. Ich hab immer weitergemacht, weil ich gedacht habe, vielleicht überlegt sie sich's noch ... und dann ist sie böse geworden und hat sich gewehrt. Nicht heute nacht, hat sie immer wieder gesagt, aber ich hab gewußt, wenn ich nicht ... wenn sie nicht ... wenn wir nicht sofort ... dann würde ich ... du weißt schon, Johnny. Du weißt, warum es sein mußte ...« Seine Augen wurden glasig, die Stimme klang geborsten, und die Worte liefen ineinander.

»Ist ja schon gut, Baz.«

»Nichts ist gut ... nichts ... Ich bin wütend geworden, weißt du. Sie hat gar nicht zugehört ... und da hab ich sie am Hals gepackt und sie geschüttelt, weil ich wollte, daß sie mir zuhört ... und dann hat sie die Augen zugemacht und ist ganz schlaff geworden, da hab ich gedacht, jetzt ist alles in Ordnung, aber es war nicht in Ordnung ... sie war tot ... Tot.« Ein ungläubiges Staunen lag in Baz' Stimme, als sei er verwundert, daß eine gute Bekannte ihn so schnöde hatte im Stich lassen können. »Ich hab sie losgelassen ... hab sie angesehen ... ich hab nicht gewußt, was ich tun sollte. Was tut man, wenn jemand ... wenn ...« Baz schluckte, fing an zu zittern, leicht erst, dann immer stärker. »Ich bin ausgestiegen und eine Weile rumgegangen. Und als ich wieder zum Wagen zurückkam, da ... da war sie noch drin.«

Ihr Parfüm im Wagen am nächsten Morgen ... Nicht an meiner Jacke hat es gehangen, sondern an den Polstern, dachte Johnny. Und was sich unter dem Sitz verfangen hatte, war kein Stück vom Musikinstrument gewesen, sondern ein Stück Gold, ein Anhänger, der beim Kampf von ihrem Armband abgerissen war.

Baz holte tief Atem, aber das Zittern legte sich nicht. »Nach einer Weile bin ich losgefahren. Zu – zu einem, den ich früher mal gekannt habe. Vor Bristol. Vor dem Versprechen. Und er hat gesagt, er würde mir helfen. Er kam mit mir, und wir fuhren irgendwohin, zu einem Feld, und wir haben sie herausgeholt und in das dürre Gras gelegt. Er hat ihr den Schmuck abgenommen und in ihre Handtasche gesteckt, die hat er mir gegeben. Und dann hat er ... hat er sie getreten. Ihr Gesicht, ihren Körper. Nutte, hat er immer wieder gesagt, dreckige Nutte. Und ich ... ich mußte sie auch treten, er hat mich gezwungen, er ...« Baz würgte, und Gates brachte ihm gerade noch rechtzeitig den Papierkorb. Als das Würgen aufgehört hatte, trank Baz einen Schluck Tee, schüttelte sich und fuhr fort: »Das war schlimm ... aber danach ... danach mußte ich mit ihm zurück in seine Wohnung. Er hat gesagt, daß ich ... daß ich bezahlen müßte, weil er mir einen Gefallen getan hat. Und da ... da hab ich ihn bezahlt ... so, wie er es wollte. Und weißt du was, Johnny?«

»Was?«

»Ich wollte es nicht mehr machen. Als er mich anfaßte, war alles weg. Es war schrecklich, es hat weh getan, und er wollte nicht aufhören, und es war ... schrecklich ... schrecklich ...« Jetzt brachte er auch den Tee wieder heraus.

»Du hast mir gesagt, daß du Geld brauchtest«, sagte Johnny.

»Später ... später hat er Geld verlangt ... aber da noch nicht ... Daß er sie getreten hatte ... das hat ihn angemacht ... da wollte er ... daß ich ...«

Johnny wußte nicht, ob er das noch viel länger würde aushalten können, den Anblick von Baz' zerquältem Gesicht, die abgerissenen Sätze. Aber wenn er jetzt aufstand und ging – nein, das konnte er nicht machen.

»Moosh«, sagte Baz plötzlich.

Johnny fuhr zusammen. »Was war mit Moosh?«

»Am nächsten Tag, bei der Session, erinnerst du dich?«

Johnny nickte. »Er hat mich gefragt, ob ich ihm was borgen kann. Ich hatte nichts, kein Bargeld jedenfalls. Aber ich hab gesagt, daß ich was im Wagen hätte, das könnte er verkaufen, wenn er einen Abnehmer wüßte. Ich hab ihm gesagt, daß das Zeug geklaut ist, daß es ein Freund von mir geklaut hat. Das macht nichts, hat er gemeint, er kennt jemanden, bei dem wird er es los.«

Charley Masuto. Kein Wunder, daß er Moosh hatte sprechen wollen. Wenn sich der gestohlene Schmuck plötzlich als Beweismaterial in einem Mordfall entpuppt, kann sogar einem Charley Masuto die Wahre zu heiß werden.

»Molly«, sagte Baz jämmerlich. »Wo ist Molly?«

Johnny sah Gates an, und der Inspector nickte. Johnny stand auf. Baz streckte die Hand aus und berührte ihn, berührte ihn zum erstenmal. »Ich habe nie gedacht, daß sie dich verdächtigen würden, Johnny. Wenn sie dich verhaftet hätten... dann hätte ich es dir gesagt. Bestimmt.«

»Ja, ich weiß.«

»Aber sie haben dich ja nicht verhaftet. Und da habe ich gedacht, daß vielleicht doch noch alles gut ausgeht. Daß sie früher oder später aufgeben würden... Aber ich würde immer weiterzahlen müssen, und Molly würde wissen wollen, wo das Geld bleibt... und wo ich mich herumtreibe... sie hätte gefragt...« Baz blinzelte. Selbstverachtung stand in den grauen Augen. »Jetzt wird sie überhaupt nichts mehr fragen, sie will bestimmt nichts mehr mit mir zu tun haben.«

»Ihre Frau wartet auf Sie, Mr. Bennett«, sagte Gates behutsam. »Sie kam, sobald sie jemanden für die Kinder gefunden hatte. Und sie sagte, daß sie nicht geht, ehe sie mit Ihnen gesprochen hat. Ich lasse sie gleich heraufbringen.« Er machte Johnny ein Zeichen, und sie verließen das Zimmer, in dem Baz sein letztes Blues-Solo zu Ende spielte.

»Was haben Sie jetzt mit ihm vor?« fragte Johnny.

»Er hat gestanden. Ein Psychiater wird ihn untersuchen, aber ich glaube kaum, daß ihm das etwas helfen wird.« Er warf Johnny einen kurzen Blick zu. »Ein guter Anwalt könnte einen Totschlag daraus machen.«

»Dann werde ich Molly einen guten Anwalt besorgen«, gab Johnny zurück. »Und was ist mit Claverton und Manvers?«

Gates rieb sich den Nacken und machte ein schuldbewußtes Gesicht. »Wir haben Mr. Claverton noch nicht gesagt, daß wir Lisas Mörder haben. Er glaubt immer noch, daß Manvers sie hat umbringen lassen, und erzählt uns alles, was er weiß. Er weiß eine Menge, und da er gerade so schön in Schwung ist, wollten sie ihn nicht unterbrechen. Manvers kriegen wir ohnehin wegen Mordversuchs dran, der Chauffeur hat gestanden, daß er versucht hat, Sie auf Anordnung von Manvers zu erschießen. Sie haben mir nicht erzählt, daß jemand Sie auf der Waterloo Bridge beschossen hat.«

»Ich dachte, das interessiert Sie nicht sonderlich.« Johnny war stehengeblieben. »Wohin soll ich jetzt gehen?«

»Wohin möchten Sie denn gern gehen?«

»Bin ich nicht verhaftet?«

Gates schüttelte den Kopf. »So wie ich sehe, haben Sie sich mit Anstand aus der Affäre gezogen – und mehr als das. Wir haben alle geschnappt, die uns wichtig waren. Möglich, daß Sie ein paar hundert Zivilklagen am Hals haben werden, aber strafrechtlich wird man Sie nicht verfolgen. Jedenfalls nicht ich. Oder sonst jemand, wenn ich es verhindern kann. Und ich glaube schon, daß ich das kann.«

»Danke.«

In Gates' Blick stand Verlegenheit, dann Besorgnis, als Johnny vor Erschöpfung und Erleichterung zu schwanken begann. »Vielleicht fahren Sie doch lieber ins Krankenhaus?«

»Nein, nein, es geht schon wieder. Wenn Sie nichts dagegen haben, fahre ich jetzt mit Beth heim und schlafe eine Woche lang. Am Sonntag besuche ich vielleicht mit ihr meine Eltern. Und dann muß der Arzt entscheiden, ob er meine Hand doch noch hinkriegt. Wenn ja, muß ich mich mit einem Fettwanst wegen eines Konzerts zusammenraufen.«

»Und wenn nicht?« fragte Gates.

Johnny blieb an der Tür des Zimmers stehen, in dem Beth wartete, sah auf seine frisch verbundene Hand herunter und zuckte die Schultern.

»Dann kann ich immer noch Klavierstunden geben.«